KB045430

가면무도회 2

仮面舞踏会

KAMEN BUTÔKAI by Seishi YOKOMIZO

가면무도회 2

仮面舞踏会

요코미조 세이시 지음

정명원 옮김

시공사

* 이 작품에는 오늘날 인권 보호의 견지에 비추어 부당하거나 부적합하다고 생각되는 어구나 표현이 있습니다만, 작품 발표 당시 시대적 배경과 문학성에 비춰볼 때 저작권 계승자의 양해를 얻어 일부를 편집부의 책임 하에 고치는 것으로 마무리했습니다.
—일본 편집자 백

* 본문 내 모든 주석은 옮긴이가 작성한 것입니다.

차례

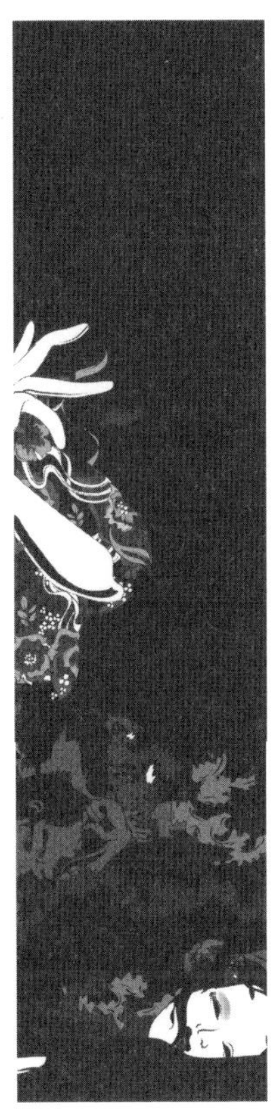

제15장

미사오 부인의 추리

히구치 미사오 부인은 완전히 흥분한 상태였다.

이 부인은 작은 일에도 곧잘 흥분하여 끝없는 수다를 쏟아내곤 했기에 남편인 기이치도 자주 애를 먹었다. 게다가 공상벽도 있어서 수다를 떠는 사이에 차례차례 어린 소녀의 머릿속처럼 갖가지 공상이 끓어오른다. 그 공상에 자극받아 수다는 한계를 잃고 그 수다에 자극 받아 공상은 한층 절묘해진다.

이처럼 걷잡을 수 없는 히구치 미사오 부인의 수다와 공상은 어떤 때는 넋두리가 되고, 어떤 때는 시샘이었다가 어떤 때는 타인에 대한 분노로 이어졌다. 그리고 그 수다란 것이 말 그대로 청산유수라, 다른 사람이 참견할 수 없을 정도로

엄청난 것이었다. 게다가 이 부인은 도호쿠 출신이라 말투에 도호쿠 억양이 남아 있다. 도쿄여자미술학교를 나왔을 정도니 평상시에는 잘 감추고 있다가도 흥분하면 사투리가 눈에 띌 정도로 늘어난다. 기이치가 질려서 물러난 것도 무리가 아니다.

"괜찮아요? 그렇게 흥분을 하면……. 사고 나지 않게 조심하세요."

동행한 여인은 마음이 조마조마한 모양이다.

"무슨 말을 하는 거야. 이게 다 당신을 위해 하는 얘기잖아."

미사오 부인은 의기양양했다.

"잘 생각해봐. 이걸로 세 명째야. 게다가 네 번째가 지금 우리 이웃에 있다고. 그 네 번째도 지금 어떻게 될지 몰라. 혹시 그렇게 되어봐. 당연히 당신을 의심하게 될 거야. 네 번째 희생자 바로 옆에, 그 여자의 두 번째 남편이었던 남자에게 버림받은 여자가 몰래 숨어 있었다니, 아무도 우연이라 생각 안 해줄 거라고. 당신, 정신 차리지 않으면 안 돼."

"미사오 씨."

상대편 부인의 목소리는 비명에 가까웠다. 그 목소리는 격렬한 두려움 때문에 떨리는 것처럼 느껴졌다.

"싫어요, 싫어. 미사오 씨가 그런 식으로 생각한다면 난 이대로 도쿄로 돌아갈래요. 차를 역으로 돌려줘요."

"좋아. 정 그렇다면 그렇게 해. 하지만 그 결과가 어떻게 될지 생각해봤어? 난 아무 말도 안 할 거야. 내가, 당신한테 불리한 일을 무턱대고 얘기할 사람은 아니잖아. 하지만 결국 경찰은 알아차릴걸. 조만간 조사할 거라고. 그 여자의 네 번째 남편이 사는 임대 방갈로 옆에 두 번째 남편에게 버림받은 부인, 바로 당신 말이야. 당신이 몰래 숨어 있었다고."

"저…… 나 몰래 숨어 있지 않았어요."

"하지만 경찰은 그렇게 생각 안 해. 경찰은 의심이 많으니까. 숨어 있었다고 생각할 거야. 그 남자의 움직임을 몰래 엿보고 있었다고 의심할 거라고. 그런 당신이 지금 바로 도쿄로 돌아가봐. 결국 세 번째 희생자를 제물로 바치고 몰래 가루이자와를 떠났다고 의심받을 거라고. 당신, 그래도 괜찮아?"

미사오 부인은 지금 자신의 흥분을 즐기고 있었다. 흥분이 수다를 이끌어내고 그 수다가 쏟아져 나오며 공상을 부르고, 그 공상이 다시 수다를 자극한다. 그 자극이 또 그녀를 흥분시킨다. 거의 1년 내내 인가와 떨어져 가루이자와의 산골짜기에서 무료하게 보내던 시간 동안 그녀에게 쌓인 것은 여러 가지 상념, 그것은 주로 증오와 원망과 한탄, 통한, 실현될 것 같지 않은 복수심이었다. 거무죽죽한 악의에 가득 찬 공상으로 심하게 자신을 괴롭히며 살고 있는 이 노부인에게 이만큼 신나는 일이 또 있을까.

"아니면 당신이 직접 밝힐 거야? 난 그 여자의 두 번째 남편이었던 남자에게 그 여자 때문에 버려진 여자인데, 작년하고 올해 2년 연속으로 그 여자의 네 번째 남편이었던 남자 옆집에서 한동안 머물렀지만 이건 정말 우연이었고요, 결코 그 남자를 감시하고 있었던 건 아닙니다. 이렇게 스스로 경찰에 가서 밝힐 자신 있어?"

"싫어요! 그런 건! 난 이런 사건에 휩쓸리고 싶지 않아요. 게다가 난 그 사람을 감시했던 게 아니에요."

"그럴까? 정말 그럴까?"

미사오 부인은 힘을 주어 말했다.

"당신이 처음으로 아사마카쿠시에 와서 사흘 정도 머물고 간 게 벌써 5, 6년 전의 일이었지. 그때 당신, 다른 사람에게 이렇게 말했다면서? '저런 쓸쓸한 곳 정말이지 넌더리 나. 따분하고 지루해서 죽을 것 같았어' 그 사람이란 건 날 말하는 건데……, '그 사람 잘도 그런 심심하고 불편한 곳에서 1년 내내 살고 있네. 얼마나 불쌍한 사람인지 몰라' 하고. 그래, 어차피 난 불쌍한 여자야. 다른 여자에게 남편을 뺏기고 갈 곳

없는 여자인걸. 그건 괜찮아. 그런 건 신경 안 써. 당신도 마찬가지잖아. 하지만 한번 넌더리가 난 아사마카쿠시에 왜 작년하고 올해 두 번이나 계속해서 와주셨을까? 경찰은 그걸 어떻게 생각할까? 우연이라고 하면 믿어줄까? 어머, 위험해!"

십자로를 가로지르려는 보행자가 있었다. 미사오 부인은 하마터면 칠 뻔했으나, 황급히 급브레이크를 밟았다.

"조심해, 아줌마!"

치일 뻔한 사람은 젊은 남자와 여자 한 쌍이었다. 손을 잡고 횡단보도를 건너려던 두 사람이 달려드는 차를 보고 순간 손을 놓고 메뚜기처럼 도망치는 모습이 우스꽝스러웠다.

"이년아, 신호가 빨간색인데 조심 안 해?"

"뭐야, 저 애는."

잠시 후 자동차를 다시 출발시키며 미사오 부인이 불쾌한 듯 중얼거렸다.

"여자애 주제에 저런 말버릇은 어디서 배웠대?"

"어머, 미사오 씨. 재 여자 아니에요. 저렇게 보여도 멀쩡한 남자라고요."

"머리를 어깨까지 길렀잖아."

"최근 그런 게 유행이에요. 남자가 머리를 길게 기르는 거."

"어머, 싫다. 말세인가봐. 그러니 그런 여자한테 멋진 남자가 몇 사람이나 걸리고 당신처럼 귀여운 사람이 아사마카쿠시 같은 따분한 곳에 오는 거겠지."

"미사오 씨, 그 얘긴 그만해요."

"어때서 그래? 좋잖아. 난 당신을 생각해서 이런 얘길 하는 거야."

"하지만 이야기에 열중하다가 또 사람을 칠지도 몰라요."

"듣기 거북한 소리 좀 관둬. 나 지금까지 한 번도 사람을 친 적도 없고 차를 어디에 박은 적도 없어. 아, 그렇지. 작년에 쓰던 차는 고물이라 아사마카쿠시 언덕을 오르다가 멈춰 서서 당신이 비웃었던 적이 있었지. 하지만 이번 르노는 아주 성능이 좋아. 게다가 나, 이래봬도 모범운전자야. 그건 그렇고, 아까 무슨 얘길 하고 있었지? 아, 그렇지."

미사오 부인은 기분이 아주 좋았다.

오늘은 정전이라 언제 전기가 들어올지 알 수 없었다. 저녁식사는 밖에서 하기로 하고 손님을 불러 중화요리를 먹으러 간 곳에서, 마키 교고의 사건을 듣게 된 것이다.

항상 여자의 요부성과 남자에 대한 불신으로 분노의 불꽃을 태웠던 그녀에게 이만큼 멋진 화제가 또 있을까. 게다가 남들 모르게 자신 역시 이 사건과 어떤 관련이 있다는 데서 오는 만족감은 기가 막혔다. 미사오 부인은 그 화제 때문에 자신의 후배가 얼마나 상처 입고 괴로울지 하는 생각은 전혀 들지 않는 모양이다.

"작년 여름에, 오랜만에 도쿄에서 당신을 만났을 때 내가 아무 생각 없이 그 여자의 네 번째 애인이 우리 집 옆 임대용 방갈로에 묵고 있다고 얘길 했더니 당신이 순식간에 달려왔잖아. 한번 질려버린 이 아사마카쿠시에 말이야. 나, 일기를 꼬박꼬박 쓰는데 당신이 느닷없이 우리 집에 찾아온 게 바로 14일 저녁이었어. 그리고 다음다음 날인 16일 아침, 그 여자의 첫 번째 남편이 특이한 모습으로 죽은 채 발견되었지. 나, 나중에 일기를 보고 뭐, 멋지다 싶었어. 당신, 후에노코지란 남자와 같이 기차를 타지 않았어? 아니면 그 남자를 쫓아온 거야?"

"이제 그만해요. 나 그 사람과는 아무런 상관도 없어요. 우연히 기차에서 만났을 뿐이라고요."

"그래, 드디어 실토하셨군. 전에 물어볼 땐 암 말 않더니 무심코 이렇게 불게 되어 있다니까. 하지만 이상하지 않아? 참, 그렇지. 나 요즘 탐정소설이란 걸 읽고 있어. 최근엔 추리소설이라고 하는 것 같지만 나 같은 나이의 사람은 역시 탐정소설이라는 표현이 와 닿지. 내가 읽은 건 대부분 외국작품이지만 말이야. 하지만 나, 탐정소설을 읽어도 탐정한텐 조금도 홍미 없어. 내가 마음이 흔들리는 건 항상 범인 쪽이야. 그런데 어떤 탐정소설을 읽어도 마지막에 반드시 범인이 붙잡히더라고. 난 항상 생각해왔어. 이 바보들, 나라면 훨씬 멋지게 해보일 텐데. 그래서 요즘 머릿속으로 매일 한 사람씩 죽이고 있어. 하루 한 사람 죽이기, 재밌잖아? 여러 가지 방법으로 사람을 죽이는 거야. 호호호."

미사오 부인은 흥에 겨워 지나치게 흥분한 나머지 점점 위험한 얘길 한다. 하지만 하루 한 사람 죽이기가 취미인 이 부인도 자신의 목숨은 아까운지 운전은 조심스럽게 하는 모양이다.

"저, 당신, 전에 물어볼 땐 암 말 않더니 오늘은 무심코 다 불고 있잖아. 당신, 그 남자, 그 여자의 첫 남편을 전부터 알고 있었지? 아무래도 이상하잖아. 당신과 같이 온 그다음 날, 그 남자 여기서 묘한 죽음을 맞이했다고. 그건 작년 우란분재, 15일 밤의 일이었어. 나 돌아와서 일기를 뒤져봤지. 아니, 일기 따위는 보지 않아도 다 기억하고 있어. 나, 이래봬도 기억력은 확실하거든. 어쨌거나 미스 마플이니까."

미사오 부인은 점점 흥이 올랐고 평소보다 더 달변가가 되어 더욱 이상한 소리를 한다. 미스 마플이란 애거서 크리스티 여사 작품에 나오는 올드미스를 말하는 모양이다. 미스 마플이라면 탐정 역할일 텐데, 그러고 보니 항상 범인에게 마음이 간다는 이 부인도 때에 따라서는 탐정으로도 변신하는 모양이다.

"그날 밤, 당신은 봉오도리를 본다고 혼자 나갔잖아. 그날 밤은 굉장히 안개가 짙었지. 그래서 내가 말렸잖아. '이런 밤에는 제아무리 봉오도리라도 재미가 없을 거야' 하고. 하지만 당신은 혼자 나갔지. 그때부터 당신은 묘하게 안절부절못했어. 돌아온 건 몇 시쯤이었더라? 9시? 10시? 11시? 역시 일기를 뒤져봐야겠네. 하지만 내가 확실히 기억하는 건 그때 당신이 창백한 얼굴로 부들부들 떨고 있었단 사실이야. 안개 속에서 너무 오래 있어서인지 감기에 걸린 것 같다며 갖고 온 위스키를 꿀꺽꿀꺽 마셨지. 당신이 언제부터 위스키를 마시게 됐는지 그때 내가 물었잖아."

동행한 여인은 검은 베일로 얼굴을 가리고 있다. 하지만 베일을 걷지 않아도 그 안색이 표백한 천처럼 창백해져 있는 게 다 들여다보인다. 미사오 부인도 그것을 알고 있다. 알면서도 어떤 잔인한 기쁨에 휘말려 그녀는 자신의 수다를 멈출 수 없었다.

"게다가 그다음 날 아침, 당신은 허둥지둥 돌아갔잖아. 그때까지는 나 아무것도 눈치채지 못했어. 그런데 그날 저녁 텔레비전에서 뉴스를 봤는데 그 남자 얘기가 나오지 않겠어? 그래서 이상하다 생각하면서 그 전날 밤의 일을 아주 자세하게 일기에 써놨지."

"그럼…… 그럼…… 미사오 씨는 그 사람을 살해한 사람이 나라고 생각하는 거예요?"

"살해해……? 어머머. 뭐야, 또 털어놓았네. 그럼 역시 그 남자는 살해당한 거구나. 신문엔 자살이나 사고사라고 나왔는데 말이야. 됐어, 됐어. 난 항상 범인 편이니까, 걱정할 거 없어. 그러고 보니 어제도 당신, 이상했어. 그게 몇 시쯤이더라? 난 나이는 먹었지만 밤잠은 꽤 잘 자는 사람이거든. 양심에 찔릴 게 없으니."

'하루에 한 사람 죽이기'가 취미이면서도 양심에 찔릴 게 없다니, 이 부인은 엄청난 낙천가인지, 아니면 세상 전부가 자신의 놀이감이라 생각하는 건지 알 수가 없다. 이런 사람이니 당연히 탐정소설의 팬이 될 수밖에.

"당신, 느닷없이 내 침대로 들어왔잖아. 바람 때문에 2층이 덜컹거려서 잠을 못 자겠다고 하면서. 내 침대는 더블이라 괜찮긴 하지만 그래도 같이 자기엔 답답하다고. 당신은 옆에서 뒤척거리며 계속 움직이고 말이야. 덕분에 나, 가위에 눌리기까지 했다고. 2층 당신 방에서라면 이웃 방갈로가 다 보이지 않아? 당신, 어제 뭔가를 봤지? 쓰무라 신지 씨가 빌린 방갈로에서 있었던 일을. 그러고 보니 내 침대로 들어왔을 때 당신 파자마가 축축했어. 당신, 내가 자는 사이에 몰래 집에서 나갔단 말이네. 아, 분해라. 난 왜 이렇게 잠이 많을까? 양심이 너무 깨끗해서 마음 편히 잠을 자는 건 좋지만 그것도 정도가 있지 말이야."

그리고 미사오 부인은 빙긋 웃었다. 이제부터 슬슬 마지막 일격을 가하겠다는, 본인으로서는 회심의 미소 같았다. 이런 것을 의뭉스런 미소라고 하는 것이리라.

"저, 나쓰에 씨, 당신 그거 어떻게 했어?"

미사오 부인의 목소리는 기분 나쁠 정도로 다정했다.

"그거라니……?"

"시치미 떼면 안 돼. 그거, 청산가리 말이야."

그 순간 동행한 여인이 움찔 몸을 떠는 것이 그대로 느껴져서 미사오 부인은 짜릿한 기쁨을 느꼈다.

"당신 혹시, 청산가리 같은 건 모른다고 시치미를 떼도 소용없어. 그게 몇 년 전이었더라? 그때 나와 같이 죽겠다며 청산가리를 가지고 왔잖아. 당신은 나와 '남편에게 버림받은' 일로 동병상련을 느낄지도 모르지만 말야. 미안한데 어쩌지, 난 버림받은 게 아니거든. 지금도 그래. 아직 이혼은 하지 않았으니까. 남편 따위 귀찮은 동물이라 잠시 다른 여자한테 맡겨두는 것뿐이라고. 뭐, 말하자면 남편에게 장난감을 준 거나 같아. 그 사람 곧 나한테 돌아올 거야. 무릎을 꿇고 사과할 거라고. 그래, 그래, 반드시 그럴 거야. 그 점에서 난 당신과는 다르다고."

이렇게 생각하며 이 부인은 몇 년을 기다려왔던가. 매일매일 전화가 걸려오기를, 편지가 오기를, 아니 남편이 머리를 조아리기를 얼마나 기다려왔던가. 그런 기대가 엇나가고 날이 저물어 밤이 되면, 남편과 미움의 대상인 여자를 이 방법 저 방법으로 살해하는 생각을 하다가 마침내 하루에 한 사람씩 죽이는 데까지 이른 것이리라.

"그때 당신의 서슬은 엄청났지. 광란 상태란 바로 그런 거야. '죽자, 죽어줘. 같이 저승길로 가자'며, 당신은 마치 미치광이 같았지. 나도 당신을 동정해서 무척 울었어. 하지만 오해하지 말아줘. 방금 말했다시피 난 당신을 동정해서 울었던 거야. 내 일 같아서 운 게 아니란 말이야. 당신은 남편에게 버림받았지만 난 그렇지 않으니까. 하지만 다행이지, 내 의견을 듣고 생각을 고쳐먹어줘서."

사실은 그 반대였을지도 모른다. 자살 이야기를 꺼낸 것은 동행한 여인이었을지도 모른다. 하지만 거기에 크게 마음이 움직여 광란 상태가 되고, '죽자, 죽어줘. 같이 저승길로 가자'고 미치광이처럼 외친 것은 미사오 부인 쪽이었을지도 모른다. 상대는 오히려 그에 겁을 집어먹고 죽을 생각이 사라져서 황급히 도쿄로 돌아가버렸던 것일지도 모른다. 하지만 어느 쪽이든 동행한 여인이 청산가리를 가지고 있었던 것은 사실인 모양이다.

"저, 당신, 어젯밤에 죽은 사람은 청산가리로 당한 거 아냐? 멋지다, 당신. 어떤 식으로 그 사람, 그 어젯밤에 죽은 사람에게 청산가리를 먹인 거야? 가르쳐줘. 걱정할 건 아무것도 없어. 그래, 말했잖아. 난 항상 범인 편이라고."

"미사오 씨."

동행한 부인의 목소리는 날카로웠다.

"만약…… 만약이에요, 알겠죠? 그래, 만약 내가 어젯밤 죽은 사람에게 청산가리를 먹였다면 말이에요, 대체 뭐 때문에 내가 그랬단 말이에요? 내가 왜, 왜 연고도 없는 사람에게 청산가리를 먹였다는 거예요?"

"연고가 없는 건 아니지. 어젯밤 죽은 남자는 그 여자의 세 번째 남편이잖아? 당신과는 아주 인연이 깊은 사람이지."

"그렇게 말한다면 그럴 수도 있겠네요. 하지만 그렇다고 왜 내가 그 사람에게 청산가리를 먹여야 하는 건데요?"

"그러니까, 당신은 그 여자의 남편이었던 사람을 연달아 죽이고 있는 거야. 이 방법, 저 방법을 써가며."

"어머나. 왜 난 내 남편이었던 사람까지 죽여야 하는 거예요?"

"물론, 그 남자가 당신에게는 가장 미운 놈이잖아. 그러니 가장 먼저 제물로 바친 거지."

"하지만 난 자동차 같은 거 없어요. 운전도 할 줄 모르고."

"그러니까 청부살인을 한 거지. 요새 유행이잖아. 자주 신문에 나기도 하던데."

"청부살인을 했다고요?"

동행한 여인은 잠자코 생각에 잠겼다.

"하지만 미사오 씨. 내가 왜 그 사람의 남편이었던 사람을 차례차례 죽여야 하는 거죠? 이 방법 저 방법을 써가면서. 그 동기를 뭐라 할 건가요?"

"알고 있잖아? 그 여자에게 죄를 뒤집어씌우기 위해서지. 그 여자를 살인귀로 만들어 교수대로 보내기 위해서야. 당신은 정말 멋진 사람이야. 그래서 난 당신이 너무 좋아. 당신이라면 반드시 해낼 거라 생각했어. 그 여자는 당신이 청산가리까지 구하게 만든 여자인걸. 그 여자로서는 당연히 받아야 할 죗값이지. 당신, 참 멋져."

“어머, 잠깐 기다려봐요. 칭찬을 받아 송구스럽긴 한데, 그렇다면 그 여자는 왜 그런 짓을 해야 하는 건가요? 그 여자에게도 동기는 필요하잖아요. 그 동기는 뭐라고 할 거예요?”

“알잖아. 그 여자는 지금 다섯 번째 남편이 될 남자와 또 연애 중이라잖아. 그러니 전남편들이 살아 있으면 거추장스럽지. 어쨌거나 이번에 남편이 될 사람이 어마어마하잖아. 공작가의 자손이고 전후 재계의 거물인 데다 남자답고 멋지기까지 하지. 딱하게도 당신 남편이었던 남자 따위는 그 사람 발끝에도 미치지 못할 정도로 말이야. 그래서 그 여자가 세 명이나 다섯 명 정도쯤 없애고 싶은…… 그런 기분이 되는 것도 무리가 아니잖아?”

“그러게요. 그 여자라면 청부를 하지 않아도, 그 여자를 위해 물불을 가리지 않고 도울 팬도 있겠죠.”

“그거야, 그거. 그거라고, 내가 말하고 싶었던 게. 게다가 그런 여자이니 결단력도 남들의 몇 배나 강할 게 틀림없다고. 그러니 팬에게 부탁해서…….”

“그렇다면 이 일을 새로운 남편이 용서하겠어요? 그렇게 많은 남자의 피를 묻힌 여자를 정말 진심으로 사랑해줄 수 있을까요?”

“그러니 이번에 남편이 될 남자가 교사한 거겠지. 전남편들이 살아 있으면 거슬린다고."

"하지만 남자가 정말 여자를 사랑한다면 사랑하는 여자한테 그런 걸 시키겠어요? 죄를 거듭하는 일을?"

"그러니까 이번 남자가 직접 한 거야. 그 남자는 무시무시한 사람이니까. 누가 뭐래도 전쟁 후 무너졌던 신몬산업을 다시 일으켜 오늘날의 대기업으로 세운 남자잖아. 일단 이거다 싶으면 뭐든 뺏고 마는 남자인 거야. 그러니 그 여자에게 반했다면 세 명이나 다섯 명쯤 죽이는 건 일도 아니지. 방해꾼은 죽이는 게 바로 그 남자의 신조니까."

미사오 부인의 추리는 고양이 눈처럼 빙글빙글 계속 변한다. 어쨌거나 흥을 내는 건 괜찮지만 점점 말이 야비해지니 곤란하다.

"어머나, 나 어쩌지."

갑자기 미사오 부인이 얼빠진 목소리로 외쳤다.

"왜 그래요?"

"불이 켜져 있어."

"불이라면 한참 전부터 켜져 있었어요. 게다가 이제 곧 아사마카쿠시라고요. 운전이나 신경 써요. 작년처럼 고장 내지 말고."

자동차는 슬슬 오늘 긴다이치 코스케가 두 번이나 건넜던

다리에 다다랐다. 다리 저편은 길이 V자 모양으로 되어 있고 왼쪽 언덕을 올라가면 아사마카쿠시, 오른쪽으로 가면 사쿠라노사와라는 사실은 앞에서도 이야기했다.

미사오 부인이 운전하는 르노가 그 다리에 다다랐을 때 아사마카쿠시 쪽에서 미끄러져 내려온 자동차 두 대가 급커브를 틀어 사쿠라노사와 쪽으로 들어갔다.

"어머, 저거, 경찰차 아냐? 아사마카쿠시에 무슨 일 있나?"

"미사오 씨."

동행한 부인의 목소리는 떨리고 있었다.

"아사마카쿠시에 무슨 일이 있었다 쳐도, 당신이 지금 여기서 한 얘길 경찰에게도 할 생각인가요?"

"그런 짓은 안 하지. 난 항상 범인 편이라고 했잖아. 게다가 경찰 따위는 정말 싫어. 그 사람들은 당나귀 같아서 다들 머리가 나쁘고 조금도 믿을 수 없다고."

남편과 트러블이 있었을 때 적어도 덴엔초후의 저택만이라도 되찾고 싶다고 관할경찰서에 100번 넘게 들렀지만 결국 해결되지 않았다. 그 이후 미사오 부인은 지독한 경찰 불신에 빠지고 말았다. 게다가 그때 항상 상대하러 나온 경찰의 귀가 심하게 컸기 때문에 경찰은 다들 당나귀라는 고정관념까지 생겼다.

아사마카쿠시 언덕을 올라가니 왼쪽에 보이는 쓰무라 신지의 방갈로에 전등이 환하게 켜져 있었고 사람이 나왔다 들어갔다 한다. 아사마의 돌로 만들어진 절벽 아래에는 자동차가 두세 대 서 있다.

"역시 무슨 일이 있었어. 당신, 어젯밤에 뭔가 봤지? 응, 그렇지?"

일본산 미스 마플의 호기심이 여기서 갑자기 불타오른 것도 무리가 아니다.

"미사오 씨, 제발 저 사람들에게 아무 말 하지 말아주세요. 때가 되면 전부 말해줄게요. 이야기하게 되면 가장 먼저 당신한테 털어놓고 상의할게요. 부탁이에요. 그때까진 아무 말도 하지 말아줘요."

"그래, 알았어. 아까부터 나 계속 말했잖아. 난 항상 범인…… 즉 당신 편이라는 사실을."

쓰무라 신지의 방갈로를 지나 미사오 부인이 자기 집 앞에 차를 세웠을 때 젊은 사복형사가 다가왔다. 화려한 여드름을 자랑하는 후루카와 형사다.

"아, 잠시 여쭙겠는데요, 히구치 미사오 씨 아니십니까?"

"네, 제가 히구치 미사오입니다."

갑갑한 르노의 운전석에서 내린 미사오 부인은 매미 날개처럼 얇고 반짝거리는 옷감으로 만든, 상복 같은 느낌의 검은 슈트를 입었고 그 나이대의 일본 여성치고는 키가 큰 편이었다.

"옆집에 무슨 일이라도 있나요?"

"네, 그 일에 대해 잠시 여쭤보고 싶은 게 있는데요."

"아, 그래요. 저기."

그녀는 아직 자동차 안에 몸을 숨기고 있는 여인에게 말했다.

"먼저 집에 들어가서 불을 켜줘요. 난 어두운 게 정말 싫으니까."

그리고 후루카와 형사 쪽을 돌아보았다.

"무슨 일인가요?"

이렇게 말하며 앞장서 옆집으로 걸어가는 미사오 부인의 모습은 위풍당당하고 주위를 위압하는 기개가 있다. 여자치고 면적이 넓은 얼굴은 색이 희고 품위가 있었지만, 왼쪽 눈이 충혈된 데다가 눈동자는 탁하고 번뜩이는 눈빛은 보기에 좋지 않았다.

"네, 그게 좀……."

후루카와 형사는 힐끔 차 안에 있는 여인에게 눈을 돌렸다. 혹시 도도로키 경부나 안짱다리의 곤도 형사였다면 그 사람이 오토리 지요코의 두 번째 남편이었던 아쿠쓰 겐조에게 버림받은, 후지무라 나쓰에라는 사실을 알아차렸을 것이다.

후지무라 나쓰에는 센다이여고에서 도쿄여자미술학교까지 줄곧 히구치 미사오의 후배였다. 아쿠쓰 겐조에게 버림받은 후 신극계를 떠나 도쿄여자미술학교 시절의 또 다른 선배가 경영하는 부인복 전문 잡지사에 근무하면서 조용히 지내고 있었다.

그런데 작년 후에노코지 야스히사의 변사사건이 있었을 당시 후지무라 나쓰에가 이쪽에 와 있었다는 사실을 히비노 경부보가 놓쳤다면, 이것은 수사상의 커다란 실수라는 말을 들어도 할 말이 없었을 것이다. 범죄수사라는 것은 이리도 어려운 것이다.

제16장

만산장의 사람들

후에노코지 아쓰코는 갑자기 긴장이 되었다. 창문 틈으로 홀 안에 쌀쌀한 바람이라도 불어 들어온 것일까. 몸 전체의 털이 쭈뼛 섰다. 자신이 다른 사람들과 나이대가 달라서일까. 그런 이유는 아닌 듯했다.

사실 아까 저쪽 식당에서 식사를 할 때까지만 해도 그리 어색한 공기는 아니었다. 다카하라 호텔에서 요리사가 출장 나와서 식사는 두말할 것 없이 좋았다. 식사 중의 담소 중에도 다들 '할머님, 할머님' 하며 자신을 챙기는 것을 잊지 않았다. 며느리 지요코도 과하거나 부족하지 않게 자신에게 말을 걸어주었다. 식사 도중 가장 많이 말을 건넨 사람은 누가 뭐래도 사쿠라이 데쓰오와 무라카미 가즈히코였는데, 두 사람은 때때로 익살이나 농담을 날려 사람들을 웃기면서 적당히 자신을 화제 속으로 끌어들였다. 마토바 히데아키만이 첫 대면이었으나 다른 사람들과 서로 아는 사이였기 때문에 불편하지 않았다. 게다가 아쓰코로서는 이런 자리에 참석해도 주눅 들 신분도 아니고 스스로도 교육 받은 여성이라는 자부심이 있었다.

그 사람들은 그때 무슨 얘기를 하고 있었던가. 그렇지, 참. 내일 있을 골프대회가 화제에 올랐다. 작년에도 그랬듯이 올해도 15일인 내일, 다다히로가 개최하는 골프대회가 있다는 사실을 아까 차 안에서 사쿠라이 데쓰오에게 들었는데, 그 세부 사항을 협의하고 있었던 것이다.

다들 거기에 참석하는 듯 그 화제에도 아무 거리낌이 없었다. 미사가 자신도 가고 싶다고 하는 것을 아쓰코는 좀 나무랐다.

"괜찮지 않습니까? 할머님, 제가 코치를 해줄게요. 미사, 소질이 있으니까요."

가즈히코가 따뜻하게 편을 들어준 데 이어 옆에 앉아 있던 히로코나, 히로코의 맞은편에 있던 데쓰오도 거들었다. 사쿠라이 데쓰오와는 오늘 나가노하라에서 가루이자와까지 자동차로 함께 왔는데 이 사람, 무사태평 잠자리*라는 별명이 있는 모양이다.

"네, 괜찮으시죠? 어머님, 미사는 제가 도와줄 테니까요."

가즈히코의 모습이 더할 나위 없이 따뜻해서 지요코도 가볍게 미소 지었다.

"난 좋아요. 하지만 누가 뭐래도 할머님이 허락하셔야죠."

직사각형 테이블이었다. 정면에 다다히로가 자리를 잡고 맞은편에 지요코가 앉아 있었다. 그것은 호스티스가 정한 자리였다. 다다히로의 자리에서 직각으로 오른쪽으로 돌아 아쓰코, 그 오른쪽에 히로코, 가즈히코의 순서로 앉아 있었다. 아쓰코 맞은편에 마토바 히데아키, 그리고 데쓰오, 미사 순서로 앉아 있었으므로 지요코는 가즈히코와 미사를 양쪽에 두고 행복해 보였다.

어떤 사람도 꽁하거나 하는 모습은 보이지 않았고 어떤 선입견도 없어 보였다. 아쓰코도 그만 여론에 밀려 미사는 다음 날 골프대회에 참가를 허락받을 수 있었다. 다다히로는 그 일에 대해 한마디도 하지 않았지만 시종일관 눈꼬리에 주름을 잡고 싱글벙글 웃고 있었다. 식사 시중은 다키라는 늙은 하녀

---

* 느긋하고 여유로운 성격의 사람을 일컫는 말.

와 가정부 도요코가 맡았는데, 예의범절면에서 빈틈이 없어서 아쓰코도 감탄했다. 아키야마의 모습은 보이지 않았다.

사실, 내일은 야스히사의 기일이다. 아쓰코는 그 양아들에게 아무런 애정도 없지만 그래도 체면도 있고 하여 야스히사가 죽은 곳인 이 가루이자와에서 약간의 성의를 담아 법회를 드릴 작정이다. 하지만 그 이야기를 여기서 꺼낼 정도로 아쓰코가 소양이 부족한 여자는 아니었다. 이 회식 자리에서 뭔가 꺼림칙한 것이 있다면 그저 그 부분일 거라고 아쓰코는 생각하고 있었다.

그 뒤 무슨 이야기가 나왔더라. 그렇다. 모헨조다로나 하라파라는 이름이 나왔지. 그 이야기가 나오자 마토바 히데아키가 갑자기 말이 많아졌다. 다다히로도 그 이야기에 흥미가 있는 듯하여 아쓰코도 신기하게 듣고 있었다. 마토바의 이야기를 듣고 있으려니 다다히로를 그곳에 데려가고 싶어 하는 것 같았는데 만약 그렇게 되면 지요코는 어떻게 되는 것일까 하고 아쓰코도 조금 마음에 걸렸다. 마토바의 이야기는 차츰 열정적이 되어갔지만 그 자리에서 결론을 내려고 할 정도로 성급하지는 않았다. 다다히로도 그만큼 단순하지는 않았다. 열심히 이야기를 듣는 것은 듣는 것이고, 결국 회식이 끝날 때까지 듣는 것 정도에서 끝나고 말았다.

그리고 자리를 이 홀로 옮겼을 때 아쓰코는 이쯤에서 가봐야 하지 않을까 싶었다. 하지만 식사를 먹고 바로 자리를 뜨는 것은 큰 실례다. 좀 더 쉬다가 가야지 생각하는 사이에 그 자리의 공기가 갑자기 바뀌었던 것이다. 원인은 무엇일까. 아쓰코도 어렴풋이 알고는 있었다. 그렇기 때문에 아까부터 긴다이치 코스케란 사람은 대체 뭐 하는 사람일까 하고 의심스럽게 생각하고 있었다.

홀은 다다미 20장 정도의 크기였다. 천장은 2층 높이고 한가운데 샹들리에가 매달려 있었다. 벽 곳곳에 나팔꽃 모양의 램프가 설치되어 홀 안은 낮처럼 밝았다. 베란다로 나가는 아치형의 커다란 문 옆에 직사각형 창이 좌우 대칭으로 붙어 있었는데 문도 창도 같은 디자인의 마름모꼴과 직사각형을 조합한 살로 되어 있다. 창밖에 보이는 콜로니얼풍의 베란다 천장도 마름모 조합으로, 방 안에 있는 것과 똑같은 디자인의 천장에 매다는 램프가 적당한 간격을 유지한 채 매달려 있고, 거기에도 반짝거리는 등이 붙어 있다. 천장이 2층 높이로 뚫려 있는 것은 여름에 맞춰 설계되었기 때문이다. 그 대신 홀 한편에는 이슬람풍의 다변형 아치로 에워싼 커다란 난로가 있었고 옛 메이지풍의 건축 양식이 적당히 섞여서 시대를 반영하고 있다. 홀 안에는 커다란 부채 형태의 등받이가 달린 등의자가 적당한 간격을 두고 놓여 있었고, 등의자 옆에는 등나무로 만든 작은 탁자가 하나씩 배치되어 있어, 모든 것이 편안한 분위기다. 아쓰코가 바로 일어나기 힘들었던 것도 이 메이지풍의 분위기에 매료되었기 때문이었다.

홀로 자리를 옮기고 나서도 편안한 대화가 이어졌다. 각자 이야기 상대를 찾아 수다를 즐겼다. 아쓰코는 히로코와 대화를 했다. 히로코는 오늘의 교통사고 이야기를 물었다.

그때 다키가 들어왔다.

"긴다이치 코스케 선생님한테서 전화가 왔습니다."

그 순간이었다, 홀의 공기가 얼어붙은 것은. 다들 일제히 대화를 멈추고 다다히로를 보았다. 다다히로는 잠시 주저하는 기색이더니 대답했다.

"아, 그래. 그럼 저쪽으로 가지."

이 홀에도 탁상전화가 있다. 그 전화는 차바퀴가 달린 왜건 위에 놓여 있어서 홀 안이라면 어디로라도 이동 가능했다. 그런데도 다다히로는 방을 나갔고 대화는 그대로 얼어붙었다. 긴다이치 코스케란 어떤 사람일까. 다들 아는 것 같은데…….

"오라버니, 손님?"

예민한 미사는 그 자리의 공기가 두려웠는지 목소리가 낮게 떨리고 있었다.

"응. 별거 아냐. 걱정할 거 전혀 없어."

가즈히코는 달래듯 속삭였지만 그 소리에 아까까지의 명랑함은 없었다.

아쓰코는 등을 똑바로 세우고 앉아 한 사람 한 사람의 안색을 살폈다. 자신을 제외하고……. 아니, 자신과 미사 외의 모든 사람이 긴다이치 코스케라는 이름을 알고 있고, 그 이름은 뭔가 긴박한 상상을 각자에게 하게 만든 모양이다.

10분 정도 후 다다히로가 돌아왔다. 아쓰코는 의례적으로라도 이쯤에서 가봐야 하지 않을까 싶어 일어서려 했다. 그러나 그 전에 다다히로가 손을 들어 아쓰코를 막았다.

"아니, 부인. 좀 더 여기 계셔주십시오. 실은 방금 걸려온 전화는……."

다다히로의 눈썹에 곤혹스런 기색이 스쳤다.

"댁에서 걸려온 겁니다."

"제 집이라고 하시면……?"

"사쿠라노사와에 있는 별장 말입니다."

"우리 별장에서요……? 그게 무슨 뜻인가요?"

"실은 지금까지 말씀을 못 드렸는데 부인 귀에 아직 들어가지 않은 모양이군요."

"네, 무슨 일인가요?"

"마키 교고 씨가 오늘 아침 이 가루이자와에서 변사체로 발견되었습니다."

아쓰코는 한동안 입을 다문 채 다다히로의 얼굴을 바라보았다. 아쓰코는 나이에 맞지 않게 항상 자세가 좋은 여자다. 그 아쓰코가 등 근육을 더 곧게 세우고 독수리를 연상케 하는 눈매로 응시했다. 표정에는 거의 아무 변화도 보이지 않았다. 너무 오랫동안 말이 없어 다른 사람들 쪽이 침을 삼켰을 정도였다. 얼마나 지났을까. 아쓰코가 겨우 입을 열었다.

"또 그 신몬수영장인가요?"

"아뇨, 신몬수영장이 아닙니다. 마키 씨는 야가사키에 있는 자신의 산장에서 변사체로 발견되었습니다."

"변사체라뇨?"

"청산가리입니다."

청산가리라는 말은 데쓰오도 히로코도 아직 모르는 이야기였다. 두 사람은 침을 삼켰지만 아쓰코의 표정은 변함없었다. 험상궂은 얼굴이 더욱 험상궂게 변하기는 했지만.

"마키 씨는 스스로 청산가리를 먹은 겁니까? 아니면……."

"아, 경찰도 그 부분은 아직 확실하지 않은 것 같아요. 하지만 타살이 아닐까 의심해서 수사를 개시한 모양입니다."

"하지만 그 일과 저희 별장과 무슨 상관이 있나요?"

“그 일 말인데요. 전화라서 아직 상황이 확실한 건 아니지만 경찰에서는 그 일에 대해 쓰무라 신지 씨한테 뭔가 물어보고 싶은 게 있는 모양입니다. 쓰무라 씨, 지금 호시노온천의 음악제에 와 있다는 거 아십니까?”

“그 사람, 작년에도 그랬잖아요.”

아쓰코는 어정쩡하게 대답을 했다.

“그래서 경찰분들이 현장에서 그쪽으로 갔는데요. 한데 거기에도 당연히 있어야 할 쓰무라 씨의 모습이 보이지 않았다고 합니다. 그런데 가즈히코.”

“네.”

“자네가 아까 얘기한 다치바나 군이 호시노온천에 있다고 해.”

“네, 그 다치바나가 어떻게 됐습니까?”

“저, 실례인데 그 다치바나 군이라면……?”

“다치바나 군은 가즈히코의 고교시절 친구이자 동시에 쓰무라 씨의 제자이기도 합니다. 그 다치바나 군이 이번 음악제 보조역 같은 걸 하고 있었던 모양이에요. 그런 이유로 다치바나 군이 쓰무라 씨의 별장을 알고 있었죠. 쓰무라 씨, 작년에 머물었던 아사마카쿠시에 있다고 합니다.”

“거긴 임대용 별장이라더군요.”

아쓰코는 다시금 어정쩡하게 대꾸했다. 그녀의 시선은 다다히로에게 못 박힌 듯 정지해 있었다. 그 표정은 딱딱한 채 변함이 없다.

"아, 그렇습니까? 어쨌거나 경찰은 다치바나 군의 안내로 아사마카쿠시에 가봤어요. 그런데 거기에도 쓰무라 씨의 모습은 보이지 않았죠. 이래저래 쓰무라 씨의 혐의가 상당히 짙어진 게 아닐까요. 긴다이치 선생의 방금 전화를 들어볼 때."

다다히로가 방금 입 밖에 낸 마지막 말은 가볍게 누설한 것이 아니었고 또 그렇게 분별없는 다다히로라는 생각은 들지 않는다. 그런데도 그 말을 했다는 것은 이 자리에 있는 누군가에게 그 사실을 들려주고 싶었던 게 아닐까.

"저, 실례지만 그 긴다이치 선생이란 어떤 분이신가요?"

"긴다이치 선생님을 모르십니까?"

"어쨌거나 전 속세를 떠난 사람이나 마찬가지니까요. 이 아이…… 미사코가 자라는 것만이 제 여생의 낙이니까요."

마지막 말은 조금 쓸데없는 것이었다.

"아, 그렇겠군요. 긴다이치 선생이란 좀 특이한 인물로, 흔히 말하는 사립탐정이란 거죠. 이런 말은 실례지만……."

그리고 다다히로는 갑자기 열정적인 자세로 설명을 하기 시작했다.

"제가 어떤 사정으로 재작년부터 작년에 걸쳐 계속된 사건의 진상을 확실히 해두고 싶어서 부탁했다는 것은 부인도 알고 계실 거라 싶은데요. 그 일에 대해 긴다이치 선생에게 조사를 의뢰했었습니다. 2, 3일 전에 이쪽에서 만났으니까요. 하지만 그때는 선생도 '생각해보겠다' 정도의 대답이었는데 오늘 아침 또 세 번째 사건이 일어나서 제발 도와달라고 청하니까 결국 받아들여서 현장에 출장 나가주시더군요."

"아스카 씨께서도 현장에 가셨던 건가요?"

"오토리 씨와 함께요. 설마 이 사람 혼자 두고 갈 수는 없었으니까요. 거기에 긴다이치 선생이 왔다는 얘깁니다."

"가즈히코 군도 같이 갔나요? 그 현장이란 곳에?"

"그럴 리가요. 저는 오늘 미사와 같이 있지 않았습니까?"

"하지만 알기는 알았잖아요, 이번 일을."

아쓰코는 따지듯 끈덕진 자세로 말했다.

"네, 아키야마 씨에게 들었습니다. 아키야마 씨는 미나미하라까지 긴다이치 선생님을 마중 나갔으니까요. 저희도 어제……."

가즈히코의 말을 끝까지 듣지 않고 아쓰코가 끼어들었다. 날카롭고 새된 목소리였다.

"긴다이치 선생이란 분은 미나미하라에 계신 건가요?"

"네, 미나미하라의 난조 세이이치로 선생님 별장에 기거하고 계시는 모양입니다. 마침 그 이웃이……. 할머님, 왜 그러십니까?"

함부로 속마음을 보여주지 않는 아쓰코라도 이때만큼은 얼굴색이 변하지 않을 수 없었다. 기차 안에서 도도로키 경부가 본 손가방을 잡은 가느다란 손가락에 철근 같은 힘이 들어갔다. 사람들의 시선이 자신에게 쏠린 것을 알아차리고 아쓰코는 겨우 오므린 입술에 희미한 미소를 띠었다.

"아스카 님, 당신은 도도로키라는 분을 모르시나요? 성만 알고 이름은 모르겠습니다만."

"할머님, 도도로키라면 오늘 나가노하라에서 여기까지 자동차로 같이 오신……?"

무사태평 잠자리인 사쿠라이 데쓰오가 등의자에서 몸을 일으켰다. 그 정도로 아쓰코의 얼굴색이 나빴던 것이다.

"네, 우에노부터 죽 같이 있었습니다. 그분, 미나미하라의 난조 세이이치로 님 별장에 가신다고 했는데……."

"글쎄, 전혀 모릅니다. 이름은 모르십니까?"

"부인, 그 사람 키는 저와 비슷한 정도죠. 풍채 좋은 분 아니었나요?"

마토바 히데아키가 옆에서 물었다.

"네, 그러고 보니. 마토바 선생님은 그분을 아시나요?"

"아스카 씨는 그분을 모르십니까?"

"전혀요. 유명한 분이신지요?"

"어떤 의미로는요. 긴다이치 선생과 명콤비, 경시청 수사1과의 도도로키 경부님이 아닌가 합니다."

그 순간, 아쓰코의 몸이 의자 속에서 축 늘어졌다. 왼손에 둘러 감은 검은 손가방 끈을 움켜쥔 채 얼굴은 간신히 앞을 향하고 있었는데 그렇지 않아도 험악한 표정이 한층 험악해졌다.

"저도 한 번 만난 적이 있는데 나중에 들으니 쟁쟁한 수완가라고 하더군요. 긴다이치 선생과 도도로키 경부, 서로 이용하고 이용당하면서, 그런 의미로 유명한 인물인 모양입니다."

다다히로는 뭔가 말하려고 하다가 생각을 고쳐먹은 듯 입을 다물었다. 무사태평 잠자리 데쓰오는 거기 신경 쓰는 건지 아닌 건지 말했다.

"그래서 할머님. 그분, 기차 안에서 할머님과 얘길 많이 나누셨겠죠? 경시청 사람이라고 자기소개를 하지 않던가요?"

아쓰코는 그 말에 대답하지 않았다. 분명 분노와 굴욕 때문에 입도 열 수 없는 것이리라.

만약 여기 히구치 미사오 부인이 있었다면 타고난 수다를 청산유수처럼 들이부었을 게 틀림없다. 그래서 경찰 같은 건 다 개 같은 거야. 죄다 냄새 맡으려고 한다니까? 그래서 인민의 적이라고 불리는 거라고, 등등…….

"아저씨, 하지만 쓰무라 선생님이 안 계신다고 해도, 긴다이치 선생님은 왜 사쿠라노사와에 가신 건가요?"

가즈히코가 전환의 계기를 만들어 그 자리의 거북한 공기에 구원의 손길을 내밀었다.

"아, 그거 말이지. 그에 대해 미사 양에게 뭔가 물어보고 싶은 게 있다고 하는군. 그래서 '그대로 거기 계셔주십시오. 지금 바로 갈 건데 엇갈리면 안 됩니다' 하는 것이 방금 온 전화의 내용이었으니까."

다들 일제히 미사를 보았다. 미사는 일동의 시선에 집중포화를 맞더니 몸이 경직된 채 천진한 얼굴을 굳히고 있었다. 아쓰코만이 그쪽을 보려고 하지 않았는데 그 사실이 미사의 마음을 더욱 아프게 했던 모양이다.

"미사, 너 무슨……?"

지요코가 보다 못해 뭔가 말하려는데 다다히로가 옆에서 저지했다.

"오토리 씨, 아무 말도 않는 편이 좋아. 두세 가지 묻고 싶은 게 있는 것뿐이고 별로 대단한 건 아니라고 하니까."

이것으로 대화가 끊어지고, 3분 정도 후 다키가 문 쪽에 모습을 드러냈다.

"긴다이치 선생님께서 오셨습니다. 그리고 경찰이 두 분……."

다다히로가 의자에서 일어섰다.

"여, 실례하겠습니다. 모처럼의 단란한 자리에 별난 놈이 들이닥쳐서 싫다고 생각지 말아주세요. 아, 이거 실례."

긴다이치 코스케는 변함없이 느긋하다.

느슨한 주름이 지고 구깃구깃한 하카마를 걸친, 더벅머리에 궁상맞은 남자가 긴다이치 코스케란 사람이라는 사실을 알았을 때 아쓰코의 자세는 의자 안에서 더욱 꼿꼿해졌고 그 눈은 적의에 불타 형형하게 빛났다. 한 방 먹은 기분이 드는 모양이다. 아쓰코는 서둘러 도도로키 경부를 눈으로 찾았지만 경부의 모습은 보이지 않고 히비노 경부보와 안짱다리 곤도 형사가 함께였다.

"당치도 않아요. 긴다이치 선생님, 오늘도 수고 많으십니다. 그럼 일단 여러분을 소개하죠."

다다히로 같은 인물이 은근하고 정중하기 이를 데 없는 태도로 인사를 하니, 아쓰코는 점점 놀랍고 어리둥절해지는 동시에, 그 눈은 한층 적의를 띠고 험상궂게 변했다.

"이쪽이 후에노코지 부인, 미사 양의 할머님 되십니다. 그리고 저쪽이 찾으셨던 미사 양."

미사는 의자에서 일어서 있었다. 부끄러운 듯 긴다이치 코스케의 더벅머리를 보고 있었지만 다다히로에게 소개받고는 당황해서 고개를 숙이더니 그대로 얼굴을 붉혔다. 긴다이치 코스케가 싱글벙글하면서 말을 걸려고 했을 때 옆에서 아쓰코의 날카로운 목소리가 끼어들었다.

"선생님, 미사가 어쨌다고 이러시는 겐가요. 이 아인 아직 열여섯 살이에요."

"아, 걱정 마십시오. 그저 두세 가지 물어보고 싶은 게 있을 뿐입니다. 미사 양, 그럼 나중에."

"긴다이치 선생님은 마토바 선생님을 아신다더군요."

다다히로는 아쓰코의 안색에도 개의치 않았다.

"재작년인데요, 신세 진 일이 있습니다. 가즈히코 군과는 아까 만났고요."

"저쪽이 제 사위인 사쿠라이 데쓰오, 그 옆이 제 딸 히로코입니다."

가즈히코는 거기서 처음으로 알아차렸다. 다다히로는 사전에 긴다이치 코스케가 여기 올 거라는 사실을 알고 일부러 관계자 일동을 모아놓은 듯했다. 하지만 그렇다면 마토바 선생이나 자신은 별개로 치고 히로코 누님이나 데쓰오 형님은 어찌된 영문일까? 두 사람 다 이 사건과 관계가 있는 것일까.

데쓰오는 안락의자에 몸을 파묻은 채 히쭉거리며 신기한 듯 긴다이치 코스케의 행색을 지켜보고 있고, 히로코는 정중히 머리를 숙이더니 따분한 듯 손수건을 꺼내 놀고 있다.

이번에는 긴다이치 코스케가 히비노 경부보와 곤도 형사를 소개했다. 지금까지 긴다이치 코스케에게 신경 쓰고 있던 아쓰코는 처음으로 이 안짱다리 형사를 알아차리고 등의자를 삐걱거렸다. 아쓰코는 이 남자를 기억한다. 작년 가을 기치조지의 집에 찾아왔던 남자다.

안짱다리 형사는 싱긋 웃고 고개를 숙였다.

"긴다이치 선생님, 그래서 어떤 식으로 하실 겁니까? 한 사람 한 사람 별실로 불러 질문하실 건가요? 저쪽에 작은 방을 준비해뒀습니다만."

"그렇게는 하지 맙시다. 모처럼 이렇게 쉬고 계시니 저희도 여러분 사이에 끼어 담소하는 걸로 하죠. 히비노 씨, 어떤가요?"

"네, 죄다 선생님께 맡기겠습니다. 그저 오토리 씨에게는 따로 여쭤보고 싶은 게 있습니다만."

"어머, 저라면 괜찮아요. 어떤 것이든 여기서 물어보셔도 괜찮은데요. 단 그게 수사상의 기밀이라면 이야기는 달라지겠지만요……."

"그럼 되는 대로 해볼까요. 암튼……간에 뭐부터 꺼내면 좋을까나."

긴다이치 코스케는 등으로 만든 안락의자에 깊숙이 몸을 파묻고 높은 천장을 올려다보았다. 목조에 회반죽을 칠한 전형적인 메이지 건축 양식이다. 회반죽을 칠한 천장은 칙칙하여 세월이 느껴진다. 주위에 조각이나 삼중액자가 장식되어 있고 가운데에는 마찬가지로 커다란 꽃 조각을 중심으로 컷글라스* 샹들리에가 매달려 있다.

"아, 실례했습니다. 그럼 히비노 씨, 미사 양에게 묻기 전에 아사마카쿠시의 상황 말인데요. 그걸 여기서 일단 설명해주시면 어떻겠습니까? 어차피 신문기자들이 몰려들어서 내일 조간에 날 거라 생각되지만요."

"알겠습니다."

젊은 경부보는 자신이 나설 차례를 의식했는지 좀 긴장하고 생각을 다듬는 듯했으나 이윽고 시선을 다다히로와 지요코에게 돌렸다.

---

* 예쁘게 보이도록 칼로 여러 가지 모양을 새긴 유리제품.

"여러분께서는 오늘 아침 마키 씨의 시체가 어떤 상태로 발견되었는지 아시니, 저희가 수사 초기에 그 아틀리에가 범행 현장이라고 생각한 것도 어쩔 수 없었다는 점을 양해해주십시오."

다다히로도 지요코도 깜짝 놀란 듯했지만 그들이 입을 열기 전에 경부보가 말을 이었다.

"그런데 긴다이치 선생님의 조언이나 제언으로, 범행의 진짜 현장은 그곳이 아니지 않을까 하는 생각을 하게 되었습니다. 피해자는 힐만을 가지고 있었습니다. 그 힐만을 몰아 어젯밤 6시를 지나서 어딘가로 외출한 것은 아니었을까? 그리고 그 행선지에서 청산가리를 먹고 시체가 된 후 다시 그 힐만으로 야가사키로 운반된 것은 아닐까? 이런 의문이 굉장히 강하게 들기 시작한 겁니다."

아무도 입을 열려는 사람은 없었다. 천장이 높은 이 응접실에서는 아무리 한여름이라고는 해도 밤 8시를 지나면 급격히 기온이 떨어진다. 썰렁한 냉기가 방 안에 가득했다. 히비노 경부보는 도수가 높은 근시안경 너머로 다다히로와 지요코의 얼굴을 탐색하듯 보면서 말했다.

"하지만 저희로서는 아직 진짜 현장이 어디인지 알 수 없었습니다. 그런데 아스카 씨나 오토리 씨는 저희가 급히 쓰무라 씨를 만나려 했다는 사실을 아십니까?"

다다히로와 지요코는 말없이 끄덕였다.

"그래서 저희는 호시노온천으로 가보았습니다. 그런데 거기에도 당연히 있어야 할 쓰무라 씨가 없는 겁니다. 주최자 측도 이상하게 생각하고 있더군요. 그래서 주관자인 시노하라 가쓰미 씨와 다치바나 시게키 군…… 참, 그렇죠. 다치바나 시게키 군은 당신의 친구라고 하더군요."

"네, 다치바나가 뭔가 제 얘길 했는지요?"

"아뇨, 다치바나 군한테서는 아무 얘기도 못 들었습니다. 아까 긴다이치 선생님이 아스카 씨에게 전화로 듣고 처음 당신과의 관계를 안 겁니다."

"아, 그렇군요. 그래서요……?"

"그런데 저희는 시노하라 씨와 다치바나 군의 얘기를 듣는 사이 갑자기 불안해졌습니다. 한시바삐 쓰무라 씨의 별장에 가볼 필요를 느꼈던 겁니다. 다행히 다치바나 군이 그 별장을 알고 있어서 다치바나 군의 안내로 아사마카쿠시까지 갔죠. 그런데 거기에도 쓰무라 씨의 모습이 보이지 않을 뿐만 아니라 그 별장이야말로 진짜 현장이 아닐까 하는 의심이 갑자기 짙어졌습니다. 긴다이치 선생님, 이걸로 됐습니까?"

"굉장히 조리 있는 설명이었습니다. 그럼 여러분, 질문이 있으면 마구 해주시죠. 히비노 씨도 답할 수 있는 것과 답하지 못할 것이 있겠지만요."

"그럼 우선 저부터."

잠깐의 침묵 끝에 다다히로가 날카로운 눈을 돌렸다.

"그럼 어젯밤 마키 씨는 아사마카쿠시의 별장으로 쓰무라 씨를 방문했다, 그리고 거기서 쓰무라 씨가 마키 씨를 청산가리로 살해한 후 시체가 된 마키 씨를 마키 씨의 차로 야가사키로 운반해 그곳이 마치 범행현장인 것처럼 꾸몄다는 말입니까?"

"지금은 그렇게 되죠. 그게 시간적으로도 맞습니다. 마키 씨의 사망시각은 아스카 씨도 아시다시피 9시부터 9시 반 사이로 추측하고 있습니다. 그런데……."

거기서 히비노 경부보는 어제의 경위를 간략하게 설명한 후 덧붙였다.

"다치바나 군이 규도 입구에서 쓰무라 씨를 내려주고 자동차로 롯폰쓰지 근처까지 돌아오자 정전이 되었다고 해요. 어젯밤의 정전은 8시 3분까지이니 다치바나 군이 쓰무라 씨를 내려준 것은 8시 정도였겠죠. 정전 직후에 규도에서 회중전등을 산 인물이 있었다는 사실은 저희 조사로도 알 수 있었지만 체격과 차림새로 보아 분명 쓰무라 씨입니다. 그렇다면 8시

30분경까지는 아사마카쿠시로 돌아왔을 겁니다. 게다가 어젯밤 쓰무라 씨가 아사마카쿠시에 돌아온 게 분명한 증거도 있습니다."

얼어붙은 듯한 침묵이 응접실 안을 메웠다. 다들 각자 자신의 눈앞만 멀뚱히 바라보았다. 어떤 사람에게 그것은 무의미한 응시였을지도 모른다. 하지만 어떤 사람에게는 그 시선 속에 깊은 의미가 감춰져 있을지도 모른다. 히비노 경부보의 시선은 재빨리 오토리 지요코의 안색을 확인했다.

"하지만 그럼…… 그렇게 단정하는 건 좀 이르지 않을까나."

묵직한 공기를 가르고 불쑥 입을 연 것은 의외 중의 의외, 무사태평 잠자리 사쿠라이 데쓰오였다.

제17장
어리석은 자의 억측

사쿠라이 데쓰오의 그 말은 명백히 무의식중에 입 밖에 튀어나온 듯했다. 그 말의 의미보다 그 말투가 사람들을 놀라게 했다. 마치 몽유병자의 헛소리처럼 멍하니 튀어나온 중얼거림이었다. 데쓰오 자신도 그것을 입 밖에 내고 나서야 사람들의 시선이 자기에게 집중된 것을 알아차렸는지 갑자기 당황해서 달마대사 같은 둥근 얼굴이 불붙은 것처럼 빨개졌다.

"아니, 아니, 실례. 저 멍하니 생각을 하고 있어서요."

"아, 아니, 사쿠라이 씨."

긴다이치 코스케는 싱글벙글 웃었다.

"이런 경우 보통 사람의 감이란 건 의외로 바보 취급할 수 없는 겁니다. 당신 뭔가 생각하시는 게 있는 것 같은데 있다면 말씀해주시죠. 히비노 씨가 방금 하신 말씀에 뭔가 사리에 맞지 않는 게 있습니까?"

"아니, 긴다이치 선생님. 너무 닦달하지 말아주세요. 바보지, 나도 참. 엉뚱한 얘기를 하고."

다다히로도 웃음을 터뜨릴 듯한 표정으로 말했다.

"데쓰오, 긴다이치 선생님도 그렇게 말씀하시니 뭔가 생각한 게 있다면 솔직하게 말하면 어떻겠나."

"아니, 아버님까지 그런 말씀을 하십니까? 좋아, 이렇게 되면 일단 제 의견을 말씀드려보겠습니다."

"당신, 그만 두세요."

옆에서 히로코가 말리는 것도 듣지 않았다.

"괜찮아, 괜찮아. 어차피 내 의견은 어리석은 자의 억측. 하지만 말 안 하면 찌무룩해진다는 말*도 있어. 일단 해보자고."

의자 속에서 몸을 곧추세우는 모습을 보니 이 남자, 어지간한 무사태평 잠자리인 모양이다.

"히비노 씨, 방금 당신 말씀에 따르면 쓰무라 씨가 규도에서 바로 아사마카쿠시에 갔다는 가설 아래서만 성립되는 게

* 일본의 3대 수필 중 하나인 쓰레즈레구사(徒然草)에 나오는 말.

아닙니까?"

히비노 경부보는 깜짝 놀란 듯했으나 다다히로는 미소를 거두지 않았다.

"역시 데쓰오는 쓰무라 씨가 도중에 다른 데 들렀을지도 모른다고 생각하는 건가."

"아버님, 전 또 한 가지 전후 사정을 납득하기 어렵습니다. 히비노 씨의 이야기를 들으면 다치바나 군은 규도까지 차로 쓰무라 씨를 배웅했다고 했죠. 그럼 왜 아사마카쿠시까지 바래다주지 않았던 겁니까?"

"아, 그건 말이죠."

긴다이치 코스케는 변함없이 싱글벙글 웃고 있었다.

"다치바나 군은 그럴 작정이었다고 합니다. 그런데 규도 입구까지 오자 쓰무라 씨가 갑자기 여기서 내려달라고 했다고 하더군요."

데쓰오는 심각하게 고개를 저었다.

"그렇다면 점점 이상해지지 않습니까? 전 어젯밤 여기 없었지만 다치바나 군이 롯폰쓰지까지 돌아왔을 때 정전이 되었다면서요."

"네."

히비노 경부보의 몸은 경직되어 있었다.

"그렇다면 그때 이미 태풍이 거세게 몰아치고 있지 않았을까요?"

히비노 경부보와는 대조적으로 긴다이치 코스케는 미소를 띠었다.

"저는 어제 여기 있었는데 당신이 말씀하신 대롭니다. 그래서 다치바나 군도 규도 입구에서 쓰무라 씨가 내리고 싶다고 했을 때 이상하게 생각했다고 해요."

"그러니 쓰무라 씨는 어딘가 들를 데가 있었다는……."

"하지만 데쓰오, 그럼 쓰무라 씨는 왜 목적지까지 다치바나 군에게 바래다달라고 하지 않았을까?"

"그건 아마…… 아, 이것도 어리석은 자의 억측이지만 쓰무라 씨는 행선지를 다치바나 군에게 알리고 싶지 않았던 거 아닐까요?"

"무슨 이유로?"

"여자관계 같은 걸로……."

긴다이치 코스케는 싱글벙글 웃었다.

"히비노 씨, 아무래도 여기서 미사 양이 나올 차례가 된 것 같군요."

히비노 경부보는 잠자코 입술을 깨물고 있었다.

이 젊은 경부보는 아사마카쿠시 별장의 이상한 정황을 본

순간, 여자가 전화했던 일을 잊고 있었던 것이다. 잊고 있었다고 해도 할 수 없다. 그 사실은 아직 상사에게도 보고하지 않았고 곤도 형사에게도 말하지 않았다.

히비노 경부보는 뭔가 묻고 싶은 듯한 곤도 형사의 시선을 마주하고는 자기혐오를 느끼지 않을 수 없었다. 그 사실 자체는 대단한 것이 아닐지도 모른다. 방금 사쿠라이 데쓰오가 한 말은 그 자신이 말하듯 어리석은 자의 억측일지도 모른다. 쓰무라 신지는 곧장 규도에서 아사마카쿠시로 돌아갔을지도 모른다. 하지만 그렇다고 하여 여자가 전화했던 걸 잊고 있었다는 사실을 용납할 수는 없을 것이다. 아직 젊고 양심적인 히비노 경부보는 갑자기 무기력해졌다.

"긴다이치 선생님, 그쪽은 모두 선생님께……."

"안 됩니다, 히비노 씨. 이건 당신 사건이니까요. 약간 부탁을 드리자면, 미사 양은 섬세한 나이니 가급적이면 친절하게 대해주세요."

"긴다이치 선생님, 미사가 뭘 잘못하기라도 했나요?"

옆에서 걱정스런 듯 말을 건 사람은 지요코였다. 하지만 이것은 오히려 지요코보다 아쓰코가 꺼내고 싶은 질문이 아닐까 하고 긴다이치 코스케는 생각했다. 그 아쓰코의 입술이 끝내 열리지 않는 것을 보고 긴다이치 코스케는 아무렇지 않게 웃었다.

“뭐, 방금 사쿠라이 씨가 일깨워주실 때까지 저희가 잊고 있었던 게 있습니다. 그 사실에 대해 미사 양이 어느 정도는 알고 있지 않을까 하는 생각이 듭니다. 자, 히비노 씨, 부탁합니다.”

히비노 경부보는 곤도 형사가 메모를 적을 준비를 하는 것을 곁눈질로 확인했다.

“네, 그럼…… 아가씨.”

그리고 질문을 시작했다.

“아가씨는 어제 오후 늦게 규도에서 마키 씨를 만났죠?”

지요코가 어머, 하고 놀라고 아쓰코의 눈썹이 꿈틀 움직였다. 미사의 얼굴은 울상이 되었다.

“하무니, 죄송해요, 죄송해요. 미사, 외로웠던걸요.”

“울 일은 아닙니다, 아가씨. 아무도 당신을 질책하지 않아요. 하지만 그건 우연이었나요? 아니면 사전에 약속을 했던 건가요?”

“음, 약속 같은 건 아니고요. 약속했을 리가요. 미사, 규도에 책을 빌리러 갔어요. 그랬더니 아저씨가 자동차 안에서 말을 걸더니 내렸어요. 아뇨, 저, 내리셨어요.”

미사는 할머니의 안색을 살피면서 말을 정정했다. 아쓰코는 잠자코 딴 쪽을 보고 있다.

"그래서 둘이서 쓰무라 씨의 음악제에 가자고 얘기했습니까?"

"네."

"그 얘긴 누가 꺼낸 거죠?"

"물론 마키 아저씨예요. 미사, 음악제에 대해선 전혀 몰랐던걸요."

"그런데 미사 양도 가보고 싶단 생각이 들었던 거군요."

"미사는 심심했어요. 쓰무라 아저씨도 만나고 싶었고……. 아니, 뵙고 싶었어요. 다들, 다들, 미사에게 아주 잘해주셨는걸요."

미사는 훌쩍훌쩍 울기 시작했다.

"그런데 그때 마키 아저씨는 음악제 티켓을 가지고 있지 않았죠?"

"네."

"아저씨는 어떻게 하셨죠?"

"아, 그래요. 그때 어딘가의 오라버니, 아니, 청년이 지나갔어요. 아저씬 그 사람에게 티켓을 가져오라고 부탁했…… 아니, 부탁하셨어요."

미사의 말을 고르는 방식은 참담한 인상을 주었다. 연장자에게는 항상 경어를 쓰지 않으면 안 되는 모양이다. 심지어 배달부까지 오라버니라고 불러야 하나보다.

“그때 아저씨가 열쇠를 그 청년에게 주지 않았나요?”

“네, 맞아요. 그 티켓은 아틀리에에 있었어요. 아저씨는 아틀리에 열쇠를 건네셨어요.”

“아저씨는 그 열쇠밖에 갖고 있지 않았나요?”

“아뇨, 그거 말고도 많이 갖고 계셨어요. 열쇠는 죄다 은고리에 매달려 있었죠. 아저씨는 그 중에서 아틀리에 열쇠만 빼서 나…… 제게 보여주셨어요.”

“그 후에 미사 양과 마키 씨는 어떻게 했습니까?”

“지로에 가서 홍차를 마시면서 기다렸어요. 그랬더니 금방 오빠, 아니, 저, 배달부가 티켓을 가져왔어요.”

“그때 그 배달부가 가져온 열쇠를 아저씨는 어떻게 했나요? 원래 열쇠꾸러미에 채웠습니까?”

미사는 묘한 표정으로 경부보의 얼굴을 보고 있었다. 눈물은 이미 말라 있었다. 미사는 잠시 생각한 뒤 대답했다.

“네, 그랬을 거예요. 아저씨는 그 열쇠를 여기 주머니에 넣으셨어요.”

미사가 가리킨 곳은 조끼에 있는 시계 주머니 자리였다.

이걸로 어찌어찌 아틀리에 열쇠의 문제는 해결된 듯싶다.

미사보다 경부보 쪽이 이마에 땀을 흘리고 있었다.

"그리고 미사 양은 마키 아저씨와 호시노온천에 갔군요. 호시노온천에서는 그때 뭘 했습니까?"

"네, 미사는 예상이 빗나가서 실망했어요. 음악을 들을 수 있을 거라 생각했는데 음악은 밤에만 연주하고 오후에는 이야기만 한다잖아요. 하지만 미사, 굉장히 즐거웠어요."

"뭐가 즐거웠습니까?"

미사는 할머니 쪽을 힐끔 보더니 장난꾸러기처럼 목을 움츠렸다.

"파친코."

긴다이치 코스케는 무심코 웃음을 터뜨릴 뻔했다. 그러고 보니 호시노온천의 로비에는 파친코가 두세 대 있었다. 긴다이치 코스케는 상냥한 눈빛으로 미사를 바라보았다.

"미사 양은 파친코 처음이었어?"

"네, 마키 아저씨가 해보라고 동전을 주셔서 해봤어요. 아저씨, 굉장히 잘하세요. 얼마든지 짤랑짤랑 나오던걸요."

"미사 양은 어땠어?"

"미사는 안 돼요. 돈만 버렸어요."

"미사코!"

나무라듯 아쓰코가 말했다. 미사는 금세 울상을 지었지만 그래도 도전하는 듯한 눈빛으로 대꾸했다.

"하무니, 죄송해요. 하지만 미사는 벌써 열여섯이에요. 남들이 하는 건 해보고 싶어요."

"파친코는 보통 사람들이 하는 짓이 아니에요."

"어어, 이건 기본이에요. 저도 학생시절에 학교를 땡땡이치고 파친코 가게에 들어가고 그랬는데요."

무사태평 잠자리인 데쓰오가 말했다.

"데쓰오는 지금도 하잖아."

"파친코라면 저도 해요."

가즈히코도 싱긋 웃으며 구명보트를 내밀었다.

"하지만 댁들은 남자잖아요."

"어머, 할머님. 파친코라면 저도 해요. 데쓰오 씨가 가르쳐줬거든요. 이 사람은 데이트할 때 항상 만나는 장소로 파친코 가게를 골랐어요. 하지만 그거, 해보니 재밌더라고요."

긴다이치 코스케가 자리에 앉은 후 히로코가 입을 연 것은 이때가 처음이었다. 히로코는 약간 들뜬 모습이었지만 바로 후회가 되는지 목소리를 낮추었다.

"미사 양은 불쌍해요. 학교에도 못 가잖아요."

긴다이치 코스케가 그 말을 듣고 물었다.

"미사 양은 학교에 안 갑니까?"

아쓰코가 뭔가 대답하지 않을까 기다렸지만 그녀는 딱딱한 얼굴을 하고 입술을 꽉 깨문 채였다. 어쩔 수 없이 지요코가 설명했다.

"저 아인 몸이 약해서요. 소아천식이에요. 그래서 초등학교 2학년부터 3학년에 올라갈 때 출석일 수가 많이 모자라서 2학년을 한 번 더 다녀야 했어요. 그런데 어머님이 가엾게 생각하셔서 학교를 그만두게 하고 직접 가정교육을 시켜주셨죠. 어머님께서 엄청 고생하셨어요."

"그렇군요, 그건……."

긴다이치 코스케는 누구에게랄 것 없이 더벅머리를 꾸벅 숙였다.

"그럼 히비노 씨."

"아, 그래요. 그래서……."

"파친코를 한 뒤 미사 양은 쓰무라 아저씨를 만났군요."

"마키 아저씨가 만나고 싶다고 하셨어요."

"누구에게……?"

"이름은 몰라요. 오빠였어요. 여기 오라버니 정도."

미사는 그렇게 말하며 가즈히코 쪽을 돌아보았다.

"그랬더니 쓰무라 아저씨가 나오셨어요. 미사의 얼굴을 보더니 놀라서……. 아니, 놀라셨어요. 하지만 바로 싱글벙글 웃으며 '잘 왔다' 그러면서 미사 어깨를 두드려주셨어요. 미사, 쓰무라 아저씨한테 굉장히 귀여움을 받았거든요. 마키 아저씨에게도요."

"아쿠쓰 아저씨는 어땠어?"

긴다이치 코스케가 묻자 미사는 갑자기 눈을 빛냈다.

"아쿠쓰 아저씨는 미사에게 생명의 은인이에요."

"그게 무슨 뜻이지?"

"아, 그건 이렇게 된 거예요."

지요코가 옆에서 나섰다.

"그건 제가 아직 아쿠쓰 씨와 같이 있던 무렵이니까 25년부터 28년 사이의 일인데 이 아이가 백혈병으로 수혈을 받아야 할 때가 있었어요. 마침 아쿠쓰 씨와 이 아이의 혈액형이 같아서 그분이 수혈해주셨죠. 이 아이는 그걸 굉장한 은혜로 생각하고 있어요."

미담이다. 당시의 아쿠쓰 겐조는 그만큼 미사를 사랑했던 것이리라. 그렇다는 것은 그만큼 지요코를 사랑하고 있었다는 뜻이 되지 않을까.

"그렇군, 아름다운 얘기네요. 그럼 히비노 씨, 계속해주시죠."

"아, 그래요. 그럼 미사 양은 어디서 쓰무라 아저씨를 만났죠?"

"커피숍에서요."

"둘은 어떤 이야기를 했나요?"

"별로요. '오랜만이군요'라든가 '건강하신지요'라든가, 음악 얘기나 그림 얘기 같은 거요. 그런 얘기만 했어요."

"그때 쓰무라 아저씨는 재킷을 벗고 있었다던데 그 재킷은 어떻게 했는지요?"

"재킷요……? 아, 그래요. 아저씨는 재킷을 의자 등에 걸치고 때때로 주머니에서 담배를 꺼내셨어요."

"아저씨가 재킷 주머니에 열쇠를 넣었다던데 미사 양은 그것을 보았나요?"

"아뇨, 전 몰라요."

"아저씨가 재킷 주머니에서 열쇠를 떨어뜨렸는데 누군가가 주웠다든가 누군가가 그 주머니에서 몰래 열쇠를 훔쳐갔는지 미사 양은 알고 있나요?"

미사는 눈을 동그랗게 떴다.

"아뇨, 몰라요."

"그럼 또 한 가지, 마키 아저씨와 쓰무라 아저씨가 오늘 밤 어딘가에서 만날 약속은 안 했나요?"

"아뇨, 몰라요. 그런 약속 안 했다고 생각해요."

"미사 양은 계속 거기 있었어요? 처음부터 끝까지?"

미사는 고개를 갸우뚱거렸다.

"미사 한 번 화장실에 갔었어요. 그리고……."

그녀는 할머니의 안색을 살폈다.

"잠깐 파친코를 했어요. 아저씨에게 받은 동전이 남아 있어서요."

히비노 경부보는 긴다이치 코스케 쪽으로 눈을 돌렸다. 그 사이에 약속을 한 것은 아닐까, 마키와 쓰무라 두 사람이.

"그럼 마지막으로 또 하나. 쓰무라 아저씨한테 어딘가에서 전화가 걸려오지 않았어요?"

"네, 그래서 미사는 돌아왔어요."

"누가 그 전활 가져왔죠?"

"아까 그 오빠요."

"오빠는 뭐라고 했나요? 남자한테 왔다고 했어요, 여자한테 왔다고 했어요?"

"여자라고 말했…… 아니 말씀하셨어요."

히비노 경부보는 거기서 미사에게서 시선을 떼어 사람들의 얼굴을 둘러보았다. 그는 특별히 지요코의 얼굴에 시선을 멈출 생각은 아니었지만 그렇게 하고 싶은 유혹을 누를 수 없었다. 다른 사람들의 눈에도 그렇게 보였다. 어리석은 자의 억측을 한 사쿠라이 데쓰오는 자못 거북해 보였다. 다들 한동안 침묵하고 있었다.

"그때 쓰무라 아저씨는 어떻게 했어요? 바로 받았어요?"

미사는 다시금 가는 목을 갸웃거리며 생각했다.

"아뇨, 아저씬 한참 머뭇거리고 계셨어요. 그래요, 참. 그 오빠가 '거절할까요?' 그랬어요. 그랬더니 아저씨가 받았죠. 그래서 저와 마키 아저씨는 돌아가기로 했어요."

"오빠는 여자분 이름을 말했나요?"

"아뇨."

"그럼 쓰무라 아저씨는 왜 머뭇거렸죠? 혹시 그 여자분, 마키 아저씨와 아는 사람이 아니었던 건가요?"

미사는 이상한 듯 경부보의 얼굴을 보고 있었지만 이내 놀란 듯 지요코 쪽으로 눈길을 돌리더니 이내 긴 속눈썹을 내리깔았다.

"그런 거 미사는 몰라요. 오빠는 이름을 말하지 않았으니까요."

미사의 모습은 약간 히스테릭해졌다. 지요코는 굳은 얼굴로 잠자코 있었지만 아무도 그쪽을 보려고 하는 사람은 없었다. 아쓰코와 곤도 형사 이외에는.

"그 후 미사 양은 집에 돌아왔어요?"

"아뇨, 규도에 있는 지로까지 마키 아저씨가 자동차로 데려다줘…… 주셨어요."

"지로? 지로에 뭐가 있었어요?"

"자전거를 맡겨 두었거든요."

"아, 그래서……. 그럼 지로 앞에서 마키 아저씨와 헤어졌어요?"

"네."

"미사 양이 자전거로 집에 돌아온 건 몇 시쯤이었어요?"

"6시 조금 전이었어요. 어젯밤 사토에 양…… 우리 가정부인데요. 사토에 양이 봉오도리에 가게 되어서 미사도 서둘러 돌아왔어요."

"그렇다면 여자로부터 쓰무라 아저씨에게 전화가 온 건 5시 반 무렵이란 게 되는군요?"

"미사는 잘 몰라요."

미사는 히스테릭하게 대답했다.

"아마 그럴 거라 생각해요."

낮은 목소리로 대답한 미사의 얼굴이 이번에는 흥건히 땀에 젖어 있었다. 히비노 경부보는 만족스러운 듯 긴다이치 코스케를 돌아보았다.

"선생님, 뭔가 질문이……?"

"아뇨, 만족합니다. 그거면 됐어요. 그런데 어떻습니까? 미사 양도 피곤해 보이니, 여기서 할머님과 같이 댁으로 돌아가시면?"

긴다이치 코스케의 말이 끝나기도 전에 아쓰코가 자리에서 일어났다.

"미사코, 그럼 인사해요."

그 순간 미사의 눈동자에 공포의 빛이 어렸다. 일어선 미사의 몸은 약간 비틀거리는 듯했다. 미사는 슬프게 할머니를 보았다.

"하무니. 미사, 내일 골프대회에 나가면 안 되죠?"

"아, 오세요. 미사 양."

다다히로가 기선을 제압하듯 말했다.

"가즈히코 오빠가 돌봐줄 테니까."

"하지만 오전 중엔 안 돼요. 중요한 일이 있으니까."

중요한 일이란 야스히사를 위한 법사를 말하는 것이리라.

"그럼 미사 양. 정오경에 클럽하우스로 와. 다들 거기서 점심식사를 먹기로 했어. 오후부터 오빠랑 코스를 돌자."

가즈히코는 장난스런 눈빛으로 긴다이치 코스케를 돌아봤다.

"선생님은 어떻습니까, 골프."

"전 안 돼요, 운치*니까요."

"운치가 뭐죠?"

"운동신경치, 즉 운치죠."

한순간 허를 찔렸다. 사람들은 어안이 벙벙해서 긴다이치 코스케를 보았다. 긴다이치 코스케는 태연했다. 갑자기 히로코가 웃음을 터뜨렸다. 속기를 끝낸 곤도 형사가 큰소리로 웃기 시작했다. 히비노 경부보조차 웃음을 터뜨렸을 정도이니 다른 사람은 어땠는지 안 봐도 뻔하다. 웃지 않은 사람은 아쓰코와 미사뿐이었다. 다다히로도 우스워죽겠는 기분을 억지로 누르는 표정으로 말했다.

"그렇군요. 선생님 복장을 보니 빈말로도 운동신경이 발군이라고는 생각하지 못하겠어요."

"그죠? 그런데도 이런 남자에게 골프를 권하는 모지리, 아, 실례, 사람 좋은 분도 계시니까 말이죠."

"그 말씀이 맞네요. 하지만 선생님. 전 추리소설 팬인데요, 추리소설에 자주 나오잖습니까. 그거, 트럼프나 바둑, 장기를 보며 성격을 분석하고 거기서 범인을 찾아내는 거. 우리가 골프를 하는 걸 보시면 의외로 참고가 되지 않을까요?"

---

* 원래는 '대변'이란 뜻이다.

긴다이치 코스케는 가즈히코의 얼굴을 잠자코 바라보았다.

"그렇군요. 그럼 고향의 어머니께 여쭤보죠. 어머니가 괜찮다 하시면 일단 구경해볼까요."

"선생님, 부모님께서는 다 살아계십니까?"

마토바 히데아키가 물었다.

"아뇨, 한참 전에 무덤 아래 들어가셨어요. 그러니 이런 한심한 직업을 하고 있죠."

다시금 사람들은 마구 웃었지만 아쓰코만은 웃지 않았다. 오히려 더 험상궂은 안색이 되어 딱딱하게 말했다.

"그럼 저는 이만 가보겠습니다."

"부인, 잠시만 기다려주십시오. 아키야마더러 모셔다드리라고 하겠습니다. 밤길은 위험하니까요."

다다히로가 벨을 눌렀을 때 히로코도 일어섰다.

"여보, 우리도 실례할까요?"

그때였다.

"히로코, 데쓰오는 좀 더 여기 있어라. 그렇게 한꺼번에 일어서면 긴다이치 선생님께 실례야. 게다가 데쓰오의 어리석은 자의 억측도 꽤 좋지 않았어? 아하하."

긴다이치 코스케는 말없이 정면의 벽에 걸린 커다란 나무판의 글씨를 보고 있었다. 어떤 것이든 메이지 대가의 글씨일 것이다.

"만산장."

이렇게 조각된 검은 글자들이 춤을 추고 있었다.

결국 아쓰코와 미사만이 아키야마 다쿠조가 운전하는 자동차로 집으로 돌아가고 다른 사람들은 남았다.

제18장
누가 청산가리를 가지고 있었는가

밤이 이슥해지고 만산장 현관에는 다카하라의 냉기가 차츰 짙게 스며들었다. 두 사람이 빠졌다는 것은 두 사람이 숨 쉬는 만큼의 자리가 비었다는 뜻이다. 단 두 자리지만 갑자기 오싹한 공기가 사람들을 감싸기 시작했다.

"긴다이치 선생님, 술은요?"

"감사합니다. 마시려면 못 마실 것도 없지만 오늘 밤은 사양해두죠. 이래봬도 전 일하는 중이니까요. 그보다 따뜻한 커피 좀 마실 수 있을까요?"

"알겠습니다."

다키가 사람들에게 커피를 가져다주었다. 따뜻한 커피의

쓴맛이 기분 좋게 신경을 자극하자 다들 몸과 마음이 편안해졌다.

"아무튼…… 히비노 씨, 이제부터 진짜 무대입니다. 슬슬 시작하시면……."

"네, 그럼……."

히비노 경부보도 커피 잔을 내려놓고 지요코 쪽으로 고쳐 앉았다.

"오토리 씨에게 여쭤보고 싶은 게 있습니다만 뭣하면 별실을 빌려서……."

"아뇨. 전 여기서도 괜찮습니다. 어서 시작하세요."

노트와 연필을 준비한 곤도 형사를 보면서 지요코는 침착하게 말했다. 낮에 보여준 것 같은 기세는 이미 거기에는 없었다. 경부보 쪽에서도 낮처럼 날카로운 공격을 하지 않고 대체적으로 온화하게 대하는 모습을 다다히로는 흥미롭게 지켜보고 있었다.

"그럼 다시 한 번 여쭤보겠는데요. 어제 가루이자와에 도착하신 시각은요?"

"오늘 낮에 말씀드렸다시피 저는 어제 가루이자와 도착 4시 50분 열차를 타고 이곳에 왔습니다. 그리고 바로 택시를 탔는데요. 호텔 방에 짐을 푼 것은 5시 5분쯤이 아니었나 싶어요."

"그 이후 전화는 쓰시지 않았습니까?"

"낮에도 말씀드렸다시피 호텔 방에 도착해 바로 다다히로 님께 전화를 걸었습니다."

"그 외에 다른 통화는?"

"히비노 씨, 당신이 뭘 말씀하시고 싶은지 잘 알고 있어요. 5시 반쯤 쓰무라 씨에게 전화한 게 저 아니냐고 하시고 싶으신 거죠? 하지만 그건 제가 아니에요. 저일 리가 없잖아요."

"그게 무슨 말씀이신지……?"

"다다히로 님은, 그럼 그쪽으로 가서 같이 식사를 할까 하고 말씀해주셨어요. 그게 5시 10분쯤의 일이었어요. 서둘러 씻고 옷도 갈아입어야 해서 전화를 끊었을 때 시계를 봤습니다. 그런 여자가 다른 사람에게 전화를 하겠어요?"

"그거 말인데, 히비노 씨, 여기서 잠깐 내게 발언권을 주지 않겠소."

느긋하게 말을 건 사람은 다다히로다. 히비노 경부보는 놀란 듯 돌아보았다.

"네, 하십시오."

다다히로는 미소를 머금은 채 천천히 의자에서 일어났다.

"이 사람, 어제 나한테 전화를 걸어서 개인적인 고민에 대해 상의하고 싶다고 했어. 그런데 어젯밤 정전이었지 않나. 난 아직 그 고민에 대해 듣지 못했네. 하지만 듣지 않아도 알고 있지."

"무슨 말씀이신지……?"

"히비노 씨, 당신도 텔레비전이 있겠지?"

"네, 텔레비전이라면 저도……."

다다히로가 묘한 말을 꺼내서 히비노 경부보는 의아한 표정이 되었다.

"이쪽 형사님은 어떻소?"

"아, 우리 마누라가 최근 텔레비전에 푹 빠져서요. 어쩌고 저쩌고 유혹? 그런 드라마에 말입니다."

곤도 형사는 일부러 익살을 떨었지만 긴다이치 코스케는 흥미롭게 다다히로의 얼굴을 지켜보고 있다. 그도 아직은 다다히로가 무슨 말을 하려는지 알 수 없었다.

"문제는 그거요, 형사 양반. 지금 일본영화는 하락세요. 작년 일본영화가 동원한 관객 수는 신기록이었다고 하지. 올해는 그것을 웃돌 거라고들 하고. 하지만 미국에선 영화는 이미 사양산업이라고 한다오. 그쪽 형사님이 방금 말했다시피 여자들도 죄다 텔레비전 앞에 붙어 있고 영화관으로 가려 하질 않소. 이제 일본도 그렇게 될 거요. 지금 텔레비전 수상기 생산은 부쩍 늘어나고 있지. 그러면 가격도 내릴 거요. 올해부터 컬러텔레비전도 나올 거고. 그러니 이제 일본영화도 점점 텔레비전에게 잠식되겠지. 그렇게 되면 이 사람은 가장 먼저 일자리를 잃게 될 거라는 얘기요."

"설마……."

"아니, 히비노 씨. 정말이오. 이 사람 분명 개런티가 가장 높을 게 뻔해. 영화가 사양 산업이 되었을 때 이런 사람은 가장 먼저 내쳐지게 될 거요."

"잘 아시네요. 그런 걸 저희 세계에서는 밥줄이 끊긴다고 하죠."

지요코도 웃으면서 맞장구를 쳤지만 그 얼굴은 다다히로의 마음을 가늠하기 어려운 기색이었다.

"그래, 당신이 가장 먼저 내쳐질 거요. 거기다 이 사람, 지금 중대한 딜레마에 빠져 있지."

"중대한 딜레마라뇨……?"

"오토리 씨, 당신한테 요즘 무대에서 좋은 얘기가 들어오지 않았소?"

"어머!"

이번에는 지요코가 놀라 눈을 크게 뜨고 다다히로의 얼굴을 고쳐보았다.

"당신, 그것도 알고 계셨어요?"

"오토리 씨."

다다히로는 말에 힘을 실었다.

"나는 당신 주위에 스파이를 뿌린 게 아니오. 하지만 당신도 그 방면에선 거물이고 나도 발이 넓지. 여러 가지 정보가 들어온다오. 그 얘기는 어떻게 생각하오? 당신을 중심으로 극단을 만들어 대극장을 열자는 이야기."

"전부 다 아시네요."

지요코는 한숨을 쉬었다. 긴다이치 코스케는 그 한숨에서 이 여인의 고민을 읽을 수 있었다.

"그건 물론 아주 영광이고 여배우로서는 더할 나위 없이 기쁜 제안이라고 생각해요. 하지만 솔직히 말해 자신이 없어요."

"그런 건 아니지. 당신은 무대에서도 훌륭하게 성공할 거요. 당신은 연기라는 꽃을 품은 연기자고, 신극이라고는 해도 무대 경험도 있으니까."

"하지만 저 혼자 힘으로 대극장에서 25일간 잘 해낼 자신은 좀……. 실패하면 비참할 거예요."

"그래서 그 이야기 언제까지 답해줘야 하는 거요?"

"20일까지 해달라고 하더군요. 그쪽도 내년 스케줄이 있으니까요. 그래서 완전히 우왕좌왕하고 애가 타서 이리로 온 거예요."

다다히로는 장난스런 미소를 머금은 눈으로 지요코를 보았다.

"하지만 그 답이라면 어젯밤 나오지 않았소?"

"어머!"

지요코는 허를 찔린 듯 다다히로를 보았다. 한동안 숨도 못 쉬고 상대의 웃고 있는 눈을 보고 있었지만 이윽고 그 얼굴이 불을 붙인 것처럼 타올랐다. 이윽고 깊은 한숨을 쉰다.

"그럼 전부 알고 계셨군요."

"나, 어지간히 믿음이 없나보군."

"어머, 죄송해요."

"그 얘기, 나중에 천천히 나눠보지 않겠소?"

사람들 앞이라 다다히로도 엷게 뺨을 붉혔다. 이윽고 경부보 쪽을 돌아보았다.

"그런 이유로 히비노 씨, 이 사람 굉장히 다급한 마음으로 나한테 전화를 한 거요. 목소리 상태로 나도 바로 알았지. 그런 사람이 나와 만날 약속을 한 후에 다른 남자에게 전화를 걸었겠소?"

히비노 경부보는 곤란한 듯 긴다이치 코스케를 보았다. 긴다이치 코스케가 그 시선에 답해 뭔가 말하려고 했을 때 사쿠라이 데쓰오가 아무렇지 않게 등의자를 삐걱거리며 입을 열었다.

"아, 그에 대해 전 그…… 저, 히비노 씨."

무사태평 잠자리조차 무척 거북한 모양이었다.

"네……?"

"아까 제가 한 어리석은 자의 억측 말인데요. 그건 어디까지나 어리석은 자의 억측으로 결국 그건 그…… 결론에서 끄집어낸 가설에 불과합니다."

"무슨 말씀이신지……?"

"아, 그…… 쓰무라 씨란 사람 말인데요. 그 사람의 인품으로 보아 살인…… 그것도 청산가리에 의한 살인이라면 계획적 범죄라는 게 되지 않습니까? 긴다이치 선생님."

"그건 그렇죠. 그래서……?"

"그 사람…… 쓰무라 씨가 그런 짓을 할 리 없다고 생각해서 그만 저, 쓸데없는 소릴 해버렸습니다."

"당신은 쓰무라 씨를 아십니까?"

히비노 경부보는 의심스런 듯 눈썹을 찌푸렸다.

"한 번 만난 적이 있습니다. 히로코도 같이요."

"어머나, 어, 언제, 어디서……?"

지요코도 놀란 듯 데쓰오를 보았다. 데쓰오도 겨우 침착해졌다.

"작년 가을이었습니다. 일본미술전람회의 서양화 부문에 제 친구가 입선했죠. 그래서 히로코를 데리고 보러 갔는데 거기에 쓰무라 씨도 와 있었던 겁니다. 쓰무라 씨에겐 동행한 여성이 있었습니다. 그 여성이 대학시절 히로코의 동창이었죠."

"아버님도 아시죠? 야마자키 씨 댁 따님 도모코 씨."

히로코도 옆에서 덧붙였지만 다다히로는 그저 냉담한 태도로 이야기를 재촉했다.

"아, 그래. 그래서……?"

"그 도모코 씨의 소개로 넷이서 차를 마셨습니다. 30분 정도 별거 아닌 얘길 했는데요. 저로선 무관심할 수가 없었어요, 쓰무라 씨란 사람에게. 여러 가지 의미에서요. 자연히 저는 저대로 열심히 관찰을 해봤는데요, 그 사람은 딱하다 싶을 정도로 순진하고 선량했지만 또 딱하다 싶을 정도로 덜렁이더군요."

"형님, 그럼 형님하고 닮은 건가요, 쓰무라 선생님이란 분은?"

즉시 옆에서 가즈히코가 농담을 해서 다다히로의 굳은 입술이 무심코 누그러졌다.

"뭐야, 이 자식. 아하하. 하기야 상대방이 훨씬 스마트하시지만 덜렁거리는 건 나보다 더할 거라고. 덜렁이고 나쁘게 말하면 경솔한 사람이지. 그렇지 않습니까, 오토리 씨."

"그건 이미 유명해요. 게다가 지레짐작하다가 실패하는 일도 많고요. 선량한 거야 말할 수 없이 선량하지만요."

"그래서 그 사람이 청산가리 살인을 할 리가 없다……는 결론에서 시작한 어리석은 자의 억측이었으니 제 명론탁설*에 신경 쓰지 말아주십시오."

무사태평 잠자리 선생은 무척 송구스러워하는 느낌이었다.

"긴다이치 선생님, 다치바나는 뭐라고 하던가요, 그 점에 대해서?"

가즈히코가 옆에서 물었다.

"그래요. 다치바나 군도 사쿠라이 씨와 같은 의견이었어요. 그 사람 난리도 아니었죠, 아하하."

"난리도 아니었다뇨……?"

"아, 청산가리란 건 여기서도 팔고 저기서도 파는 물건은 아니지 않냐, 게다가 가루이자와의 약국에서 그런 뒤숭숭한 약을 막 팔겠느냐, 만약 그렇다면 단속 소홀로 나가노 현 경찰

* 名論卓說, 이름난 논문과 탁월한 학설.

을 고소하겠다며 난리도 아니었다는……. 언뜻 얌전해 보이지만 쉽게 격정적이 되더군요, 그 사람."

"하지만 선생님. 그 말이 일리 있지 않습니까?"

"일리도 이리도 많이 있죠. 그래서 문제는 누가 청산가리를 갖고 있나, 혹은 갖고 있었나라는 사실, 또 한 가지는 쓰무라 씨가 왜 이렇게까지 자기편이 많은데도 굳이 자취를 감췄는가 하는 점인데요."

"선생님은 그에 대해 뭔가 짚이는 곳이 있지 않으십니까?"

"제가요……? 당치도 않아요."

긴다이치 코스케는 가즈히코의 눈을 보았다.

"전 아직 이 사건에 고개를 들이민 정도가 아닙니까. 제가 아무리 명탐정이라 해도 그렇게 빨리 문제를 풀 수는 없어요. 로마는 하루아침에 이루어지지 않는다고 하잖아요."

긴다이치 코스케는 묘한 데서 묘한 경구를 읊었다.

"그건 그렇고 긴다이치 선생님, 당신의 파트너인 도도로키 경부가 여기 오신 거 아닌가요?"

옆에서 싱글벙글 웃으며 입을 연 사람은 마토바 히데아키였다. 여기에는 긴다이치 코스케도 깜짝 놀란 듯 눈알을 데굴데굴 굴렸다.

"저, 마토바 선생님. 그걸 어떻게 아시는지……."

"저, 그럼 경부님, 아직 그 얘길 안 하셨나요?"

"무슨 이야기요……?"

"선생님께서는 경부님과 만나긴 만났죠?"

"네, 만났어요. 그 경부님, 신출귀몰하시던데요. 저희가 아사마카쿠시에 달려왔더니 앞질러가서 기다리고 있더군요. 하지만 사건 역시 변환이 자유자재이지 않습니까? 아직 제대로 이야기를 나눌 틈이 없었어요. 한데 마토바 선생님은 어떻게 그걸……?"

"그 얘기라면 제가 하죠. 경부님이 잘못하신 덕택에 후에노코지 할머님은 굉장히 성이 나셨어요."

무사태평 잠자리인 사쿠라이 데쓰오가 명예회복을 하려는지, 재미있고 우스꽝스럽게, 그러면서도 빈틈없이 상대의 얼굴을 읽으면서 오늘의 사정을 들려주었다. 어떻게 경부의 정체가 밝혀졌는지에 대한 과정을 이야기해주자 긴다이치 코스케는 한층 눈을 더 크게 떴다.

"그건 경부님이 잘못했군요. 그런 건 감추기보다 드러내야 한다고 하지 않습니까? 하지만 그 얘긴 아직 못 들었어요. 그럴 틈이 없었거든요. 이런저런 일로요."

"긴다이치 선생님, 요전에 제가 이번 사건의 조사를 의뢰했을 때 '2, 3일 사이에 경시청에서 사람이 온다. 그 사람이 이번 사건을 알지도 모르지만 그 사람의 의견을 듣고 나서라'고 말씀하셨는데 그분이 도도로키 경부님입니까?"

"네, 맞습니다. 회장님, 단 저도 그분이 어느 정도 이번 사건에 관여하고 있는지 아직 잘 모릅니다. 단지 한 번 이런 질문을 받았던 적이 있어요. '자동차의 방향지시등으로 사람을 죽일 수 있을까. 고의로 그럴 수 있을까'라는. 저는 바로 '하하, 아쿠쓰 겐조 씨의 사건이구나' 생각해서 다소 이번 사건에 관련이 있지 않을까 싶어, 그렇다고 대답했습니다. 그렇군요. 경부님이 후에노코지 할머님하고……."

"하지만 후에노코지 부인은 왜 그걸 아까 말씀 안 하셨던 건가요?"

히비노 경부보는 오히려 그쪽이 의외인 모양이었다.

"그건 말이죠, 히비노 씨. 어머님은 굉장히 마음에 상처를 받으셨어요. 그분은 긍지가 높은 분이라서요. 미행이라도 당하지 않았나 싶었던 게 아닐까요?"

"그건 아닙니다, 절대. 왜냐하면 그분이 주말에 온다는 건 회장님께도 말씀드려놨을 정도니까요. 좋아, 그럼 오늘 밤 어차피 난조 별장에서 베개를 나란히 하고 잘 예정이니 일단 혼을 내줘야겠군요."

"굉장히 친하신 것 같군요."

마토바 히데아키가 싱글싱글 웃었다.

"도움 받고 도움 주고, 똑똑똑 드르륵 반상회* 같은 사이죠."

곤도 형사는 풋 하고 웃음을 터뜨렸지만 대화에 끼어들지는 않았다.

긴다이치 코스케는 갑자기 다다히로 쪽을 돌아보았다.

"회장님, 이번에는 당신이 털어놓으셔야죠."

"털어놓다뇨?"

"회장님, 최근 마키 씨를 만나셨죠?"

다다히로는 파안대소했다.

"아아, 그 고고학 장서. 히비노 씨."

"네."

"뭐, 봐주시오. 그때는 당신도 나도 아주 전투적이었어서. 그만 말 안 하고 지나왔소만, 그끄저께 마키 씨가 불쑥 여기 찾아왔지 뭐요. 용건은 그 사람 시라토리회의 중진이지 않소. 그런데 작년 가을 전람회에는 제작을 관두고 출품하지 않았다고 하더군. '올해는 명예회복을 하기 위해 아무쪼록 출품하

---

* 여기서 반상회로 번역한 도나리구미(隣組)란 제2차 세계대전 당시 국민통제를 위해 만들어진 지역 조직을 가리킨다. 몇 가구를 1단위로 하여 식량 기타 생활필수품의 배급 등을 행하였다. 똑똑똑 두드리면 드르륵 바로 문을 열 정도로 친밀하다는 뜻으로 '똑똑똑 드르륵 반상회(도나리구미), 격자문을 열면 친숙한 얼굴. 돌려주오 회람판, 알림 받고 알려주고'라는 가사로 유명한 노래도 있다.

고 싶은데 아무래도 영감이 떠오르지 않아 곤란하다. 고고학 책이라도 보면 뭔가 영감을 얻을 수 있을지도 모른다' 그러기에 내 빈약한 컬렉션을 보여주고 책을 빌려주거나 한 것뿐이오."

"하지만 뭔가 다른 이야기는요?"

"아, 그거 말인데, 나도 영감 운운은 단순한 구실이고, 뭔가 다른 이야기가 있을 거라 생각했소만. 그런데 지금 생각해봐도 짚이는 게 없소. 아까도 이 사람에게 물어봤는데 그야 쓰무라 군에 비하면 임기응변이 있는 사람이라고 하더군. 그렇다면 뭔가 하고 싶은 말이 있어서 온 걸 텐데 결국 말을 못 꺼내고 돌아가버린 게지."

"뭔가가 있지 않았을까요? 마키 씨가 여기 오는 데는 상당히 용기가 필요했을 텐데요."

긴다이치 코스케는 고민에 싸인 눈빛으로 한동안 생각에 잠겨 있었지만 갑자기 장난기 가득한 얼굴이 되어 다다히로를 보았다.

"그런데 회장님, 그 성냥개비 배열은 어떻습니까? 그건 역시 설형문자였나요?"

다다히로는 갑자기 눈을 크게 떴다. 크게 부릅뜬 다다히로의 눈은 도기 그릇 같은 광택을 띠었다. 그것이 상대를 두렵

게 만드는 것이다. 하지만 그다음 순간, 마토바 히데아키와 얼굴을 마주하더니 허탈하게 웃었다.

"이거 송구스럽소이다. 그거야말로 어리석은 자의 억측 중 억측, 대억측이었소이다."

마토바 히데아키도 웃음을 삼키면서 말했다.

"긴다이치 선생님, 저도 비루한 지식이지만 그런 설형문자를 본 적은 없습니다. 하지만 무서운 분이군요, 선생님은."

"뭐, 저도 마작에 미쳤을 무렵엔 사람 얼굴이 죄다 파이판* 으로 보였으니까요."

"긴다이치 선생님."

옆에서 기회를 놓치지 않고 가즈히코가 끼어들었다.

"선생님은 어떠십니까? 그 성냥개비 배열. 저도 아까 아저씨한테 의견을 여쭈었는데요, 선생님은 그에 대해 뭔가 생각이……?"

"글쎄요."

긴다이치 코스케는 총명해 보이는 청년의 얼굴을 가만히 보았다.

"그거, 뭔가 의미가 있기는 있겠죠. 하지만 그렇게 흐트러

---

* 백판. 아무것도 쓰여 있지 않은 흰 패.

져 있으면……. 게다가 그게 진짜 현장에서 가져와서 늘어놓은 거라 하더라도 생각한 것처럼 원래대로 나열했는지 어쩐지 의문이 남습니다. 한데 가즈히코 군에게 뭔가 의견이라도……."

"말도 안 되죠. 선생님도 모르시는 걸 제가 알 리 있겠습니까?"

긴다이치 코스케는 왠지 허둥거리는 가즈히코를 말없이 보다가 시선을 지요코에게 돌렸다.

"그럼 여기서 오토리 씨에게 여쭤보고 싶은 게 있는데요."

그는 그렇게 말하더니 갑자기 정신이 든 듯 허락을 구했다.

"히비노 씨, 그 얘기 제가 물어봐도 되겠습니까?"

"네, 그러십시오. 모두 선생님께 맡기겠습니다."

일언지하에 히비노 경부보가 동의한 까닭은 이런 사람들을 상대하기에는 긴다이치 코스케처럼 종잡을 수 없는 인물이 낫다고 생각한 건지도 모른다. 곤도 형사는 조금 긴장한 눈빛으로 지요코의 얼굴을 보고 있다.

"긴다이치 선생님, 무슨 일인가요?"

곤도 형사의 긴장이 감염된 것인지, 지요코도 조금 어투가 바뀌었다.

"아, 혹시 사스케라는 인물을 아시지 않습니까?"

제19장

사스케라는 이름의 피에로

긴다이치 코스케는 그 이름을 가급적 아무렇지 않게 끄집어냈다. 상대의 반응을 확인할 작정이었다. 기대에 반하여 그 반응은 극히 미약하게밖에 나타나지 않았다.

"사스케……?"

지요코는 입속으로 웅얼거리더니 멍하니 긴다이치 코스케를 보고 있었지만 갑자기 뭔가 짚이는 데가 있는 듯 눈을 크게 뜨고 상대의 얼굴을 고쳐 보았다.

"아시는군요."

"네, 혹시 그 사람이 아닐까 싶은데요. 그런데 그게 지금 왜요……?"

경부보나 형사의 시선이 삼킬 것처럼 자신에게 모이는 것을 알아차리고 지요코는 놀라고 어안이 벙벙함과 동시에 곤혹스러운 모양이었다.

"오토리 씨, 괜찮다면 그에 대해 말씀해주실 수 있을까요? 저희는 아직 사스케라는 발음밖에 모릅니다만."

"그건 전혀 문제될 게 없지만 긴다이치 선생님, 그분은 한참 전에 돌아가셨어요. 그게 이제 와서 왜 문제가 되는 건가요? 이번 사건에 관계가 있다거나……?"

"아, 지당하신 말씀입니다. 그럼 페어플레이하기로 하죠. 히비노 씨, 아니, 이건 당신보다 베테랑 형사가 좋겠어요. 곤도 씨, 일단 사스케를 발견하게 된 전말을 이야기해주시겠습니까?"

"알겠습니다. 그럼 소개를 받은 베테랑 형사가 말씀드릴까요?"

역시 이런 경우 젊은 경부보보다 베테랑 형사 쪽이 익숙했다. 곤도 형사는 너구리 같은 눈을 빛내며 손짓 발짓도 멋들어지게 사스케를 발견한 전말을 이야기했다.

"긴다이치 선생님, 이걸로 되겠습니까?"

"아주 좋았습니다. 형사님은 경찰을 그만두면 강연가가 되시면 되겠군요. 아, 이거 실례."

곤도 형사의 이야기를 들으면서 지요코의 표정은 격하게 변화했다. 처음에는 단지 놀람, 허를 찔림, 곤혹스러움 정도였지만 그것이 격렬한 분노의 불꽃이 되어 눈시울을 물들였다. 그 분노가 진정되자 이번에는 통렬한 조소로 입술이 일그러졌다. 하지만 곤도 형사의 이야기가 끝났을 무렵에는 그 조소의 기색도 수그러들고 평정을 되찾고 있었다.

"그런 이유로, 방금 베테랑 선생님이 말씀하신 대로 그것이 후에노코지 씨가 남긴 마지막 메모와 어떤 관련이 있지 않을까 하는 겁니다. 그래서 우선 여쭤보고 싶은데, 사스케란 어떤 한자를 씁니까?"

"사루토비 사스케*의 사스케인데요. 그게 본명은 아니고 별명이에요."

"후에노코지 씨나 당신과의 관계는요?"

"그걸 지금 말씀드리려고 하는데요. 우선 가장 먼저 말씀드려둘 것은 후에노코지 씨가 이제 와서 왜 사스케 씨를 생각해냈는지 이해할 수가 없다는 겁니다. 하지만 지금 얘기를 듣는 사이에 그 일인 건 아닐까? 그 사건 때문이 아닐까 하고 화가

---

* 猿飛佐助, 다치카와문고(立川文庫)에서 만든 가상인물로, 사나다 유키무라(眞田幸村)의 열 명의 용사 가운데 한 사람.

난 나머지 보기 흉한 모습을 보여드려 송구스럽군요. 다다히로 님, 이 얘기를 잘 들어주세요. 젊을 무렵의 제가 얼마나 건방지고 얼마나 교만한 여자였는지에 관한 이야기입니다."

"들어보지. 재미있을 것 같은 이야기가 아닌가."

"아뇨, 재미있다기보다 더없이 슬픈 이야기예요."

지요코도 기분이 정리된 듯 울 듯 말 듯한 표정으로 말을 시작했다.

"긴다이치 선생님은 아시는지 어쩐지. 제가 영화계에 들어간 것은 쇼와 15년, 만이 아닌 그냥 나이로 열여섯 살 때였습니다. 회사는 도요시네마였으니 촬영소는 교토에 있었죠. 그래서 지금도 이따금 가는데 도야마의 산기슭에 '지카(千佳)'라는 사찰요리집이 있었습니다."

"지카라면 나도 아오. 다카마쓰(高松) 지카메라는 여자가 운영하는 곳이지?"

"어머, 다다히로 님은 그 아주머니를 아시나요?"

"그야 알지. 교토에서도 유명한 여성이니까. 하지만 당신, 그 사람을 아주머니라고 부르는 사이오?"

"춤 일로 관계가 있어요. 옛날 어머니가 신바시서 나왔을 무렵 그분 쪽이 선배님이셨어요. 그런 관계로 도요시네마에 들어갔을 때 전 '지카'에서 지내게 되었죠. 그런데……."

"아, 잠깐. 이야기 중에 죄송하지만 오토리 씨, 저한테 굉장히 실례되는 말씀을 하셨습니다."

긴다이치 코스케가 시치미를 떼고 말해서 지요코도 의아한 듯 눈썹을 찌푸렸다.

"네……?"

"방금 '긴다이치 선생님은 아시는지 어쩐지'라고 하셨는데요. 저는 오토리 씨의 데뷔작부터 봐왔답니다. 〈도련님과 아가씨〉였죠."

"어머!"

지요코는 얼굴이 빨개졌고 다다히로는 웃음을 터뜨렸다.

"아하하. 긴다이치 선생은 이 사람의 팬이십니까?"

"아하하, 무슨 실례되는 말씀입니까. 전 이래봬도 오토리 지요코 후원회 회장 정도의 가치가 있는 남자라고요. 두 번째 작품 〈아름다운 청춘〉, 세 번째 작품 〈별에서 온 심부름꾼〉, 그리고 후에노코지 씨와의 사건이 일어나기 전의 영화 〈천사의 유혹〉까지 죄다 봤습니다."

"어머나, 부끄럽습니다."

아무래도 이건 진짜인 것 같다고 생각했는지 지요코는 기쁘다기보다 오히려 불편해 보였다. 다른 사람들은 이 남자, 무슨 말을 하려나 수상쩍은 눈으로 가만히 지켜보았다. 하지만 긴다이치 코스케는 전혀 개의치 않고 뻔뻔하게 말을 이었다.

"아니, 있는 그대로 말씀드리면 저는 당신 아버님, 지카게 선생님의 팬입니다. 그 따님이라는 이유로 자연히 당신의 팬이 되었던 거죠. 그래서 오토리 씨 얘기가 신문잡지에 나오면 자연히 주목했고 그래서 여러 가지를 알고 있는데 신바시의 명기였던 어머님이 지카게 선생님과 맺어진 것은 그림으로 인한 인연이었다고 하더군요."

"네, 어머니는 아버지에게 사사 받아 그림을 배우셨으니까요."

"그림 쪽의 이름은 가구(歌紅) 씨였죠."

"잘 알고 계시는군요. 어머니 본명이 우타코여서요."

"실은 말이죠, 오토리 씨. 그건 쇼와 30년이었습니다. 그해 저는 어떤 사건을 처리하느라 기억하는데요, 긴자의 백화점에서 지카게 선생님의 유작 전시회가 있었죠."

"선생님, 보러오셨나요?"

"〈개똥벌레〉를 본 것은 그때가 세 번째였습니다. 그것은 메이지, 다이쇼, 쇼와 3대에 걸친 명작 중 하나라고 생각합니다. 지카게 선생님의 주특기인 붉고 푸른 그라데이션이 실로 멋들어진 작품이니까요. 그런데 그때 가구 씨의 그림도 출품되어 있었다고 하더군요."

"네, 소품이었지만요."

지요코는 곤혹스러워하면서도 역시 기쁜 듯했다. 다다히로는 흥미롭게 긴다이치 코스케를 지켜보았다. 다른 사람들은 어리둥절해서 멍하니 보고만 있었다.

"그런데 멍청하게도 전 그걸 놓쳐버린 겁니다. 나중에 신문에서 알았는데 역시 미인화였죠?"

"네, 변변찮은 작품이지만……."

"오토리 씨, 그때 출품된 가구 씨의 그림이 〈무선(舞扇)〉* 아니었소?"

"어머, 당신도 알고 계셨나요?"

"가구 씨라면 변변찮은 작가가 아니지. 훌륭한 작가요. 그분은 숨어 있는 쇼와의 규수미인화가지. 긴다이치 선생."

다다히로는 이것이 긴다이치 코스케의 함정이라는 것을 알아차렸다. 하지만 함정이라면 함정인 대로 받아주마 하는 듯 싱글벙글 웃었다.

"가구 씨의 그림을 보고 싶으면 도쿄 집에 들르시오. 방금 말이 나온 〈무선〉 외에 〈쇼와풍속미인 12태〉라는 그림도 있소이다."

---

* 춤출 때 쓰는 부채.

"어머!"

지요코는 놀라 다다히로를 보더니 약간 숨을 헐떡였다.

"그 그림, 댁에 있나요?"

"최근 손에 넣었지. 방금 긴다이치 선생님이 칭찬하신 〈개똥벌레〉도. 하하하."

다다히로는 유쾌한 듯 웃으면서도 긴다이치 코스케의 얼굴에서 눈을 떼지 않는다. 긴다이치 코스케도 한순간 압도당한 모습이었지만 바로 탄성을 질렀다.

"이, 이, 이건 굉장해, 이, 이건 굉장해!"

이 남자, 흥분하면 말을 더듬는 버릇이 있다.

긴다이치 코스케가 맹렬하게 말을 더듬으면서 다섯 손가락으로 더벅머리를 무턱대고 긁어대니 참을 수 없다. 비듬은 날아 흩어지고 침은 날아 물보라가 되었다.

"아무쪼록 보고 싶군요. 〈무선〉 쪽은 평판을 들었는데 색이 실로 아름답다고 하더군요."

"〈미인 12태〉도요. 항간에 떠도는 이야기에 따르면 가구 씨의 그림에 지카게 선생의 손이 닿았을 거라고들 하는데 그건 거짓이오. 화집 쪽은 쇼와 여자의 풍속사지만 귀를 덮어 감추는 머리부터 단발, 파마부터 전시의 몸뻬 차림까지 그려져 있는데 파마 정도까지라면 모를까 몸뻬 차림 같은 건 지카게 선생이 아실 리 없지. 작부의 몸빼 차림인데 그게 실로 아름다운 색으로 마무리되어 있소."

"그렇습니까, 그렇습니까? 아무쪼록 도쿄에 돌아가면 보고 싶습니다."

거기서 긴다이치 코스케는 겨우 정신이 든 듯 크게 부끄러워하며 사람들의 얼굴을 둘러보았다.

"어, 가즈히코 군. 왜 그러지? 왜 그렇게 내 얼굴을 뚫어져라 보고 있나?"

가즈히코는 한순간 질린 것처럼 보였지만 바로 하얀 치아를 드러내며 웃었다.

"선생님 대단하시네요."

"대단하다니 뭐가……?"

"뭐든지 알고 계시니까요. 무서울 정도예요."

"가즈히코 군, 그럴 경우엔 이렇게 말하는 거야. '선생님은 박학다식하시군요' 요즘 젊은 사람은 일본어를 제대로 쓸 줄 몰라서 곤란해. 아, 실례."

긴다이치 코스케는 거기서 지요코 쪽을 돌아보았다.

"오토리 씨, 그럼 이야기를 계속해주십시오. 당신의 어머님과 교토에 있는 '지카'의 여사장 다카마쓰 지카메가 친했다, 그런 인연으로 당신은 '지카'에서 지냈다는 부분에서 제가 이야기의 맥을 끊어놓았죠. 아무쪼록 그 뒤를 말씀해주시죠."

"네, 그럼……."

지요코는 곤혹스러움을 느끼면서도 재촉 받은 대로 뒤를 이었다. 지금 분명히 긴다이치 코스케와 가즈히코 사이에 불꽃이 일었던 것이다. 다다히로도 그것을 알아차리고 있었다. 하지만 그것이 무엇을 의미하는지 다다히로도, 지요코도 알 수 없었다.

"그 다카마쓰 아주머니에게 쓰루키치(鶴吉)라는 아들이 있었어요. 나이는 저보다 다섯 살 위였으니 당시 스물한 살. 그 쓰루키치 씨가 사스케 씨입니다."

"그런데 쓰루키치 군 닌자술이라도 씁니까?"

"아뇨, 그 사스케가 아니고*, 긴다이치 선생님은 다니자키(谷崎) 선생님의 〈슌킨쇼〉**를 읽으셨나요?"

"〈슌킨쇼〉라면 읽었습니다만……."

"그게 발표된 게 쇼와 8년(1933년)이라고 합니다. 그게 영화

---

* 사스케는 전국시대에 유명했던 닌자의 이름이기도 하다.

** 春琴抄, 다니자키 준이치로의 소설. 눈먼 미녀 슌킨과 그녀를 숭배하며 주인으로 모시는 사스케의 관계를 다룬 탐미주의 소설이다. 슌킨은 사스케를 마구 휘두르며 제멋대로 행동하다가 주변인에게도 미움받으며 적을 만든다. 슌킨은 나중에 침입자에게 얼굴에 끓는 물을 맞고 이로 인해 미모를 잃는데, 사스케는 그녀의 아름다움을 영원히 간직하기 위해 바늘로 자신의 눈을 찔러 실명한다.

가 된 것이 〈고토와 사스케〉*. 그 사스케입니다."

"아, 그렇군."

다다히로는 입가를 누그러뜨리며 웃었다.

"그럼 필경 당신이 슌킨인 거요?"

"그러니까 아까 말씀드렸잖아요. 당시 제가 얼마나 건방지고 교만한 아가씨였는지."

엷게 볼을 물들이면서 다다히로에게 교태를 부리는 지요코에게는 소녀 같은 천진난만함이 있다. 긴다이치 코스케는 잠자코 듣고 있었다.

"그 쓰루키치 씨란 분이 교토의 어떤 대학 예과학생이었는데 굉장히 친절하게 해주셔서 여러 가지 신변의 일들을 도와주셨어요. 나중에는 학교도 관두시고 마치 시중드는 사람처럼 돼서 스튜디오에 들어왔죠. 전 변명할 생각은 없지만 정말 아무것도 몰랐어요. 쓰루키치 씨가 왜 사스케인지 그 의미조차 몰랐었죠. 조숙하기는 조숙했지만 당시에는 아직 〈슌킨쇼〉를 읽지 못했고 〈고토와 사스케〉가 상영된 건 제가 영화계에 입문하기 꽤 오래 전 일이었어요. 그 영화도 못 봤고요. 그래서 시중드는 사람을 영화계에서 '사스케'라고 부르나보다 정

---

* 고토(お琴)는 여주인공 슌킨의 본명이다.

도로 생각하고 있었죠."

"쓰루키치 군에게 당신이 슌킨 같은 폭군 행세를 한 겁니까?"

"그래요. 긴다이치 선생님, 어쨌거나 외동딸이라 한껏 떠받들어주며 키우셨으니까요. 마음에 안 드는 게 있으면 마구 화풀이를 해야 하는데 주변에는 선배들뿐이잖아요. 쓰루키치 씨 외에 달리 화풀이할 사람이 없었어요. 그래서 그만 토라지거나 뾰로통해지거나 무슨 일이 생기면 자랑하거나 꼬집거나 그랬죠."

"그렇게 당할 때 쓰루키치 군은 기뻐했나요?"

"옆에서 보면 그렇게 보였어요. 저는 아직 몰랐죠. 저는 그저 착한 오빠, 무슨 일을 당해도 화내지 않는 사람, 그 정도로 생각하고 제멋대로 행동했어요."

"한데 오토리 씨, 너무 깊이 들어가는 질문 같은데 〈슌킨쇼〉의 고토와 사스케는 정을 통하지 않았습니까? 당신과 당신의 사스케 씨는……?"

"선생님, 그런 일은 없었습니다."

"하지만 후에노코지 씨는 두 사람 사이를 의심하고 있었던 게……?"

"지금 그 생각이 떠올라 분한 거예요. 게다가 어째서 이제 와서 쓰루키치 씨 일을 떠올렸는지 그게 이상해서 견딜 수가 없네요."

"괜찮다면 그 이야기를 좀……."

"오히려 이 이야기는 제가 하고 싶네요."

지요코는 잠시 자세를 고쳐 앉았다.

"태평양전쟁이 발발한 건 쇼와 16년(1941년) 12월이었죠. 그 이듬해 봄, 쓰루키치 씨에게 소집영장이 왔어요. 쓰루키치 씨는 학교를 그만둔 상태라 아주 소수의 사람들끼리 환송회를 해주었죠. 그 뒤 너덧 명이서 마루야마(円山) 공원을 산책했어요. 마루야마의 밤 벚꽃이 아름다웠습니다. 그런데 쓰루키치 씨와 저만이 무리에서 떨어지고 말았던 겁니다. 공원 구석의 어두운 장소였습니다. 그때 갑자기 쓰루키치 씨가 '키스하게 해줘' 하고 말했던 거예요."

"이승에서의 추억을 간직하기 위한 거였군요."

"그런 거였겠죠."

"그래서 당신, 키스하게 허락해주었소?"

다다히로의 목소리는 부드러웠다.

"네, 쓰루키치의 얼굴이 너무 진지했고 게다가 그래요, 그때 쓰루키치 씨는 이렇게 말했어요. 마루야마의 밤 벚꽃도 이걸로 마지막일지도 모른다고. 그 말이 묘하게 가슴을 울려서……. 그 후에 '오빠, 죽으면 안 돼. 죽으면 싫어요'라고 하며 울었던 걸 기억합니다."

"그 장면을 후에노코지 씨에게 보이고 말았던 거군요."

"그때는 눈치채지 못했습니다. 하지만 나중에 후에노코지 씨가 그 얘길 꺼내며 듣기 거북한 소릴 해서요. 하지만 후에노코지는 정말 속상했던 것은 아니었을 거라 생각해요. 쓰루키치란 사람, 입에 발린 말로도 표준형의 미남이라고는 말할 수 없는 사람이었고 후에노코지 쪽은 자신만만했으니까요. 단지 그전부터 그 사람과의 관계는 이럭저럭 소문이 났었으니 남자의 체면이 서지 않는다고 생각했을지도 모릅니다. 후에노코지와는 소문만 났을 뿐 키스 한 번 하지 않았던 무렵의 일이니까요."

"후에노코지 씨와의 사건이 있었던 것은……."

"그건 쇼와 17년 9월이었어요. 즉 그 일이 있고 나서 후에노코지 쪽에서 여러 차례 시비를 거는 거예요. 게다가 그 무렵 우리 두 사람의 영화는 내리막길이었어요. 제가 망하면 후에노코지도 망하고. 그래서 그런 대담한 짓을 하고 말았던 거죠."

"후에노코지 씨한테도 소집영장이 왔죠."

"그 사람에게 소집영장이 온 건 쇼와 18년 10월이었어요. 그때 미사를 임신하고 벌써 5개월째 되었을 무렵이었죠. 그래서 어머님이 입적을 허락해주셨습니다. 그런데 긴다이치 선생님."

지요코는 갑자기 정색을 했다.

"후에노코지 씨는 어째서 이제 와서 쓰루키치 씨 생각을 한 걸까요? 전쟁 후 저는 1년 정도 후에노코지와 부부로 같이 살았지만 그동안 한 번도 쓰루키치 씨 얘기를 꺼낸 적은 없었습니다. 그 사람 완전히 잊고 있었던 것 같았는데요."

"후에노코지 씨는 죽던 날, 당신에게 전화로 만나자고 협박했다고 하셨죠. '쓰무라 신지에게 들었어. 들었다'고 하면서요. 그와 관련된 얘기가 아닐까요?"

지요코는 눈을 동그랗게 떴다.

"그럴 리 없어요. 쓰무라 씨는 쓰루키치 씨에 대해 모를걸요. 왜냐하면 쓰루키치 씨와 저와의 관계는 아주 짧은 기간의 일이었고 정말 소수의 사람들밖에 몰랐으니까요."

"후에노코지 씨는 왜 다카마쓰라든가 쓰루키치라고 쓰지 않고 사스케라고 쓴 걸까요?"

지요코는 잠시 생각했다.

"본명을 잊어버린 거 아닐까요? 사스케, 사스케로 통하고 있었고 후에노코지 씨에게 쓰루키치 씨는 어차피 피에로 같은 존재에 불과했으니까요. 게다가 '지카'도 당시에는 아직 작은 가게였으니까요."

"'지카'와는 그 후……?"

"아하하."

지요코는 울상이 된 표정으로 간신히 웃음을 지었다.

"제가 그런 대담한 짓을 했으니 아주머니는 완전히 분개하셨고 한때 의절 비슷하게 되었었어요. 쓰루키치 씨도 저를 위해 학교를 그만뒀는데 말이에요. 그런데 그 후 전선에서 보내온 쓰루키치 씨의 편지에 '단 한 번이지만 지요코와 이별의 키스를 했다. 지요코에게 고맙다고 전해달라'는 말이 적혀 있었대요. 그 편지를 제게도 보여주셨는데, 그 사이 쓰루키치 씨는 전사했어요. '어차피 죽을 거라면 학교를 나오든 안 나오든 마찬가지다. 그보다 키스를 해주어 고맙다'며 쓰루키치 씨, 아주머니에게 외동아들이어서 지금 저는 진짜 딸처럼 귀여움 받고 있습니다. 일 관계로 교토에 가면 아주머니와 자주 성묘를 하러 가요. 그래서 쓰루키치 씨의 이름이 이런 사건에 거론되는 것이 황당합니다."

지요코는 담담한 말투 속에서도 분노와 분함을 누르기 힘든 기색이었다.

그때 갑자기 히비노 경부보가 끼어들었다.

"그 사람 전사한 겁니까?"

"네, 과달카날에서요."

"전사한 것은 확실하죠?"

"아주머니에게 공보가 왔어요. 유골은 아직 돌아오지 않았지만."

"전선에서 전사했다고 생각했던 인물이 실제는 살아 있었다는 이야기가 자주 있는데, 그 사람 아직 살아남아 몰래 본국으로 돌아왔다거나……."

"설마요……."

"아니, 그럴지도 모르죠."

베테랑 형사도 맞장구를 쳤다.

"그놈이 후에노코지 씨를 필두로, 당신의 남편이었던 사람을 차례차례 피의 제물로 바치려는……."

"호호호, 형사님은 굉장한 로맨티스트시군요."

지요코는 웃으며 상대하지 않았으나 옆에서 무사태평 잠자리가 입을 열었다.

"그럼 그 사스케 씨인가, 후에노코지 씨 별장이나 이 집을 노리는 건……?"

"사쿠라이 씨, 그게 무슨 말입니까?"

히비노 경부보가 정색을 했다.

"아, 히비노 씨. 후에노코지 할머님이 오늘 사쿠라노사와에 돌아왔더니 이상한 놈이 별장 안에서 나왔다고 했습니다. 그런데 아키야마 씨도 비슷한 놈이 이 집에 잠입한 걸 보고 쫓아버렸다고 하는 거예요. 그런데 후에노코지 할머님이 저녁에 여기 오니 역시 비슷한 사람이 옆 울타리에서 나갔다고 하시던데요."

"그게 어떤 놈입니까?"

"두 사람 말을 들으면 완전히 일치해요. 머리 꼭대기부터 발끝까지 검은 차림, 검은 모자에 검은 선글라스, 검은 머플러에 검은 장갑. 요컨대 요즘 유행하는 킬러스타일, 아하하. 어, 왜 그러십니까?"

사쿠라이 데쓰오도 그런 걸 진지하게 받아들였던 것은 아니었다. 진지하게 생각지 않았기 때문에 느긋하게 입 밖에 낸 것인데 그 순간 히비노 경부보와 곤도 형사가 의자를 박차고 일어서는 바람에 데쓰오는 도리어 입을 딱 벌린 채 어안이 벙벙한 표정이 되었다.

"긴다이치 선생님, 그거 쓰무라 씨 아닐까요?"

"맞아, 쓰무라 씨 미사 양을 노리고 있군요."

베테랑 형사가 으르렁거렸다.

"긴다이치 선생님, 쓰무라 선생님이 어떻게 됐나요?"

나이에 비해 냉정한 가즈히코도 말이 좀 빨라졌다. 그렇게까지 두 사람의 기세가 도를 넘었기 때문이다. 긴다이치 코스케는 큰 의자에 깊이 몸을 묻은 채 당혹한 듯 더벅머리를 긁었다.

"아, 어젯밤 모습을 감춘 쓰무라 씨의 옷차림이란 게 방금 사쿠라이 씨가 말씀하신 것과 똑같은 킬러스타일이라서요."

"하지만 긴다이치 선생님, 쓰무라 씨가 왜 미사를 노리는 건가요?"

지요코도 두 사람의 안색에 압도당하면서도 다시금 항의하지 않을 수 없었다. 그에 대해 베테랑 형사가 딱 잘라 고함을 질렀다.

"그 아인 뭔가 아는 거죠. 미사 양은 눈치채지 못했지만 뭔가 쓰무라에게 있어 중대한 단서를 잡고 있는 겁니다. 그걸 말하기 전에 미사 양을……."

형사 역시 끝까지 말하지는 못했다. 히로코가 창백하게 굳은 얼굴로 떨고 있는 것을 알아차렸기 때문이다.

이리하여 용의는 엎치락뒤치락한 끝에 다시 쓰무라 신지에게 돌아온 것 같았다.

다다히로가 말없이 일어나 탁상전화 쪽으로 가더니 다키를 불러 후에노코지의 별장에 걸도록 지시했다. 바로 후에노코지 별장이 연결됐다.

"여보세요, 미사 양. 여기 아스카 아저씨야. 아키아먀 씨 벌써 돌아갔어? 아직 거기 있다고? 그럼 잠깐 바꿔줘."

아키야마가 전화를 받은 듯했다.

"아키야마? 지금까지 뭘 하고 있었나? 음식대접을 받았어? 뭐, 좋아. 마침 잘됐어. 자네, 좀 더 거기 있어주게. 잠시 후 경찰에서 사람이 갈 테니까 그때까지. 지금은 이유를 말할 수 없네. 하지만 미사 양이나 어르신을 겁먹게 하지 말고. 그럼 부탁하네."

다다히로가 전화를 끊자 바로 옆에 히비노 경부보가 와서 기다리고 있었다. 경부보도 서에 전화를 걸더니, 사쿠라노사와의 후에노코지 별장과 만산장에 각각 사람을 파견하여 엄중하게 경계하라고 지시를 내렸다.

이렇게 만산장 응접실 안은 갑자기 뒤숭숭한 공기에 휩싸였지만, 빠르게 취한 경계태세 덕택인지 그날 밤은 아무 일 없이 지나갔다.

그리고 운명의 8월 15일 아침이 밝았다.

제20장

그린은 알고 있었다

아웃코스의 6번 홀을 마치고 가즈히코가 클럽하우스로 발을 옮긴 것은 정오를 30분 정도 지났을 무렵이었다. 파트너는 데쓰오와 히로코 부부였다.

가즈히코의 성적은 별로 신통치 않았다. 8오버 파였다. 그에 반해 데쓰오는 상승한 스코어에 기분이 아주 좋았다. 히로코의 성적은 가즈히코보다도 나빴다. 둘 다 미스 샷이 많고 계속 러프에 공이 빠져서 데쓰오에게 놀림을 받았다. 볼을 그린에 올려놓고 나서도 별거 아닌 퍼팅을 실수하곤 했다.

핸디는 가즈히코가 16, 데쓰오가 24, 히로코는 36이었다. 히로코는 여자라서 예외로 한다 해도, 이 정도의 핸디차라면 데쓰오에게 질 상대가 아닌데 오늘의 가즈히코는 컨디션이 최악이었다. 아웃코스를 끝냈을 때 데쓰오는 4오버, 히로코는 12오버 파였다.

“왜 그래, 둘 다?”

너무 미스가 많자 데쓰오가 눈썹을 찌푸렸다.

“어젯밤 일이 그렇게 신경 쓰여?”

“전 형님처럼 무사태평 잠자리가 아니라서요. 근본이 예민하다보니.”

“어떨까나. 그렇게 정신을 못 차리면 긴다이치 선생이 이상하게 여길걸. 뭔가 신경 쓰이는 일이라도 있나?”

“쓸데없는 말은 하지 말고 좀 가만히 계셔주세요. 제기랄, 망했다.”

“아하하. 어딜 노리고 친 거야.”

분명 가즈히코는 정신을 못 차리고 있었다. 볼이 날아가기는 하는데 엉뚱한 방향으로 가버렸다. 히로코는 어떤 말을 들어도 후후후 웃을 따름으로, 벙커 속에서 악전고투를 하는 일이 많았다.

“골치 아픈 사람들이네. 당신들이 이렇게 시원찮으면 이쪽까지 힘이 빠진다고. 결국 어젯밤엔 아무 일도 일어나지 않았잖아.”

"아무 일도 일어나지 않은 건 결과론이에요. 저도 아저씨에게 사고가 일어날 거라 생각지는 않지만 밤중에 세 번이나 깼어요. 아키야마 씨는 한숨도 못 잔 것 같고."

"미안, 미안, 그럼 나도 만산장에서 잤으면 좋았을걸."

"이제와 그런 말씀을 하시다뇨!"

가즈히코는 어젯밤 마토바 히데아키와 함께 만산장에 묵었다. 이야기를 듣자하니 아키야마 다쿠조는 밤을 새며 경비를 선 모양이다.

"하지만 아버님은 의외로 태연한 얼굴을 하셨잖아. 히로코, 아버님이 무슨 말씀 안 하셨어?"

오늘의 히로코는 여느 때 같지 않게 말수가 적었다. 가즈히코는 그 점이 마음에 걸렸지만 굳이 물으려고는 하지 않았다.

"그분은 특별해요. 심장에 털이 나 있는걸요. 아키야마 씨나 사복형사의 호위가 붙으면 골프도 신통치 않을 텐데."

"스코어는 어떨까요? 나중에 물어보면 되겠지? 겉보기엔 태연한 얼굴을 하고 있어도 스코어가 나쁘면 이상하잖아."

히로코도 걱정되는 마음을 농담으로 얼버무리는 느낌이다. 다다히로는 지요코나 마토바 히데아키와 같이 바로 앞 코스를 돌고 있을 터였다. 경호를 하는 아키야마 다쿠조나 사복형사의 호위를 받으면서. 그러지 않으면 아키야마가 코스에 나가는 것을 용납지 않았기 때문이다. 데쓰오네 그룹 세 사람은 맨 마지막이었기 때문에 아무리 가즈히코나 히로코가 미스를 연발해도 뒤 그룹에 쫓길 염려는 없었다. 이 골프장은 12홀밖에 되지 않지만 그 대신 기복이 심하고 난코스가 많았다.

6번 홀을 마치고 클럽하우스에서 50미터 정도 앞까지 왔을 때 히로코가 작은 소리를 냈다. 클럽하우스의 테라스에 서서 겁먹은 듯 손을 흔드는 사람은 미사였다. 붉은 바탕에 노란 가로줄무늬가 있는 스웨터를 입고 핑크색 반다나를 머리에 두른 모습이 귀엽다. 세 사람을 향해 손을 흔들고 있었는데 그 모습이 자못 조심스럽게 보이는 것이 애처로웠다.

가즈히코는 멈춰서 앞을 보더니 잠시 딱딱한 표정을 지었지만 이내 하얀 이를 드러내며 웃었다.

"여, 미사. 잘 왔어."

크게 손을 흔들어주자 미사는 그에 힘을 얻었는지 손을 흔드는 팔동작이 커졌다. 가즈히코는 재빨리 주변을 둘러보았지만 어디에도 경호원 같은 인물은 보이지 않았다.

"불쌍하게시리, 저 아인 아무것도 몰라."

데쓰오가 중얼거리는 말을 듣고 히로코가 물었다.

"아무것도 모른다는 건 쓰무라 씨 말이에요?"

"그래."

"그런 건 거짓말이야. 쓰무라 씨가 저 앨 노린다니. 그런 건 죄다 그 사람들의 환상이에요."

데쓰오가 묘한 얼굴을 하고 자신을 보고 있는 것도 전혀 개의치 않고 히로코가 크게 손을 흔들어주었다.

이윽고 클럽하우스에 도착했다.

"미사, 잘 왔어. 할머님께서 아무 말씀도 안 하셨어?"

"아뇨, 다녀오라고 하셨어요."

"그래, 잘됐네."

그렇게 말하기는 했지만 히로코의 목소리는 왠지 모르게 형식적이었다. 하지만 바로 반성을 한 듯하다.

"식사는?"

"괜찮아요. 미사, 집에서 먹었어요."

앞서 클럽하우스에 도착한 사람들은 이미 사전에 식사를 끝내고 각자 로비나 테라스에 나가 있었다. 멤버는 20명 정도였다. 개중에는 잔디밭에 내려와 클럽을 휘두르는 사람도 있었다. 사복형사 세 사람이 아무렇지도 않게 클럽하우스를 에워싸고 있다. 그 중 한 사람은 후루카와 형사였다.

가즈히코 팀의 바로 앞 코스를 돈 다다히로 팀만이 아직 테이블에 남아 있었다. 다다히로의 파트너는 지요코와 마토바 히데아키였다. 조금 떨어진 자리에 경호 담당 아키야마가 산

더미 같은 카레라이스를 먹고 있었다. 다다히로 팀의 맞은편에 긴다이치 코스케와 또 한 사람, 단단한 체구를 한 인물이 앉아서 커피를 마시면서 담배를 피우고 있는 것을 보고 가즈히코는 무심코 눈을 크게 떴다.

“뭐야, 긴다이치 선생님. 선생님도 계셨어요?”

“‘뭐야’가 뭡니까? 모처럼 초대해주셔서 ‘운치’도 개의치 않고…… 아, 이, 이건 실례.”

지요코는 웃음을 참느라 눈앞의 접시에 얼굴을 박을 지경이 되었다. 다다히로는 다 먹어치운 접시를 밀어냈다.

“아, 괜찮소. 난 이미 다 먹었으니. 마토바 선생은 딱하지만…….”

“전 괜찮습니다. 오토리 씨, 급히 드시다가 목에 걸리지 않게 주의하세요.”

“호호호. 괜찮습니다.”

“아, 괜한 걱정인가요. 그래요, 참. 사쿠라이 씨, 이 경부님이 어제 여러 가지로 신세를 진 것 같아서…….”

가즈히코나 히로코는 놀란 듯 긴다이치 코스케의 옆 의자에 앉아 있는 남자에게 눈길을 돌렸다. 도도로키 경부는 변함없이 빳빳하게 풀 먹인 순백의 칼라셔츠를 입고 느긋한 모습이다. 역시 이런 모습이라면 경찰로는 보이지 않는다.

"사쿠라이 씨, 어제는 정말 실례했습니다."

"아, 저야말로. 경시청에서 오신 분인지 몰라 뵀습니다."

"그 일에 대해 어제 긴다이치 선생에게 호되게 야단맞았지요. 그다지 시치미 뗄 생각은 없었는데 그만 이름을 댈 기회를 놓쳐버려서 정말 실례했습니다."

"이분은 경찰이란 것에 콤플렉스가 있어서요. 뭐, 이해해주십시오. 아, 여러분, 어서 드십시오. 이제부터 식사하실 거죠. 저희는 일어설 테니까."

"아, 긴다이치 선생님. 저희는 여기서 먹겠습니다. 누님, 이쪽으로 오세요."

앞 조 사람들은 대부분 식사를 끝내고 로비나 테라스 쪽으로 나갔다. 다들 다다히로의 초대에 응해 달려온 사람들이라 어제 사건을 아는 게 틀림없지만 그것을 입 밖에 낼 정도로 무신경한 인간은 없었다.

식당 안은 빈자리가 눈에 띄었다. 가즈히코와 히로코가 빈 의자에 자리를 잡더니 각자 간단한 런치를 주문했다.

"미사, 이쪽으로 와. 홍차랑 케이크라도 먹을래?"

"오빠, 고마워요."

미사는 자못 기쁜 것 같았다.

데쓰오는 도도로키 경부 옆자리에 앉았다.

“그런데 경부님. 뭔가 수확이 있습니까?”

“수확이라뇨?”

“어제 후에노코지 할머님이나 저와 여행을 하시고 뭔가 얻은 게 있었습니까?”

“그게 말이지요, 사쿠라이 씨. 이쪽에 이런 사건이 일어났단 걸 알았다면 저도 직무상 아주 예민하게 관찰했을 텐데 공교롭게도 아무것도 몰랐으니 말이지요.”

“전 괜찮은데요, 후에노코지 할머님은 상당히 신경을 쓰시더라고요. 미행을 당한 건 아닐까 해서.”

“설마요.”

“어느 쪽이든 전 괜찮습니다. 어쨌든지 알리바이는 확실하니까요.”

“형님, 그런 말씀 하시면 무사태평 잠자리란 말만 들어요.”

저쪽에서 가즈히코가 농담을 하는 걸 보니 그도 런치를 먹으면서 이쪽의 이야기에 귀를 쫑긋 세우고 있던 모양이다.

“무사태평 잠자리, 좋잖아? 근데 그게 무슨 뜻이지?”

“아, 사건이 일어났을 경우 알리바이가 완전한 사람이야말로 의심스럽잖아요. 제가 애독하는 추리소설은 그렇던데요.”

“하지만 난 괜찮아. 같은 인간이 동시에 두 공간을 차지하는 건 불가능하다는 아인슈타인의 법칙에 의하면 말이지. 하기야 나한테 몽유병이라도 있다면 이야기는 달라지겠지만."

천천히 식후 담배를 피우던 다다히로는 넌지시 긴다이치 코스케와 도도로키 경부 콤비를 관찰하고 있다가 방금 데쓰오가 한 말을 듣더니 무심코 파안대소했다.

"데쓰오, 자넨 또 오래된 법칙을 들고 나오는 겐가. 하지만 뭐, 자네가 몽유병이라고는 아무도 생각 못 하겠지."

"그러니까 괜찮다는 겁니다. 하지만 제가 이 몸으로 로쿠조노미야스도코로*처럼 생령이 되어 휘익, 두구두구**하고 나타난다면 다들 당연히 놀라겠죠."

이번에는 근처에 있던 사람들 모두가 웃음을 터뜨렸다. 지요코는 배를 움켜쥐고 웃었다. 히로코는 웃겨서 먹을 수가 없다는 듯이 런치 접시를 앞으로 밀었다. 다다히로는 잠자코 그런 히로코를 보고 있다. 미사만이 멍하니 있었다.

"그런데 경부님."

입을 연 사람은 마토바 히데아키였다.

---

* 六条御息所, 무라사키 시키부(紫式部)의 소설 《겐지 이야기(源氏物語)》의 등장인물. 주인공 히카루 겐지(光源氏)의 숙모로 겐지보다 8세 연상이며 겐지의 구애를 받아들이지만 바람둥이인 겐지는 그녀에게 관심을 잃는다. 고뇌하던 그녀는 생령이 되어 자신에게 모욕을 준 겐지의 정실 아오이노우에(葵の上)를 죽이게 된다.

** 노나 가부키에서 생령이 된 로쿠조노미야스도코로가 등장할 때마다 나는 바람 소리, 북소리를 흉내 낸 것이다.

"경부님께서는 후에노코지 어르신을 알고 계셨습니까?"

"아, 알고 있었지요."

도도로키 경부는 아주 명쾌하게 대답했다.

"한 번 뵌 적이 있습니다. 그래서 묘한 운명이라고 생각한 적이 있지요. 오토리 씨."

"네."

"어머님과 만나시면 아무쪼록 사죄말씀을 전해주십시오."

"알겠습니다."

"야, 그럼 우리는 다들 한 번 만난 적 있는 사람들 아닌가?"

데쓰오가 자못 걱정스런 소리를 내서 사람들은 다시금 폭소했지만 가즈히코만은 일부러 진지한 얼굴을 했다.

"누님, 누님이 좀 더 고삐를 조이셔야겠는데요. 이 형님, 그냥 놔두면 무슨 말을 할지 모르겠어요."

"괜찮아, 가즈히코 씨. 이 사람 바보 같은 말을 하고 사람을 웃기는 게 특기지만 근본은 바보가 아니니까. 제대로 생각하고 말하는 걸 가즈히코 씨도 알고 있잖아?"

약간 히스테릭했지만 히로코가 갑자기 명랑해진 것은 그 무렵부터였다. 그녀는 사람들의 시선을 개의치 않고 말을 이었다.

"그건 그렇고 긴다이치 선생님, 선생님은 어쩌실 작정인가요? 코스를 돌아보실 생각인가요?"

"아, 그거 말인데요, 부인. 여기 있는 경부님은 저랑 달라서 어느 정도 운동신경이 있는 모양입니다. 그래서 오늘 시합 얘길 했더니 부디 데려가달라고 해서 무례를 무릅쓰고 들이닥친 겁니다. 다행히 난조 씨가 골프를 해서 도구를 모두 가지고 있었죠. 어느 정도의 실력인지 저는 모르지만……."

"그래서 긴다이치 선생님은 어쩌실 생각인가요?"

"저는 구경. 일단 여러분의 솜씨를 좀 볼까요?"

"어머, 무서운 말씀을. 가즈히코, 너 간사잖아? 어느 조에 들일 생각이야?"

"아, 그렇군요. 그럼 저희 파트너로 받을까요? 가장 마지막이니까 괜찮겠죠. 저는 다른 분들과 경쟁하면서 미사의 코치를 하지 않으면 안 되니까요."

"어, 가즈히코. 긴다이치 선생은 우리와 같이 하는 거 아니었나?"

다다히로가 좀 이상하다는 듯이 물었다.

"아저씨한텐 아키야마 씨가 붙어 있으니 괜찮지 않습니까? 긴다이치 선생님은 역시 경부님과 콤비인 편이 좋으니까요."

"오호, 그건 제 솜씨를 좀 보자는 말씀? 어어, 무섭군요."

"괜찮습니다. 형님은 로쿠조노미야스도코로가 될 사람이

아니니까요."

하지만 이번에는 아무도 웃지 않았다.

이 조 구성은 확실히 이상했다. 다다히로는 속마음을 얼굴에 잘 드러내지 않는 성격이지만 지요코의 얼굴은 약간 굳었다. 긴다이치 코스케와 가즈히코 두 사람은 어제부터 쨍강쨍강 칼을 부딪치며 맹렬한 불꽃을 튀기고 있다. 왜일까.

벌써 1시를 지나서 앞 조는 코스로 나갔다. 참가자는 오후에 가담한 긴다이치 코스케와 도도로키 경부, 미사 세 사람을 제외하면 21명. 4인조와 3인조가 있고 총 6개 조다. 다다히로의 파트너는 지요코와 마토바 히데아키, 거기에 경호원으로 아키야마 다쿠조가 붙어 있었다. 6분 간격으로 출발하니까 첫 조가 출발하고 맨 마지막인 가즈히코 조가 출발할 때까지 30분이 걸린다.

가즈히코는 부지런한 성격인 듯 그동안 여러모로 미사를 돌봐주고 있었다. 클럽하우스에 구비된 용구 중에서 미사에게 맞는 클럽을 골라준다든지 슈즈를 골라주고는 했다.

"가즈히코 씨, 여러 가지로 신세를 지는군요."

지요코도 옆에 와서 미사의 복장을 고쳐주거나 했다. 그런 부분을 보면 역시 어머니다.

"당치도 않아요. 하지만 미사, 한창 자랄 때군요. 작년과 비교해보니 훨씬 어른이 됐어요."

"우후후."

미사는 기쁜 것 같았다. 이 아가씨는 할머니 손을 떠나면 일단 여유로워 보이지만 어딘가 모르게 그늘이 있는 것도 같다.

가루이자와의 날씨는 안심할 수가 없다. 오전 중에는 그렇게 맑더니 인코스를 돌 무렵에는 구름이 늘어나기 시작해 바로 눈앞에 있는 하나레 산은 이미 완전히 안개 속에 묻혔다. 이 코스는 하나레 산 뒤쪽에 있다.

"가즈히코 씨! 그럼 미사를 부탁해요."

지요코가 다다히로나 마토바 히데아키와 출발한 것은 1시 반 무렵이었다. 뒤에서 아키야마와 캐디가 따라갔다. 사복형사 두 사람이 아무렇지 않게 뒤를 쫓았다. 그리고 6분 후 마지막 6명이 출발했다. 이 조에는 후루카와 형사가 가담했다.

긴다이치 코스케도 가즈히코의 의도를 아직 잘 모른다. 자신을 오늘 시합에 끌어낸 사람은 가즈히코다. 그에 대해 가즈히코는 어젯밤 이런 뜻의 이야기를 했다.

'골프를 하는 걸 보면 사람 각각의 성격을 잘 알 수 있어요. 거기에서 범인을 찾아내는 일이 추리소설에 자주 나오지 않습니까?'

가즈히코는 관계자 중 누군가의 플레이를 관찰함으로써 그 인물의 성격을 드러내 범인을 추리하게 하려는 것 아닐까. 하지만 골프의 경우에는 불가능한 방법이다.

트럼프나 바둑이나 장기와 달리 골프의 경우 같은 장소에서 만나 플레이하지만 참가자는 몇 조로 나뉜다. 이 사건에 가장 깊은 관계가 있다고 생각되는 오토리 지요코와 아스카 다다히로는 같은 조에 속해 있지만 그들은 자신보다 6분이나 빨리 출발하므로 두 사람의 플레이를 관찰하는 것은 불가능하다. 지금 자신의 주위에서 플레이하는 사람은 가즈히코와 데쓰오와 히로코이다. 가즈히코가 의도하는 것은 이 두 사람의 플레이를 관찰하라는 것일까.

오후의 출발은 7번 홀부터였다.

이곳 골프장 안내서에 의하면 오른쪽 크로스벙커의 약간 왼쪽으로 치면 좋다. 그린은 급경사 위에 있다. 투온*하지 않으면 골짜기로 떨어진다. 떨어질 경우에는 제2타는 언덕 아래 멈추도록 주의를 기울여야 한다. 오버는 금물이다. 그런데 데쓰오는 골짜기에 볼을 떨어뜨린 데다 거기서 친 공이 그린을 오버해버리는 바람에 즉시 OB**가 나서 인코스에 들어간 초반

---

* 샷을 두 번 쳐서 공을 그린에 올려놓는 것.

** Out of Bounds, 플레이가 허용되지 않는 지역, 즉 장외를 말하며 줄여서 오비(OB)라 한다. 볼이 이곳에 들어가면 페널티 1타가 부가된다.

부터 악전고투였다. 그에 반해 히로코의 컨디션이 회복된 것은 어찌된 일일까. 가즈히코는 미사의 코치를 맡아 1인 2역으로 힘들었지만 그래도 오전보다 성적이 좋아졌다. 아무래도 오후가 되어 세 사람을 둘러싼 바람의 방향이 바뀌었기 때문인 것 같다. 도도로키 경부는 익숙하지 않은 코스의 핸디캡에도 불구하고 타고난 운동신경을 발휘해 어떻게든 따라갈 수 있었다.

긴다이치 코스케는 짚신을 신고 잔디 위를 걸으면서 심각하게 그들의 플레이를 관찰하고 있었지만 실제로는 골프에 대해 아무것도 몰랐다. 때때로 그 자리에 어울리지 않는 질문을 하여 도도로키 경부의 얼굴을 붉어지게 할 정도였다.

8번 홀에서 히로코가 티샷을 미스했을 때 긴다이치 코스케는 갑자기 정신이 들었다. 그저께 저녁, 호시노온천의 쓰무라 신지에게 전화한 여성이란 히로코가 아니었을까. 그 사실을 깨달았을 때 긴다이치 코스케의 뇌세포는 초고속으로 회전을 시작했다.

그러고 보니 히로코도 작년 가을 일본미술전람회에서 쓰무라 신지를 만났다. 데쓰오조차 쓰무라에게 무관심할 수는 없었다고 하지만 히로코는 한층 그랬을 것이다. 쓰무라 쪽에서도 마찬가지였던 것은 아닐까. 쓰무라는 꽤 핸섬하고 히로코는 이렇게 차밍하다. 그 후 두 사람 사이에 은밀한 교제가 있었다고 해도 이상하지 않을 정도다.

어젯밤부터 오늘 아침에 걸쳐 긴다이치 코스케는 도도로키 경부와 밤새 이야기했다. 경부의 말에 의하면 사쿠라이 데쓰오는 내로라하는 플레이보이라고 한다. 아내인 히로코가 몰래 배신했다고 해도 이상하지 않지 않을까. 곤도 형사가 어젯밤에도 말했다시피 세상은 실로 유혹, 불륜 드라마가 유행하는 시대인 것이다.

이런 식의 억측은 수사상 굉장히 위험한 일이라는 것을 긴다이치 코스케도 잘 알고 있다. 그런데도 역시 그는 그 유혹을 뿌리칠 수 없었다.

그렇다면 어젯밤 데쓰오의 어리석은 자의 억측은 단순한 억측이 아니었던 것은 아닐까. 데쓰오는 아내의 부정을 알고 그래서 일부러 빈정거린 것은 아닐까. 아니, 그렇게 보이지는 않았다. 어제의 경우 지요코에게 의혹의 화살이 날아갈 것 같아서 갑작스런 의협심이나 기사도 정신으로 어리석은 자의 억측을 피력한 것은 아닐까. 그것이 자기 처의 무덤을 파는 일이라는 것도 모르고.

긴다이치 코스케는 새삼스럽게 그 자리에 있는 히로코의 얼굴을 살피는 데 주의를 게을리한 자신을 책망하지 않을 수 없었다. 그래도 어젯밤의 히로코가 가급적 눈에 띄지 않게 행동했다는 것은 확실한 듯싶다.

8번 홀은 196야드로 거리도 짧아서 히로코는 티샷을 미스했지만 이후에는 훌륭하게 클럽을 사용했다. 여기서도 데쓰오의 성적은 좋지 못했다. 가즈히코는 기력을 완전히 회복해 쾌조였지만 그래도 시간이 걸린 것은 미사의 코치를 겸했기 때문이다. 도도로키 경부도 큰 실수 없이 코스를 마쳤다.

8번 홀에서 9번 홀로 걸어가면서 긴다이치 코스케는 '하지만……' 하고 생각한다.

어제 도도로키 경부가 차 안에서 쇼토쿠 태자 기질을 발휘하여 알게 된 바에 따르면 데쓰오와 히로코를 연결해준 사람은 가즈히코였던 모양이다. 어젯밤 자신이 본 바로도 가즈히코는 분명 두 사람을 존경하고 사랑하고 있었다. 그런데도 히로코를 고발하려는 것은 어째서일까. 아니면 가즈히코의 오늘 초대는 히로코와는 관계없는 다른 이유 때문일까. 아니, 가즈히코가 자신을 초대하려고 했던 게 아닌데 초대받았다고 생각한 것은 자신의, 어리석은 자의 억측이었던 것일까.

하지만 단언해두는데 긴다이치 코스케는 시종일관 아무한테도 말을 걸지 않고 이런 망상에 잠겨 있었던 것은 아니다. 그 역시 도도로키 경부에 뒤지지 않는 쇼토쿠 태자였다. 적당히 가즈히코나 데쓰오나 히로코와 농담을 주고받으면서 코스를 따라 돌았다. 그리고 그들이 주고받는 대화도 빠짐없이 듣고 있었다.

그들의 대화로 미뤄보니 오전 중 히로코와 가즈히코는 상태가 좋지 않았던 모양이다. 하지만 오후에 인코스에 들어오고 나서 가즈히코의 실력이 차츰 돌아온 것 같았다. 게다가 그는 자신의 플레이에만 전념하고 있을 수 없었다. 이 청년은 어지간히 부지런한 성격인 듯 귀찮은 기색 없이 미사를 잘 돌봐주었다. 히로코도 궤도를 찾은 모양이다. 그에 반해 데쓰오가 악전고투하고 있는 것은 어찌된 영문일까. 셋 중에서 가장 긴다이치 코스케를 의식한 사람은 그라는 뜻일까.

9번 홀에서 도도로키 경부가 훌륭한 티샷을 성공, 일동에게 박수갈채를 받았다. 드라이브 회전이 걸린 공이 시원하게 날았다. 긴다이치 코스케는 한마디 찬탄의 말을 내뱉었지만 머릿속으로는 다른 생각을 하고 있었다.

사쿠라이 데쓰오가 진실을 알고 있어서 부인을 비꼬았든 그게 아니든 그의 어리석은 자의 억측이 들어맞은 것은 어찌된 영문일까.

쓰무라 신지는 규도에서 회중전등을 산 후 사쿠라이 가문의 별장으로 향했던 것은 아닐까. 사쿠라이 가문의 별장도 구

가루이자와에 있는 모양인데 쓰무라는 거기에 몇 시까지 있었을까. 마키 교고의 죽음이 타살이든 자살이든 청산가리에 목숨을 잃은 것은 그저께 밤 9시 전후라는 사실은 검시 결과 확실해졌다. 쓰무라 신지가 그 무렵까지 사쿠라이 가문의 별장에 있었다고 하면 그는 완전히 무죄가 된다. 하지만 그러려면 히로코의 증언이 필요한데 그것은 쉽지 않을 것이다. 하지만 히로코는 알고 있을 것이다. 쓰무라가 그때 입었던 복장을. 다치바나 시게키와 헤어졌을 때 쓰무라는 킬러스타일이었다.

긴다이치 코스케는 또다시 자신을 격렬하게 질책하지 않을 수 없었다. 킬러스타일의 남자가 후에노코지의 별장과 만산장을 노리고 있는 듯하다는 소동이 일어났을 때 히로코의 안색이 어떠했던가. 그는 그 관찰을 게을리 했었다.

'하지만……' 하고 거기서 다시 긴다이치 코스케는 갑자기 눈을 크게 떴다.

아스카 다다히로는 그 사실을 알고 있는 게 아닐까. 그는 그저께 밤의 정전 이후부터 9시 반까지의 행동을 밝힐 수 없었다. 오토리 지요코와 처음 키스를 나눠서 흥분 상태였다는 둥, 라이터를 도중에 분실했다는 둥, 얼토당토않은 말을 했지만 누가 들어도 서툰 변명으로밖에 들리지 않는다. 다다히로가 정전 직후 지요코에게 키스했던 것은 분명한 것 같다. 그리고 금방 호텔을 나갔다면 8시 10분 무렵의 일이었을 것이다. 그리고 사쿠라이의 별장으로 갔다면? 그리고 마침 그 자리에 있던 쓰무라 신지와 만났다면?

긴다이치 코스케는 두려움에 몸을 떨었다.

아스카 다다히로가……? 설마……?

하지만 마키 교고는 4, 5일 전 다다히로를 찾아갔다. 그림이 막혀서 어떤 의미로 영감을 얻기 위해 고고학 책을 빌려보고 싶다고 한 것은 아무리 생각해도 이 또한 서툰 변명으로밖에 들리지 않는다. 마키는 그때 어떤 정보를 다다히로에게 가져온 것은 아닐까. 마키가 쥔 정보란 바꿔 말하면 지요코에 관한 비밀임에 틀림없다.

'쓰무라 신지에게 들었어, 들었다고. 아스카 다다히로에게 알려줘도 좋아?'

이런 식의 공갈 섞인 전화를 작년 후에노코지 야스히사는 지요코에게 걸었던 것이다. 그렇다면 후에노코지가 말하려던 이야기가 지요코에게는 치명적인 비밀이었음에 틀림없다. 같은 비밀을 마키도 알고 있던 게 아닐까. 그리고…… 그리고…… 다다히로라면 청산가리도 손에 넣을 수 있지 않을까.

다다히로가 직접 손을 쓰지 않았더라도 그에게는 아키야마 다쿠조라는 인물이 있다. 도도로키 경부가 어제 택시 안에서 입수한 정보에 따르면 아키야마 다쿠조라는 남자는 다다히로를 위해서라면 물불을 가리지 않는 인물인 모양이다. 게다가 곤도 형사는 아쿠쓰 겐조를 죽음에 이르게 한 자동차가 다다히로의 것이 아닐까 하는 강한 의혹을 가지고 있다고 한다. 만약 그렇다면 그 자동차를 운전했던 것은 아키야마 다쿠조가 아니었을까. 게다가 아키야마는 재작년 밤 봉오도리에 갔다고 했다. 그렇다면 그도 확실한 알리바이가 없다는 말이 아닌가. 아키야마라면 자동차 운전은 식은 죽 먹기일 것이다.

지금 긴다이치 코스케의 최대 고민은 쓰무라 신지의 행방을 알 수 없다는 점이다. 후에노코지 별장이나 만산장을 엿보던 킬러스타일의 남자란 정말로 쓰무라 신지인가. 긴다이치 코스케는 아사마카쿠시의 임대별장 뒤의 무너진 절벽이 마음에 걸렸다. 히비노 경부보도 같은 의혹을 갖고 있었다. 경부보는 그 절벽 무너진 곳을 파서 복구하게 했는데 그 발굴 작업을 어젯밤 내내 한 끝에 다치바나 시게키가 말하는 천연냉장고가 오늘 아침 모습을 드러냈다. 긴다이치 코스케도 그 말을 듣고 아침 9시 무렵 도도로키 경부와 함께 달려갔는데 거기서는 어떤 물건도 발견되지 않았다. 위스키 병도 컵도.

인근 사람들에게 물어보고 범인이 거기에 뭔가 숨겨두지

않았을까 하는 생각은 어리석은 환상에 불과하다는 사실을 깨달았다. 그 절벽 무너진 자리가 생긴 것은 어제 아침 8시 무렵의 일이었다고 한다. 범인이 뭔가 감추고 싶은 물건이 있었다고 해도 그 절벽 무너진 곳을 찾아낼 수가 없었을 것이다.

긴다이치 코스케는 또 하나 신경 쓰이는 것이 있다. 다시로 신키치의 존재다. 다시로 신키치의 존재는 환상이 아니다. 다치바나 시게키가 만나서 이야기도 했으니까. 게다가 그의 유류품이 쓰무라 신지의 별장 바로 바깥쪽에서 기묘한 형태로 발견되었던 것이다. 다시로 신키치는 그 후 어디로 사라졌는가. 가루이자와 경찰은 지금 전력을 다해 이 두 사람의 행방을 찾고 있는 것 같은데…….

그 일이 일어난 것은 10번 홀의 그린 위에서였다. 10번 홀은 이 골프장에서는 2번째로 거리가 긴 443야드이다. 데쓰오의 미스가 많았던 데다 미사의 코치까지 해야 해서 네 사람의 볼이 그린에 올라갔을 때는 이미 3시를 지나 있었다. 하나레 산에서 솟아오른 것인지 짙은 안개가 골퍼들을 뒤덮었다. 그린에 서 있으려니 주변은 안개에 묻혀 황량하게만 보였다. 페어웨이 양쪽에 있는 자작나무나 떡갈나무들도 지금은 수묵화처럼 흐리게만 보인다. 그린 위에 몰려들었다가 흘러가버리는 회백색 안개 층만 확실히 눈에 보일 정도였다.

긴다이치 코스케는 그때 가즈히코 옆에 서 있었다. 그린에 볼을 올린 가즈히코는 볼을 집고는 그 자리를 붉은 털실로 마크했다. 도도로키 경부가 가장 먼저 퍼팅을 시도할 차례였다. 경부의 볼은 홀에서 10야드 정도 떨어져 있었다. 경부는 볼과 구멍 사이를 왔다 갔다 하거나 웅크리고 앉아 경사를 가늠하고 잔디의 상태를 파악했다. 잔디는 이미 안개에 푹 젖어 있었다.

이윽고 심호흡을 한 번 한 후 도도로키 경부는 퍼터를 양손에 들고 볼 뒤에 섰다. 홀까지 거리가 제법 있어서 공을 가볍게 건드리는 것 정도로는 힘들었다. 칩샷 정도로 치지 않으면 안 된다. 경부는 두세 번 스윙을 한 후 마음을 다잡고 볼에 압력을 가했다.

기적이 일어났다. 볼은 10야드 잔디 위를 미끄러져 가나 싶더니 퉁 하고 구멍 안으로 들어갔다. 박수와 함께 환성이 터져나왔다.

"나이스 퍼팅!"

데쓰오가 외쳤다. 도도로키 경부도 역시 기쁜 듯 퍼터를 높이 들어 올리고 만세 포즈를 취했다.

"좋아!"

가즈히코가 외쳤다. 다음은 가즈히코 차례다. 가즈히코는 바로 옆에 선 미사를 돌아보았다.

"미사, 그 붉은 털실 좀 집어주겠어?"

"붉은 털실요?"

"그거, 미사 바로 앞에 붉은 털실이 있잖아?"

긴다이치 코스케는 놀라 미사 쪽을 돌아보았다. 미사는 두리번두리번 주변을 둘러보았다. 미사 바로 앞에 붉은 털실 끄트러기가 푸른 잔디를 배경으로 슬며시 몸을 누이고 있다. 어느샌가 도도로키 경부도 옆에 와서 미사와 미사 바로 밑에 있는 붉은 털실을 번갈아 쳐다보았다. 경부의 눈동자에 기묘한 아지랑이가 빛나고 있다.

"거기, 거기, 미사. 바로 거기 붉은 털실이 있잖아?"

가즈히코가 아무렇지도 않은 말투로 다시 말했다. 하지만 역시 그 목소리는 목에 걸린 것처럼 갈라져 있었다.

이 네 사람의 묘한 긴장감을 깨달은 것인지 데쓰오와 히로코가 다가왔다. 후루카와 형사도 발끝을 세우고 일동 뒤로 와서 섰다.

가즈히코가 다시 말했다.

"미사, 너, 바로 발밑에 있는 붉은 털실이 안 보여?"

미사는 잔디에서 눈을 떼어 자신을 둘러싼 여섯 남녀의 얼굴을 바라보았다. 절망 때문에 몸의 선이 굳어지고 울상을 짓는 듯 얼굴이 일그러졌다.

"뭐야, 미사. 너 색맹이야?"

사쿠라이 데쓰오가 얼빠진 소리를 질렀을 때 미사는 두세 걸음 뒤로 물러섰다. 후루카와 형사가 원숭이처럼 긴 팔을 뻗어 붙잡으려는데 긴다이치 코스케가 옆에서 강하게 팔꿈치로 밀어냈다.

미사는 구루병 환자처럼 등을 둥글게 말고 턱을 앞으로 내민 채 번들거리는 눈빛으로 여섯 사람의 얼굴을 번갈아 보았다. 증오의 불꽃을 피우는 듯한 눈이었다. 방어하듯 가슴 앞에 모은 양손의 손가락은 움켜진 모양으로 구부러진 채 후들후들 떨렸다. 입술이 무섭게 휘어지고 그 때문에 얼굴 전체가 비뚤어져 보였다. 병적으로 일그러진 입술에서 당장에라도 거품이 뿜어져 나오지 않을까 싶을 정도였다.

긴다이치 코스케도 지금까지 꽤 여러 흉악한 남녀의 흉측한 형상을 보아왔지만 이때 미사가 보인 것 같은 추악한 모습은 처음이었다. 그게 또 아직 16세의 소녀이니 더 무시무시했다. 거기에서 명백하게 정신적 기형을 느낄 수 있었다. 정신적 기형은 정신적 절망을 동반하여 더욱 추하고 파멸적으로 보였다.

긴다이치 코스케와 도도로키 경부, 데쓰오와 히로코와 가즈히코 다섯 사람은 흡사 골수까지 얼어붙은 듯한 얼굴을 하고 그 추악한 생물을 보고 있었다.

긴다이치 코스케는 처음으로 가즈히코가 의도한 바를 파악했다. 가즈히코는 알고 있었던 것이다, 미사가 색맹…… 적록색맹이라는 사실을. 그것이야말로 후에노코지 아쓰코가 지금까지 숨겨왔던 사실이었다는 것을.

"……."

후루카와 형사가 입속으로 뭔가 외치고 한 발 앞으로 나왔다. 미사는 방어 자세를 한 채 두 걸음 뒤로 물러섰다. 안개에 젖은 미사의 얼굴은 한층 추하고 절망적이었다.

후루카와 형사가 앞으로 나오자 미사가 다시 두 걸음 뒤로 물러섰다. 후루카와 형사가 다시 한 발 앞으로 나오려 했을 때 갑자기 안개 너머 멀리서 탕 하는 소리가 들렸다.

사람들이 놀라 그쪽을 돌아보았을 때 또다시 같은 소리가 안개 속에서 울렸다.

"앗, 저거, 총소리 아니야?"

데쓰오가 외쳤다.

"12번 홀 부근이었어요."

가즈히코가 소리쳤다.

이 코스는 기복이 심한 데다 지금은 짙은 안개에 둘러싸여

시야가 전혀 확보되지 않았다.

"12번 홀이라면 아버지께서 플레이하시는 곳 아냐?"

히로코의 목소리가 떨렸다. 분명 그녀의 뇌리에는 킬러스타일의 남자가 불길하게 떠올랐을 게 틀림없다.

가즈히코가 퍼터를 움켜쥔 채 달려 나갔을 때 세 번째 총성이 울렸다. 이번 총성은 아까의 총성과 조금 방향이 달랐다. 가즈히코가 속력을 냈고 데쓰오와 히로코가 그 뒤를 따라가기 시작했을 때 네 번째 총성이 들려오나 싶더니 안개를 뚫고 누군가가 큰소리로 뭔가 외치면서 이쪽으로 다가왔다. 몹시 허둥거리는 목소리였다.

"아스카 씨가…… 아스카 씨가……."

안개 속의 목소리는 그렇게 외치는 것 같았다. 캐디의 목소리 같다. 캐디는 숨을 헐떡이고 있었다. 안개 속을 헐떡이며 다가오는 목소리는 이렇게 외치는 것 같았다.

"아스카 씨가 맞았어요…… 아스카 씨가 맞았어……. 아키야마 씨가 쫓아가요…… 아키야마 씨가 쫓아가요……."

그때 다섯 번째 총성이 울렸다. 아까보다 꽤 먼 곳에서였다.

긴다이치 코스케와 도도로키 경부도 가즈히코의 뒤를 따라 달려갔다. 후루카와 형사가 한 발 앞서 달리고 있었다. 그린을 뛰어내려오면서 긴다이치 코스케가 돌아보자 저쪽으로 달아나는 미사의 뒷모습이 보였다. 붉은 바탕에 노란색 가로줄 무늬가 들어간 스웨터를 입은 모습이 순식간에 안개 속으로 사라졌다. 핑크색 반다나가 팔랑거리는 것이 인상적이었다.

제21장

바닷속처럼 깊은 안개

어제의 태풍을 경계로 가루이자와의 계절은 완전히 여름에서 가을로 바뀐 듯, 밤이 되어도 안개가 개기는커녕 점점 짙어질 뿐이었다. 멋진 낙엽송림은 보란 듯이 쓰러졌지만 만산장은 아직 많은 나무들 사이에 있었다. 나무들 속의 만산장에는 지금 모든 방에 밝게 불이 켜져 있다. 하지만 그 불빛도 짙은 안개에 희미해지고 번져서 오히려 쓸쓸하게 보였다. 그 안개가 한데 뭉쳐 물방울이 되고 그 물방울이 나뭇가지 끝에서 떨어질 때마다 사람들은 비가 오나 싶어 흠칫 놀랐다.

쇼와 35년 8월 15일 오후 8시.

만산장은 지금 매우 침울한 공기에 감싸여 있었다. 불빛을 가로지르며 어수선하게 오가는 사람들은 다들 숨을 삼킨 채 발소리에도 주의를 기울였다. 메이지풍의 응접실에도 불이 밝게 켜져 있었지만 그곳에는 세 사람의 모습밖에 보이지 않는다.

두 사람은 등나무로 만든 작은 탁자를 사이에 두고 바둑을 두고 있다. 도도로키 경부와 야마시타 경부다. 긴다이치 코스케도 바둑판 옆에 등의자를 가져와서 관전 중인 것 같았지만 제대로 관전하고 있는 것인지 아닌지 작은 탁자 위에 놓인 재떨이에는 담배꽁초가 산처럼 쌓여 있었다. 세 사람 다 거의 입을 열지 않았다. 두 경부가 내려놓는 바둑돌 소리가 간간이 들릴 뿐이다. 이 밝은 홀 안에서 이것은 무언가를 기원하는 경건한 의식처럼 보였다.

세 사람 모두 마음속으로 기원하는 것이 있었다. 도도로키 경부와 야마시타 경부가 내려놓는 흑백의 돌 하나하나에 세 사람의 기도가 응집되어 있을 것이다.

범인이 권총을 가지고 있었다니, 긴다이치 코스케는 큰 오산을 하고 말았다.

만에 하나, 아스카 다다히로에게 무슨 일이 있을 경우 긴다이치 코스케의 책임은 중대했다. 아니, 긴다이치 코스케로서는 범인이 권총을 가지고 있었다는 그 사실 자체보다도 범인이 그렇게까지 절박한 심정이 되어 아스카 다다히로의 생명을 노리고 있었다는 사실이 더 놀라웠다. 어딘가에서 톱니바퀴가 어긋났다. 긴다이치 코스케는 이번 사건의 전모를 새롭게 재구성할 필요를 느꼈다. 이것이 그의 옆에 있는 재떨이에 담배꽁초가 산처럼 쌓여 있는 이유다.

다행히 아까 병원에서 걸려온 가즈히코의 전화에 따르면 다다히로는 위기를 넘긴 모양이다. 탄환은 적출되었다. 수혈도 성공했다. 다다히로는 내내 의식은 뚜렷했고 수술이 끝났을 때 마토바 히데아키를 돌아보고 말했다고 한다.

"이것으로 선생에게 진 빚이 두 배가 되었군요."

그건 이런 의미이다.

저격당했을 때 다다히로는 12번 홀의 그린에 서 있었다. 마지막 퍼팅을 할 차례였다. 볼에서 홀까지 고작 3야드 정도였다. 다다히로는 한 번에 끝낼 생각이었으므로 당연히 신중했다. 양손에 퍼터를 쥐고 조금 앞으로 상반신을 구부린 포즈는 가장 저격당하기 쉬운 자세라고 할 수 있다.

바로 옆에 구경만 하던 마토바 히데아키가 서 있었다. 홀 옆에 지요코와 캐디가 있었다. 아키야마 다쿠조는 그린 구석에 서 있었다. 두 형사가 그린을 멀리서 포위한 채 서 있었다. 안개는 이 부근에서 가장 짙었던 것 같다. 그린 밖은 깊은 바닷

속처럼 짙은 안개가 소용돌이치고 있었다.

아키야마 다쿠조가 선 그린 구석의 반대편에 검은 그림자가 움직이는 것이 보였다. 안개가 짙었고 그 움직임이 극히 차분해서 아무도 그 그림자를 수상하게 생각하는 사람은 없었다. 경비를 선 사복형사일 거라 생각했을 것이다.

퍼팅을 하는 순간이어서 다들 숨을 죽였다. 안개는 층을 그리며 흐르고 주변은 정적 그 자체였다. 멀리서 소란스럽게 우는 새소리가 도리어 주변의 정적을 깊이 느끼게 했다.

한숨 들이키고 다다히로가 마침내 퍼터를 움직이려고 했을 때 그린 구석에서 '탕' 하는 소리가 나고 안개 속에서 하얀 섬광이 날았다. 다다히로의 자세가 기우뚱 기울어졌지만 바로 쓰러지지는 않았다. 다다히로는 한순간 도기 그릇처럼 무표정한 눈을 크게 뜨고 안개 속의 저격자를 뚫어지게 바라보았다. 그때 바로 옆에 서 있던 마토바 히데아키가 작게 소리를 질렀다.

"위험해!"

마토바 히데아키는 곧 다다히로의 몸을 밀어 넘어뜨리고 자신도 잔디밭 위에 바싹 엎드렸다. 그러지 않았다면 분명 두 번째 탄환이 다다히로의 생명을 앗아갔을 것이다.

수술 뒤 다다히로가 말한 두 가지 빚 중 하나는 이때의 일을 말하는 것이리라.

두 번째 총성과 다다히로의 몸이 구른 것과 거의 동시에 일어난 일이기 때문에 범인은 이 저격이 성공했다고 생각한 게 분명하다. 몸을 돌려 도망치려고 했을 때 지요코는 반사적으로 두세 걸음 그쪽으로 달려갔고, 그리고 안개 속에서 확실히 보았던 것이다.

묘한 형태를 한 범인은 검은 베레모에 검은 선글라스, 검은 머플러로 얼굴을 가리고 검은 장갑을 끼고 있었다. 위에서 아래까지 온통 검은색인 킬러스타일. 하지만 그것이 쓰무라 신지였는지는 알 수 없었다. 그것은 마치 안개 속에서 출렁이는 한순간의 하루살이 같은 것이었다. 지요코는 팔다리가 모두 굳어버렸다. 검은 하루살이는 눈 깜박할 사이에 소용돌이치는 회백색 안개 속으로 녹아들었다.

"아키야마, 그만…… 아키야마, 그만……."

약하지만 단호한 명령 투의 목소리를 듣고 지요코가 헉 하고 뒤를 돌아보았을 때 아키야마 다쿠조가 맹렬하게 지요코의 몸을 밀치고 안개 속을 달려갔다. 한순간 지요코의 눈에 비친 아키야마의 얼굴은 붉은 먹을 흘린 것처럼 핏기가 서 있었고 안개 속을 달려가는 뒷모습은 발광한 야수 같았다. 형사 두 명이 뒤늦게 아키야마의 뒤를 쫓았다.

"제기랄! 제기랄!"

지요코와 충돌했을 때 아키야마가 이를 갈듯 신음하는 소리가 폭풍우처럼 지요코의 귓전을 때렸다.

아키야마는 일부러 지요코를 밀치고 지나간 것은 아니었을 것이다. 우연히 부딪쳤을 뿐이었다. 아키야마가 '제기랄, 제기랄' 하고 신음한 것도 지요코에게 한 말은 아니었을 것이다. 자기 주인을 저격한 범인에 대해서, 아니 그보다 자신이 붙어 있었으면서도 이런 상황이 된 것에 대해 강하게 자신을 질책한 것이리라. 지요코는 치미는 슬픔과 분노로 가슴이 메일 것 같았다.

"지요코…… 아키야마를 멈춰줘……. 상대는 권총을 갖고 있어……."

그때 다다히로가 지요코를 부른 것이 그녀에게 강한 용기를 주고 동요하는 그녀의 마음을 붙잡아주었다.

"아키야마 씨, 아키야마 씨, 돌아와요. 회장님이 걱정하고 계세요……."

흔들리는 잔디 위에서 일어난 지요코는 안개 속을 향해 큰 소리를 지르고 다다히로 옆으로 달려갔다.

마토바 히데아키가 다다히로의 상반신을 일으켜 부축하고 있었다. 마토바의 흰 손수건이 다다히로의 왼쪽 옆구리를 누르고 있었지만 그 손수건이 새빨간 피로 물든 것을 보았을 때 지요코는 미칠 것 같았다.

"당신, 당신, 정신 차리세요!"

다다히로는 힘껏 지요코의 손가락을 움켜쥐었다.

"지요코, 안심해……. 그놈은…… 그놈은……."

거기까지 말하고 다다히로는 마토바 히데아키의 팔 안에서 기절했다.

이 사건은 정말 한순간에 일어났다. 이때 가장 침착했던 사람은 마토바 히데아키였다. 그는 다다히로의 출혈을 가급적 막기 위해 살며시 그린에 눕히더니 망연자실 옆에 서 있던 캐디를 꾸짖었다.

"뭘 하는 거야! 빨리 사람을 불러오지 않겠나. 12번 홀이나 10번 홀에 있을 거야."

캐디가 미칠 듯이 달려갔을 때 안개 속에서 세 번째, 네 번째 총성이 울렸다.

"아키야마 씨가……."

지요코는 자신이 총에 맞은 것처럼 고통스러웠다.

가즈히코 일행이 달려온 것은 그 직후였다. 다다히로에게 다행이었던 것은 그곳에는 세상물정에 밝은 사람들이 많았다는 점이다. 마토바 히데아키부터가 이럴 경우에 필요한 응급

처치 방법 정도는 알고 있었다. 완전 아마추어인 가즈히코나 데쓰오조차도 쓸데없이 허둥지둥 당황해해서 그 자리를 혼란스럽게 만드는 짓은 하지 않았다.

도도로키 경부가 마토바 히데아키의 응급처치가 틀림없는지 확인하고 있을 때 캐디의 보고를 받고 클럽하우스에서 이미 경기를 마치고 쉬고 있던 오늘의 초대 손님들이 달려왔다. 개중에는 다다히로의 절친인 고명한 외과의사도 있었다. 바로 구급차와 히비노 경부보 일행이 달려와서 다다히로는 들것에 실려 운반되었다. 구급차에는 외과의사 외에도 지요코와 히로코가 동승하게 되었는데 옆에서 마토바 히데아키가 머뭇거리며 입을 열었다.

"실례가 되는 줄은 아는데, 저도 그 구급차에 태워주시지 않겠습니까?"

"선생님이……?"

이상하다는 듯 묻는 가즈히코의 얼굴을 마토바 히데아키가 자못 부끄러운 듯 돌아보았다.

"가즈히코 군, 아스카 씨가 쓰러진 순간 난 아스카 씨의 혈액형을 물었어. 아스카 씨는 AB형이라고 해. 나 역시 AB형이란 걸 가즈히코 군도 알지? 뭔가 도움이 될지도 몰라서."

"선생님!"

가즈히코는 목이 메었고, 긴다이치 코스케는 새삼 이 침착한 고고학자에게 탄복하지 않을 수 없었다. 다다히로가 말한 두 가지 빚 중 나머지 하나는 이것이었다.

"아, 그래요. 그럼 제가 남겠어요."

먼저 구급차에 탄 지요코가 밖으로 나왔다.

"선생님, 아무쪼록 잘 부탁드려요. 자, 서둘러요. 다다히로님이 저격당했을 때 이 자리에 있던 사람은 선생님과 저밖에 없어요. 둘 중 하나는 남아 있어야……. 히로코 씨, 아무쪼록 잘 부탁해요."

"히로코, 나도 갈게. 실은 나도 AB형이야. 가즈히코, 너도 바로 뒤에서 와줘."

무사태평 잠자리인 데쓰오도 이럴 때는 시원시원하다. 데쓰오가 타고 나자 구급차는 그린 위에서 미끄러져 눈 깜박할 사이에 안개 속으로 사라졌다. 요란한 사이렌 소리를 내면서.

이런 어수선한 움직임 뒤로 그린 위에 남은 사람은 긴다이치 코스케와 도도로키 경부, 지요코와 가즈히코 네 사람뿐이었다. 가즈히코는 몰려든 초대손님과 함께 클럽하우스로 물러가면서 지요코에게 이렇게 말했다.

"오토리 씨, 경찰분하고 이야기가 끝나면 바로 클럽하우스로 와주세요. 저와 같이 병원에 가요. 의식을 회복했을 때 당신이 옆에 없으면 아저씨께서 외로우실 거예요."

가즈히코는 다다히로가 기절하던 순간 지요코의 손가락을 붙잡는 것을 아까 본 것이다. 지요코는 깊이 고개를 숙였다.

"고마워요. 바로 갈게요."

가즈히코가 손님들 뒤를 따라가자 그린 위에는 지요코와 긴다이치 코스케와 도도로키 경부만 남았다. 히비노 경부보는 부하를 독려해 골프장 어딘가로 모습을 감추었다. 안개는 점점 짙어져갔고 그린 위에 선 세 사람은 마치 저승의 바다에 떠 있는 것 같았다. 저승바다 저 멀리서 이따금 형사들이 외치는 소리가 들렸다. 지요코에게는 그것이 악몽 속에서 쫓아오는 마성의 목소리처럼 들렸을지도 모른다. 안개에 촉촉이 젖은 어깨를 작게 떨고 있었다.

"오토리 씨."

한참 후, 긴다이치 코스케가 말을 걸었다. 가급적 상대의 마음을 흐트러뜨리지 않기 위해 침착하고 차분한 목소리였다.

"오토리 씨께서는 방금 아스카 씨의 혈액형이 AB형이란 걸 알더니 바로 구급차에서 내려오시더군요."

"네, 전 A형이니까요."

같은 혈액형이었다면 기꺼이 자신의 피를 수혈했을 거라는 뜻이다.

"어젯밤 오토리 씨께서도 들으셨을 텐데요. 미사 양이 어린 시절 수혈할 필요성을 느꼈을 때 아쿠스 겐조 씨가 수혈을 해줬다는 거 말입니다."

"네."

"두 사람은 혈액형이 어떻게 되나요?"

"B형입니다."

그 말을 들었을 때 그녀는 도도로키 경부의 기묘한 태도를 알아차리고 이상한 듯 눈썹을 찌푸렸다.

"그게 왜……."

경부는 지요코의 얼굴을 차마 보지 못하고 무심코 등을 돌리고 있었다.

도도로키 경부는 오늘 아침 긴다이치 코스케와 함께 가루이자와 서에 가서, 작년 이곳에서 변사한 후에노코지 야스히사의 검시에 관한 전문가의 감정서를 보고 왔던 것이다.

후에노코지 야스히사의 혈액형은 O형이었다.

O형 남자와 A형 여자 사이에 B형 아이는 태어날 수 없다는 사실을 도도로키 경부는 알고 있다. 그렇다면 미사의 아버지는 대체 누구일까.

긴다이치 코스케는 고뇌하는 얼굴을 안개 속에서 다가오는 검은 그림자에 돌렸다.

"오토리 씨는 혹시 후에노코지 씨의 혈액형을 모르셨습니까?"

"그 사람은…… 그 사람은……."

지요코도 뭔가 엄습하는 검은 발톱을 알아차린 듯 긴다이치 코스케의 고뇌하는 옆얼굴과 도도로키 경부의 넓은 등을 보았다.

"O형이었습니다. 네, 그래요. 틀림없어요. 그 사람은 분명 O형이었습니다. 그런데…… 그런데…… 긴다이치 선생님."

그녀는 헐떡였다.

"그게 무슨……."

이 여자는 아무것도 모르는 것이다. 그래서 스스로 불륜을 고백하는 데 거리낌이 없는 것이다. 이 여자는 오랫동안 후에노코지 야스히사를 배신하고 기만해왔던 것이다. 이 여자는 후에노코지 야스히사의 아내였을 때 누군가 다른 남자와 통정해 미사를 낳은 게 틀림없다. 그렇지 않다면 미사의 혈액형이 B형일 리가 없다. 게다가 이 여자는 아직 혈액형의 비밀을 모른다. 그래서 교묘하게 기회를 잡은 긴다이치 코스케가 유도심문을 하는 것을 모르고 스스로 부정과 배신행위를 고백하고 말았던 것이다.

하지만…… 하고 도도로키 경부는 숨이 거칠어지는 것을

느꼈다.

그 사실과 미사의 색맹은 대관절 무슨 관련이 있을까. 긴다이치 코스케는 이 사건에 색맹이 얽혀 있다는 사실을 처음부터 알고 있었던 게 아닐까. 어젯밤 미나미하라에 있는 난조의 별장에 돌아가 거기 비치된 백과사전에서 뒤져보던 것은 색맹 항목이 아니던가.

"긴다이치 선생님!"

지요코의 목소리는 떨리고 있었다.

"혈액형이 무슨……?"

도도로키 경부가 돌아보자 긴다이치 코스케는 지요코의 어깨에 양손을 얹었다.

"오토리 씨, 그 얘기는 오늘 밤 천천히 하기로 하죠. 저한텐 아직 두세 가지 알 수 없는 사실이 있어요. 하지만 전 당신을 믿습니다. 혈액형 얘기는 아직 아무한테도 하지 않는 게 좋겠어요. 또 당신도 그 의미를 알려고 하시면 안 됩니다. 언젠가 나중에…… 오늘 밤……. 아, 저기 오는 사람은 히비노 경부보 같군요. 아까 상황을 얼추 이야기하면 바로 클럽하우스에 돌아가 가즈히코 군과 함께 병원에 가시는 게 좋겠습니다. 아스카 씨가 지금 누구보다 당신을 필요로 하고 계실 겁니다."

긴다이치 코스케가 빠른 말투로 그렇게 이야기하고 지요코의 옆을 떠났을 때 안개 속에서 히비노 경부보가 나타났다.

히비노 경부보가 흥분해 있는 것은 당연했다. 그는 또한 완전히 회의적인 태도가 되어 있었다. 다다히로가 저격당했다는 사실이 젊은 경부보에게 큰 타격을 준 게 분명했다. 그는 순순히 그 사실을 받아들이지 못하는 것 같았다. 거기에 뭔가 커다란 기만이 있지 않을까 의심하는 모양이었다.

지요코는 몇 번이나 그때의 상황을 재현해 보였다. 저격자는 어젯밤부터 여러 번 문제가 된 킬러스타일의 남자였는데 그 얼굴은 잘 보이지 않았다. 그러므로 그것이 쓰무라 신지인지는 모르겠다는 말에 경부보의 의혹은 극에 달했고 그 질문도 극도로 냉혹하고 준엄했다.

하지만 지요코는 완전히 유순해져서 같은 말을 참을성 있게 몇 번이고 몇 번이고 되풀이했다. 마토바 히데아키 선생이 같은 상황을 목격하셨을 테니 그분에게도 물어봐달라고 덧붙이고 피해자인 다다히로가 상대의 얼굴을 보지 않았나 싶다, 그에 대해 그가 뭔가 말하려고 했는데 도중에 기절해버렸다, 그러니 그 사람이 혼수상태에서 깨어나면 물어봐달라고 하더니 지요코는 격렬한 충격으로 현기증을 느꼈는지 비틀거렸다. 분명 다다히로가 그대로 혼수상태에서 깨어나지 않을 경우에 생각이 미친 것이리라.

보기 딱해서 긴다이치 코스케가 옆에서 끼어들었다.

"히비노 씨, 이제 되셨죠? 오토리 씨도 말씀하셨듯이 그 자리엔 마토바 선생도 있었습니다. 나중에 그분께도 물어보시고 두 사람 말에 차이가 있다면 그때 또 추궁하면 어떨까요?"

그리고 지요코 쪽으로 몸을 돌렸다.

"오토리 씨, 가즈히코 군이 클럽하우스에서 기다릴 겁니다. 바로 병원으로 가보시면……."

히비노 경부보는 그제야 겨우 지요코를 추궁하는 것을 단념한 듯, 만일을 생각해 젊은 사복형사에게 지시해 클럽하우스까지 함께 가도록 했다.

남은 것은 황량한 안개 속의 골프장이다. 멀리서 이따금 크고 날카로운 새소리가 들린다. 삭막한 12번 홀 부근은 짙은 안개에 갇혀 이미 수 미터 앞조차 판별하기 어려웠다. 긴다이치 코스케의 더벅머리는 흠뻑 안개에 젖어 있었다. 긴다이치 코스케와 도도로키 경부는 히비노 경부보의 안내로 그곳에서 100미터 정도 떨어진 수풀 옆까지 가보았다. 그 러프 변두리의 풀 위에 피가 흐르고 있었고 근처에서 삼엄한 표정을 한 몇 명의 형사와 경관이 경계에 임하고 있었다. 그 중 한 형사는 아직 흥분이 가시지 않은 얼굴이었다.

"저와 야마구치 군이 아키야마 씨 뒤를 따라 여기까지 범인을 쫓아왔습니다. 그때 범인이 쏜 두 발의 탄환 중 하나가 아키야마 씨 다리에 박혔습니다. 쓰러진 아키야마 씨를 제가 간호하는 사이, 범인은 그 숲속으로 도망쳤습니다. 야마구치 군이 그 뒤를 쫓아갔습니다."

숲은 물론 짙은 안개에 잠겨 있었고 숲 뒤에 있는 하나레산은 밀도가 높은 물방울 막에 감싸여 그 윤곽조차 보이지 않았다.

"저는 아키야마 씨에게 이 자리에서 움직이지 말라고 하고 범인과 야마구치 군을 쫓아 숲속으로 달려갔습니다. 범인은 보이지 않더군요. 그런데도 저쪽 방향에서 총소리가 나서 저도 가봤습니다. 범인은 보이지 않았지만 풀에 핏자국이 찍혀 있었죠. 제가 서둘러 이쪽으로 돌아와보니 아키야마 씨의 모습이 보이지 않았던 겁니다. 바로 야마구치 군도 되돌아왔습니다."

이 사복형사는 '기무라'라고 하는데 아까도 히비노 경부보에게 같은 보고를 했던 게 틀림없다. 흥분한 기색이 역력했지만 보고 내용은 외운 느낌이 강했다.

긴다이치 코스케가 들어보니 아키야마 다쿠조는 왼쪽 다리의 복사뼈 부근을 당한 모양이었다. 탄환은 명중하지는 않았고 살을 살짝 스친 것뿐으로, 뼈에는 이상이 없기 때문에 괜찮다고 본인이 말했다고 하지만 거기 고인 피의 양이나 숲속에 점점이 흩어진 핏자국으로 보아 상당한 출혈이 있었을 거라 생각된다. 그런데도 아키야마 다쿠조는 범인을 쫓아 숲속으로 들어간 것이다. 게다가 그 범인은 권총을 갖고 있고 상당히 절박한 상태다.

긴다이치 코스케는 등골이 오싹해졌다.

히비노 경부보로서는 취할 방법이 두 가지밖에 없다. 온 거리에 비상선을 설치하여 덫을 치는 것. 이미 이 첫 번째 사항은 지시했다고 한다. 하지만 덫을 치기에는 시각이나 기상 조건이 정말 좋지 않았다. 슬슬 오후 5시였다. 낮이 긴 여름이니 5시란 시각은 별로 문제가 되지 않을지도 모르지만, 공교롭게도 안개가 끼었다. 안개는 밤과 함께 더욱 짙어질 기미다.

하나레 산은 원래부터 큰 산은 아니다. 하지만 때때로 곰이 나온다고 하는 험한 산이다. 거기서 사람을 하나 찾는 일은 쉽지 않다. 게다가 상대는 무기를 갖고 있다. 탄환을 몇 발 갖고 있을지도 모른다. 더욱이 안개가 범인을 숨겨주고 있다. 발소리를 들은 것만으로도 안개 속에서 총을 쏠지도 모르는 일이다. 형사나 경관이 긴장한 것도 무리가 아니다.

아주 주의해서 작전을 수행해야 한다.

망을 보는 경관을 두 사람 남겨두고 사람들이 클럽하우스로 돌아오자 골프대회에 참석했던 손님은 말할 것도 없고 가즈히코나 지요코의 모습도 보이지 않았다. 오토바이에 탄 경관 한 사람이 히비노 경부보를 기다리고 있었다. 그의 보고에 따르면 사쿠라노사와의 후에노코지 별장에는 아쓰코와 가정부 사토에가 있었지만 미사의 모습은 보이지 않았다고 한다. 미사는 정오 전 골프장에 간다고 말하고 나갔을 뿐 아직 돌아오지 않았다고 한다. 미사는 10번 홀에서 그대로 자취를 감춰버린 모양이다.

긴다이치 코스케와 도도로키 경부는 히비노 경부보의 자동차를 배웅하고 골프장에서 병원으로 갔다. 병원에서는 가즈히코가 맞이했는데 그의 이야기의 따르면 다다히로는 병원에 도착하자마자 의식을 되찾은 모양이다. 아주 건강하고 지금 수혈 중이지만 안심하라고 했다. 그리고 연락장소나 오늘 밤 숙박 장소로서 만산장을 써달라, 그 편이 자신으로서도 안심할 수 있다는 전언이었다. 그에 대해 긴다이치 코스케는 다음과 같은 말을 남겼다.

"그럼 회장님께 말씀드려주십시오. 사건도 마무리 단계에 들어섰다, 오늘 내일 중으로 사건을 해결하고 범인을 지목할 예정이니 빨리 회복하셨으면 한다고요."

그 전언을 듣고 다다히로는 굉장히 기뻐했다고 한다. 그의 머리맡에는 지요코와 히로코가 대기하고 있었던 것 같다. '오토리 씨가 옆에 있다는 사실이 아저씨에게 용기를 주는 것 같다'고 가즈히코가 이야기했다.

가즈히코가 운전하는 캐딜락을 타고 긴다이치 코스케와 도도로키 경부는 만산장으로 돌아왔다. 도도로키 경부의 요청으로 중간에 경찰서에 들른 자동차는 거기서 야마시타 경부를 태웠다. 이렇게 만산장이 모든 이들의 연락장소로서 결정되었다.

쇼와 35년 8월 15일 오후 8시 반.

안개는 한층 짙어지고 갤 기미가 전혀 보이지 않았다. 유리문은 꽉 닫혀 있었지만 어디서 흘러들어오는 것인지 고색창연한 만산장의 현관은 엷은 보랏빛 안개로 부옇게 흐려져 있었다.

8시 반 조금 지나서 찾아온 히비노 경부보의 보고에 따르면 킬러스타일의 저격범은 말할 것도 없고 아키야마 다쿠조나 미사의 행방도 아직 알 수 없다고 한다. 아키야마는 지금도 저격범을 쫓고 있는데 그 안위가 걱정스러웠다. 미사는 어떻게 된 것일까. 미사와 저격범 사이에는 무슨 관련이 있는 것일까.

"덫에 걸리는 것은 날이 밝을 때까지 기다리지 않으면 안 될 것 같습니다."

히비노 경부보는 창밖에 가득한 짙은 안개로 눈을 돌리면서 분한 듯 중얼거렸다.

"물론 그렇게라도 그런 인물을 찾는다면 즉시 체포하라고 모든 거리에 수배는 해놓았습니다. 그리고 문제의 시라카바 캠프 제17호 하우스의 낙서 말인데요. 감식하고 있으니 금방 결과를 알 수 있을 거라 싶은데요. 알게 되는 즉시 보고를 하라고 했습니다."

"제17호 하우스의 숙박부 쪽은……?"

긴다이치 코스케가 물었다.

"아, 그쪽도 지금 하고 있습니다. 다행히 다치바나 시게키 군이 쓰무라 신지의 편지를 갖고 있어서 작년 사건 이후 쓰무라가 거기 머물러 스스로 숙박부를 기록했다면 이 또한 바로 확인할 수 있겠죠."

"그거 기대되는군요."

그렇게 말하기는 했지만 긴다이치 코스케는 꼭 기대되는 것만은 아니었다. 그는 고뇌에 찬 눈으로 바둑판에 놓인 복잡한 진영의 바둑돌들을 응시하고 있었다. 흰 돌을 잡은 것은 야마시타 경부였지만 아무래도 그쪽이 형세가 불리해 보였다.

8시 45분에 전화벨이 울렸다. 지금 이 전화는 외부에서 직

통으로 연결되어 있다. 히로코로부터 온 전화였다. 긴다이치 선생님을 부탁한다고 하여 긴다이치 코스케가 받았다.

"긴다이치 선생님이시죠. 전 사쿠라이 히로코입니다. 저 지금 병원에 있는데 그쪽에는 지금 어떤 분들이 계시는지요?"

"네, 저 외에 히비노 경부보, 그리고 현 경찰본부에서 출장 나온 야마시타 경부, 그리고 아시다시피 도도로키 경부, 그렇게만 있는데요……."

히로코는 잠시 생각하더니 말했다.

"괜찮습니다. 그럼 제가 바로 그쪽으로 갈 테니 다들 그대로 기다려주세요. 아무쪼록 여쭙고 싶은 게 있습니다."

히로코의 목소리는 가라앉아 있었지만 약한 유리를 연상케 하는 그 모습에는 굳은 결의가 감춰져 있어서 수화기를 내려놓았을 때 긴다이치 코스케는 무심코 깊은 한숨을 내쉬었다.

제22장

라이터

"긴다이치 선생님, 이 라이터에 대해 뭔가 짚이시는 게 있나요?"

인사도 하는 둥 마는 둥, 히로코가 손수건 안에서 꺼내 긴다이치 코스케 앞에 놓은 것은 금속제 라이터였다. 표면에 피라미드가 새겨진 것을 보니 분명 특별히 주문해서 만들었을 것이다. 긴다이치 코스케는 라이터를 집어보고는 히비노 경부보와 얼굴을 마주보았다.

"이거 아버님 라이터군요."

"아버지는 그것에 대해 뭔가 말씀하셨나요? 아버지는 아직 말씀을 많이 하실 수가 없지만 언뜻 보기에 그 라이터에 대해 선생님께 뭔가 말씀하신 것 같더군요. 뭐라고 하셨나요?"

그야말로 직구를 던진다. 입술 끄트머리에 미소를 띠고 있지만 미소의 밑바닥에는 굳은 의지가 엿보여, 이 여자가 여간내기가 아니라는 사실을 알려준다. 지금 히로코는 투지에 불타 있는 듯하다. 긴다이치 코스케 쪽이 도리어 그 모습에 압도된 것처럼 졸린 눈을 끔뻑거렸다.

"아버님은 이것을 그저께 밤안개 속에서 떨어뜨렸다고 하셨습니다."

"떨어뜨렸다고요? 그게 대체 무슨 말인가요? 이건 아버지가 무척 아끼시는 라이터예요. 게다가 아버지는 그렇게 허술한 분이 아니세요. 어떤 상황에서 떨어뜨렸다고 하셨나요?"

"그, 그게…… 뭐라고 하셨더라, 아버님은 그저께 밤 8시가 넘어서 다카하라 호텔을 뛰쳐나와…… 그렇죠, 8시 조금 넘어 정전이 있었지 않습니까. 그때 아버님은 오토리 지요코 씨와 둘이서 호텔 로비에 계셨어요. 그런데 갑자기 정전이 되었죠. 그래서 그만, 그…… 뭐라고 해야 하나, 누가 먼저랄 것 없이 끌어안고 입을 맞췄다는, 즉, 그…… 간단하게 말하자면 키스 같은 걸 하셨다고 합니다."

"그리고 그…… 아버지는 어떻게 했다고 하셨나요?"

다그치듯 묻는 히로코 옆에서 히비노 경부보가 성급하게

질문했다.

"부인, 그보다 부인께서는 어디서 이 라이터를 손에 넣으셨습니까?"

히로코는 그쪽으로 고개도 돌리지 않았다.

"아버지는 어떻게 했다고 하셨냐고요!"

변함없이 직구를 던지는 모양새다. 눈에 강렬한 빛을 머금고 입술 끄트머리에 무서운 미소가 얼어붙어 있었다. 보기에 따라 상대를 우롱하는 것 같은 미소다.

히로코에게 무시당한 경부보는 뺨에 핏기가 올라 뭔가 말하려 했지만 야마시타 경부의 시선을 느끼고 그대로 입을 다물었다. 도도로키 경부는 바둑돌을 손에 쥔 채 미련이 남은 듯 바둑판을 노려보고 있었다. 아마도 도도로키 경부에게 유리한 상황에서 어쩔 수 없이 판을 끝내야 했던 모양이다.

여기서 불쌍한 것은 긴다이치 코스케로, 사나운 말 같은 여투사 사쿠라이 히로코가 정면에서 치고 들어오자 마치 키스한 당사자가 자신인 양 쑥스럽고 수줍어서는 허둥지둥 무턱대고 더벅머리를 긁어댔다.

"그, 그, 그게 말입니다. 그, 그러니까 그건 이런 건데요. 아하하."

긴다이치 코스케는 스스로도 본인이 허둥거리는 게 이상한

지 바보처럼 웃었다. 그리고 꿀꺽 마른 침을 삼키더니 단전에 힘을 주고는 겨우 형세를 바로 잡았다.

"아버님, 거기서 호텔을 뛰어나왔다는……. 즉 오토리 여사와의 키스 후에 말입니다. 그런데 밖은 정전으로 캄캄했죠. 방향도 알 수 없을 정도로. 게다가 아버님은 오토리 여사의 보드랍고 뜨거운 살결과 닿은 덕택에 갑자기 청춘의 피가 되살아났죠. 이걸 아버님 식으로 표현하면 '피가 끓어올라 어디를 어떻게 걸었는지 전혀 기억을 못하겠는데, 집에 돌아와보니 9시 반인가 10시였다'고 합니다. 즉, 그, 뭐라고 합니까, 아버님은 청춘의 행복에 취해 1시간 반이나 2시간 동안 구 가루이자와 부근을 무턱대고 걸어 다녔는데 어디를 어떻게 걸었는지 전혀 기억이 안 나고 또 중간에 누굴 만났는지 어떤지조차 기억이 안 난다고…… 이렇게 말씀하셨습니다."

긴다이치 코스케는 땀을 삐질삐질 흘리며 설명을 끝냈다.

"그래서 라이터는? 라이터에 대해선 뭐라 하시던가요?"

하지만 애석하게도 다급한 듯 치고 들어오는 히로코의 말투는 가차 없었다.

"네, 그, 그, 그 라이터 말인데요."

긴다이치 코스케가 또다시 더듬거리며 더벅머리를 긁어대는 모습을 보니 누가 심문하는 이고 누가 심문받는 이인지 모르겠다. 히비노 경부보는 그 점이 불만인 듯 자꾸만 안달이 났으나 야마시타 경부는 경험에서 우러나온 여유인지 이죽이죽 웃음이 나오는 것을 억누르느라 필사적이었다. 도도로키 경부는 심각한 얼굴로 흰 돌과 검은 돌을 점검하면서 바둑돌을 통으로 옮기고 있었지만 긴다이치 코스케에 대한 연민의 정을 금할 길 없다는 표정이다. 바둑돌을 다 옮기고 나서 천천히 담배에 불을 붙이는 것을 보니 괜히 끼어들어서 긁어 부스럼 만들기는 싫다고 생각하고 있는 것 같다.

이리하여 사나운 말 같은 여투사를 상대로 고립무원의 상태인 긴다이치 코스케는 이제 글렀다는 듯 더벅머리를 긁으면서 말했다.

"즉 아버님은 컴컴한 장소를 닥치는 대로 돌아다니던 중에 담배가 피우고 싶어졌어요. 그래서 라이터를 꺼내 불을 붙이려고 했지만 강풍 때문에 불이 붙지 않아요. 그때는 포기했지만 한참 지나 다시 담배를 피우고 싶어졌죠. 그래서 주머니를 더듬었는데 라이터가 없어요. 아까 주머니에 넣으려다가 떨어뜨린 거겠죠. 그게 여차여차 이러저러한 특징이 있는 라이터다, 그래서 그 라이터를 주운 사람을 발견하면 자기가 어디쯤을 돌아다녔는지 알 수 있겠거니, 그렇게 말씀하셨는데요."

"어설픈 변명이군요."

"말씀대로 변명으로선 최저죠."

"긴다이치 선생님은 어떻게 생각하시나요?"

"좀 수상하다 싶었습니다. 아니, 아주 수상하다고 생각했죠. 즉 아버님에게는 마키 교고가 독을 마시고 죽었던 시각의 알리바이가 없어요."

"그럼 어떻게 되는 건가요, 아버지는?"

"아버님이 피가 끓어올라 무턱대고 여기저기 마구 돌아다녔다고 말씀하신 시각에, 실제로는 야가사키로 가서 마키 씨에게 독을 먹인 게 아닐까 생각했었어요. 그런데 나중에 진짜 현장이 아사마카쿠시였다는 게 확인되자, 범죄현장과의 거리는 더 짧아졌죠. 그래서 영락없이 아버님께서……였던 거죠."

"그럴 경우 동기를 뭐라고 하실 건데요? 아버지께서 어째서 마키 씨를 독살했다고 생각하십니까?"

"그건 '소유욕'이라는 것으로 설명할 수 있습니다. 아버님은 남들보다 몇 배나 소유욕이 강하신 분입니다. 그래서 지금 당연히 자기 것이 되려는 여성을 일찍이 소유했던 남자가 이 세상에 존재하는 것이 눈에 거슬렸다. 그래서 하나하나…… 이런 얘기가 되죠."

"하하하."

사나운 말은 여기서 히스테릭한 울음소리를 냈다.

"하지만 청산가리는 어떻게 설명하실 건가요? 아버지께서 어디서 청산가리를 손에 넣으셨을까요?"

"부인, 당신은 아버님을 과소평가하면 안 됩니다. 아스카 다다히로 정도의 인물이라면 청산가리를 1톤이나 2톤, 혹은 트럭 1대나 2대만큼 언제든지 손에 넣을 수 있죠. 아스카 다다히로는 전지전능. 이런 이미지를 아버님은 세상에 심어놓으셨잖아요. 적어도 긴다이치 코스케는 그런 생각을 갖고 있습니다."

긴다이치 코스케는 별로 날카롭지 않은 눈을 끔벅거리면서 마치 히구치 미사오 부인 같은 소리를 한다. 비로소 사나운 말 히로코도 약간 불안해진 듯했다.

"설마…… 긴다이치 선생님 정도 되는 분이 정말 그런 바보 같은 생각을 하실 리 없겠죠?"

이렇게 목소리가 줄어든 것은 투지가 꽤 수그러든 증거일 것이다.

"아, 그런데요, 부인. 명탐정이란 놈은 온갖 바보 같은 생각을 하는 놈입니다. 얼마나 많이 바보 같은 생각을 할 수 있느냐 없느냐로 명탐정인지 아닌지가 가려지는 겁니다. 요컨대 여기 있는 도도로키 경부님 말인데요, 이분은 상식이라는 시시한 수갑과 족쇄에 매여 있으니까요. 설마 아스카 다다히로

씨 정도 되는 인물이 그런 바보 같은 짓을…… 하고 처음부터 회의적이죠. 그래서 이 사람, 10년을 하루같이 경부님이고 별 볼일 없는 겁니다. 야마시타 씨도 다를 바 없죠. 그 점에 있어서 이 긴다이치 코스케는…… 아, 명론탁설은 이 정도로 그치고 이 라이터, 어디에 있었습니까?"

"우리 별장 포치의 난간 위에 놓여 있었다고 해요."

처음에 보여줬던 서슬 퍼런 기세는 어디로 갔는지 히로코가 의외로 순순히 대답한 것은 명백하게 긴다이치 코스케의 힘에 눌렸기 때문이다. 허세를 부려도 통하지 않는 상대라는 사실을 알아차렸던 것이다.

"놓여 있었다고요? 그 말씀은?"

성질 급한 히비노 경부보가 뭔가 말하려는데 선수를 쳐서 긴다이치 코스케가 부드럽게 막았다.

"이거 제가 찾은 게 아니에요. 신몬토지에서 도와주러 온 정원사가 찾아서 저한테 준 거예요."

"언제요?"

"어제 아침……. 아니, 오후 무렵이네요. 난간 위에 달랑 놓여 있었다고 해요. 여봐란 듯이요."

"그렇다면 아버님은 그저께 밤 다카하라 호텔을 뛰어나와서 댁 별장에 들렀단 얘깁니까?"

"그렇다고 생각해요."

그렇게 말하고 히로코는 재빨리 덧붙였다.

"만약을 위해 이 라이터, 아까 병원에서 오토리 씨에게 보여주었어요. 그저께 밤 호텔에서 오토리 씨를 만났을 때 아버지는 분명 이 라이터를 갖고 있었다고 합니다."

"하지만 아버님은 왜 이 사실을 우리에게 말씀하시지 않았을까요? 댁의 별장을 찾아갔다는 사실을. 그리고 라이터를 난간에 놓고 왔다는 사실을."

히로코의 눈동자에 다시금 흉폭한 번뜩임이 되살아났다. 그녀는 입술 가장자리에 강렬한 미소를 머금었다.

"긴다이치 선생님은 그 이유를 알고 계시죠? 전 전혀 몰랐어요. 정원사가 그 라이터를 찾아서 저한테 넘겨줄 때까지 그저께 밤 아버지가 찾아오셨단 사실을요."

"아버님은 댁의 별장에 가셨지만 어떤 이유로 당신을 부르지 않고 그 라이터만 두고 돌아가셨단 거로군요."

"그래서 그 이유는 뭔가요? 선생님은 벌써 알고 계시죠?"

불꽃 튀는 승부란 이런 것을 가리키는 말이다. 하지만 히로코가 뽑아 내리친 칼을 받아낸 긴다이치 코스케의 얼굴은 그다지 칠칠치 못했다. 성가신 듯 눈을 끔벅거릴 따름이다. 차마 볼 수 없어서 히비노 경부보가 도움의 손길을 내밀려 했지만 야마시타 경부의 헛기침에 얼른 생각을 고쳐먹었다.

긴다이치 코스케는 괴로운 눈빛으로 한동안 침묵했지만 이윽고 '후' 하고 한숨을 쉬었다.

"부인, 당신은 나쁜 분이시군요."

"네, 어차피 아스카 다다히로의 딸이니까요. 저도 여차하면 청산가리 1톤이나 2톤쯤은 어떻게든 마련해 보이는 사람입니다. 그런데 선생님께서는 어떤 이유로 그런 말씀을 하시나요?"

"본인이 얘기하기 어려운 건 전부 남의 입을 열어 대신 말하게 시키시니까요. 괜찮습니다. 어차피 전 바보 같은 생각을 하는 게 직업인걸요. 결국 그건 이렇게 된 겁니다."

긴다이치 코스케는 이번에는 더벅머리를 긁지 않았다. 괴로운 눈을 히로코의 얼굴로 돌린 채 말을 이었다.

"아버님은 오토리 지요코 씨에게 키스했어요. 이건 그러니까 프러포즈였죠. 게다가 오토리 여사도 흔쾌히 받아들였고요. 그렇다는 얘긴 혼약이 성립했단 뜻입니다. 아버님은 그 기쁨을 가장 먼저 당신에게 알리려고, 혹은 양해를 구하려 했죠. 그거랑 또 하나, 아버님은 그저께 밤 사쿠라이 씨가 여기 올 수 없단 사실을 알고 있었어요. 게다가 정전으로 주변은 깜깜, 바람까지 세차게 불어요. 필시 당신이 불안할 거라 싶어 여러 가지 이유로 댁의 별장으로 향했죠. 그건 즉 부성애의 발로였겠죠."

"부성애라니 쓸데없군요. 전 이제 어린애가 아니에요."

"그야 그렇죠. 남편분이 집에 없을 때 다른 남자를 끌어들이는 분이시니까요."

히로코의 눈동자에서 꺼진 흉악한 빛이 갑자기 격렬하게 타오르고 살기가 되어 긴다이치 코스케의 얼굴을 날카롭게 쏘아본다. 사나운 말의 본성이 드러나고 당장에라도 덤벼들 기세로 몸을 반쯤 일으킨다. 눈꺼풀이 빨갛게 물들어 있다. '앗' 하는 새 히비노 경부보도 일어서려고 했지만 야마시타 경부와 도도로키 경부는 태연자약하게 두 사람의 얼굴을 번갈아 보고 있다.

히로코는 한동안 숨을 헐떡이면서 전신의 증오를 눈동자에 담아 위에서 긴다이치 코스케를 노려보았지만 상대의 괴로운 얼굴을 보는 사이에 차츰 눈동자에서 번뜩임이 사라지더니 이윽고 털썩 의자에 앉았다.

"긴다이치 선생님."

그녀는 신음하듯 말했다.

"저, 선생님을 잘못 본 것 같습니다."

"어떤 식으로요?"

"아버지는 굉장히 당신을 신뢰하고 있었던 것 같습니다. 그래서 좀 더 동정심이 있는 분이라고 생각하고 있었습니다."

"실례했습니다."

긴다이치 코스케는 순순히 고개를 숙였다.

"모처럼 당신이 모든 것을 고백하고자 여기 와주셨는데 지금의 일격은 너무 잔인했죠. 하지만 당신은 아버님께 반감을 가지신 거 아닙니까?"

"말도 안 됩니다."

히로코는 강하게 부정하고 갑자기 온순해졌다. 맥없이 어깨를 떨어뜨렸다.

"저, 아버지를 존경하고 있습니다. 아니, 존경하는 이상으로 아버지가 좋아요. 그렇게 좋은 아버지는 그렇게 많지 않아요. 그래서 더 저 자신에게 화가 납니다. 그런 아버지를 괴롭혀드린 데 대해서."

"아버님은 어떤 광경을 보셨을 거라 싶은지요?"

"아뇨, 아버진 아무것도 못 보셨을 거라 싶어요. 어쨌거나 어둠 속이었으니까. 그저 아버진 들으셨던 게 틀림없어요."

"들었다뇨? 뭘……?"

"피아노 소리를요."

"피아노 소리……? 누가 피아노를 쳤습니까?"

"물론 쓰무라 씨예요."

"쓰무라 씨가 댁에 와서 피아노를 친 겁니까?"

"달리 할 일이 없잖아요. 그런 어둠 속에선……."

정색하며 원망하는 히로코의 말을 듣고 긴다이치 코스케는 무심코 웃음을 터뜨렸다. 도도로키, 야마시타 두 경부도 눈을 크게 떴는데 다음 순간 두 사람의 입술이 들려 올라가고 안면 근육이 갑자기 느슨해졌다. 그저 젊은 히비노 경부보만이 의심쩍은 듯 금붕어 같은 눈을 날카롭게 치켜뜬다.

"히로코 씨."

무심코 말하고 나서 긴다이치 코스케는 약간 부끄러운 듯 더벅머리에 손을 가져갔다.

"아, 실례했습니다. 하지만 히로코 씨라고 부르게 해주십시오. 전 당신을 히로코 씨라고 부르고 싶어졌어요. 안 될까요?"

"아뇨, 그렇게 불러주세요. 그 대신 저도 선생님께 응석부리고 싶어요."

"아, 그래요. 고마워요. 그럼 여쭙겠는데 히로코 씨는 쓰무라 씨의 유혹에 빠진 게 아니었던 겁니까?"

히로코는 잠자코 긴다이치 코스케의 얼굴을 보다가 이윽고 수줍은 기색을 온몸에 드러냈다.

"전부 솔직하게 말씀드릴게요. 토요일 저녁 5시 반 무렵 호시노온천에 전화를 걸었을 때 전 그렇게 할 작정이었습니다. 화난 게 아니에요. 그날 오후 늦게 데쓰오 씨한테서 전화가 걸려 왔는데 어쩔 수 없는 사정이 생겨서 오늘 밤엔 못 간다고 하잖아요. 그 전 토요일에도 전 버림받았어요. 하지만 그땐 정말 뭔가 용건이 있었는지 아버지께서도 바쁜 사람이니 참아주라고 하시더라고요. 그런데 그저께 같은 경우에는 너무 수상하잖아요. 어머, 죄송해요. 그 사람이 여기저기 바람을 피우고 다니는 건 아시죠?"

"네, 그건 여기 경부님한테서 들었습니다. 하지만 그분은 정말은 당신을 사랑하고 계시죠."

"그렇다고 뭐, 자부하고 있어요. 아니, 방금 선생님이 말씀하신 대로예요. 제가 잘못했죠. 무거운 몸으로 무모하게 운전해서 교통사고를 내고 유산한 끝에 불임판정을 받았으니……. 그 사람이 바람을 피우기 시작한 것도 그때부터예요."

"안 되는 겁니까, 임신이……?"

긴다이치 코스케가 심각한 표정을 짓는데 히로코는 갑자기 웃었다.

"어머, 죄송해요. 선생님. 선생님이 모처럼 걱정해주셨는데

웃다니……. 하지만 그게 이상해요."

"이상하다뇨……?"

"교통사고 후 의사 선생님한테 진단받았을 땐 90퍼센트가 불가능하다는 거였어요. 가능성이 10퍼센트밖에 없다는 것은 일단 안 된다는 뜻이죠. 그래서 그 사람 완전히 비관해서 바람 피우기 시작한 거예요. 그런데 그 후 차차 몸이 회복된 모양이에요. 가능성이 50퍼센트 정도로 올라갔다고 선생님이 말씀하셨지만 그걸 그 사람은 모릅니다."

"당신 그걸 말씀 안 하셨습니까?"

"이러저러하게 되었으니 바람은 그만 피우고 저만 봐주었으면 좋겠다고 말할 수는 있겠죠. 그런데 선생님께 그런 얘길 듣고 나서 벌써 이럭저럭 반년이 되는데도 안 되잖아요? 그래서 자신도 없는 데다 아이가 생긴다면 생긴 다음 얘기해서 그 사람 허를 찔러주고 싶었으니까요. 덧없는 희망이었지만요."

"그래서 아버님은 알고 계십니까, 50퍼센트의 가능성이 있다는 사실을."

"아버지는 90퍼센트 불가능하다는 것까지밖에 모르시겠죠. 그래서 저희 부부를 많이 걱정하고 계세요."

"그건 안 됩니다. 솔직하게 털어놓고 남편분을 혼내고 잘 구슬러서 각고의 노력을 하게 만드셔야죠."

"그럼 긴다이치 선생님이 말씀해주세요. K대병원 산부인과 과장님인 요시무라 선생님께 가라고요."

"알겠습니다. K대병원 산부인과 과장 요시무라 선생님이라 하셨죠."

긴다이치 코스케가 수첩에 받아 적는 모습을 보고 히비노 경부보는 더없이 의아한 얼굴이다. 도도로키, 야마시타 경부는 딱딱한 얼굴로 서로 마주보면서 두 사람의 대화를 지켜보았다.

"그렇다면 히로코 씨는 다른 남자와 바람을 피우지는 않았겠군요. 임신 가능성이 높다면."

"그게 두려웠습니다. 그래도 5시 반쯤 호시노온천에 전화를 걸었을 때 전 분명 바람을 피울 작정이었어요. 데쓰오란 사람, 나쁜 짓을 할 때나 한 뒤에는 바로 알겠더라고요. 횡설수설하니까요. 토요일 오후 전화를 걸었을 때가 그랬어요. 그래서 저쪽이 그렇게 나온다면 이쪽도 똑같이 해주지 싶은 기분이 들었어요."

"실례인데 쓰무라 씨와는 언제부터……?"

"아, 그거요. 어젯밤 데쓰오 씨가 말했잖아요. 작년 가을 일본미술전람회에서 만나 친구와 같이 차를 마셨다고. 그런데 그때부터 한 달도 안 돼서 어떤 음악회 복도에서 만나서 그때는 둘이서만 차를 마셨어요. 그 후 그쪽에서 전화가 오거나 제가 전화를 하거나 해서 여기저기 찻집이나 화랑이나 백화점에서 만나곤 했어요."

"그 사실을 남편분께는 말씀하시지 않으셨군요."

"그거 말인데요, 별로 켕기는 일을 하지는 않았지만 호기심이 강한 여자라고 생각되는 건 싫어서요. 상대도 마찬가지 이유로 아무한테도 말하지 않았던 모양이에요."

"즉 이렇게 되는군요. 별로 꺼림칙한 관계가 있어서 숨겼던 건 아니고 그저 왠지 모르게 숨기고 있던 중에 심정적으로 점점 꺼림칙해진……."

"긴다이치 선생님."

히로코가 말에 조금 힘을 주었다.

"선생님 말씀대로예요."

"그래서 그저께 밤 일을 말씀해주시겠습니까?"

"알겠습니다."

히로코는 가볍게 고개를 숙였다.

"그저께 5시 반 무렵, 그분에게 전화했을 때 저는 분명 양심의 가책을 느꼈어요. 오늘 밤 남편이 올 수 없게 됐다. 가정부도 봉오도리에 가서 분명 11시쯤까진 오지 않겠죠. 저 혼자 외로우니까 와달라고 했을 때 제 목소리는 흥분해 있었습니다.

상대는 잠시 주저했지만, 그럼 연주회가 끝나고 바로 가겠다, 9시 반까진 반드시 가겠다고 말하는 그 목소리가 묘하게 떨리고 있었고 주변을 꺼리는 모습이어서 자만심일지도 모르지만 상대도 그럴 생각이었던 건 아닐까 생각했어요."

"그렇군요. 그래서……."

"그래서 저희에게 허락된 시간은 9시 반부터 10시 반까지 1시간이었어요. 저는 그 1시간을 가급적 유용하게 쓸 생각으로 여러 가지 마음의 준비를 하고 있었습니다. 그때 전 정말 나쁜 여자였죠. '데쓰오 씨, 기억해둬요. 데쓰오 씨, 고소하다'라고 마음속으로 부르짖고 있었어요."

"어지간히 남편분을 사랑하고 계시는군요."

"선생님!"

히로코는 조금 목이 메었다.

"결국 그렇게 되는 거겠죠? 하지만 센티한 감정은 밀어두고 사실만 말씀드리자면 7시 무렵 사토에후에, 노코지 씨 댁 가정부인데요, 사토에가 데리러 와서 우리 에이코와 같이 나갔어요. 그렇지, 참. 봉오도리 회장이 우리 집에서 가까워요. 그래서 확성기 소리가 들려오는 동안은 괜찮습니다. 그 사람들 봉오도리가 끝날 때까지 절대 돌아오지 않으니까요."

"아, 잠깐. 정전이라도 확성기 소리는 들립니까?"

"아, 그게……."

히로코는 살짝 미소 지었다.

"나중에 에이코에게 들었는데 운영자 중에 전파사 집 아들이 있어서 전지 같은 걸 가져오고 그랬대요. 그래서 큰소리가 났죠. 물론 진짜와는 달랐지만요. 그 사실은 히비노 씨도 알고 계실 거라 생각합니다."

"아, 저도 정전으로 깜깜한 속에서 단코부시* 같은 걸 들었습니다. 이상하게 생각하고 가봤더니 전지에다 코드를 잘 연결해놨더군요. 공원에 있는 금속제 쓰레기통에다 세 군데 정도 불을 때고는 그 빛 속에서 다들 춤을 추는 겁니다. 위험하지 않느냐고 뭐라 하는데 소방대원들이 준비에 만반을 기한 채 번갈아 춤을 추고 있어서 그만 웃고 말았습니다."

히비노 경부보도 아무래도 예민함이 가신 듯 씁쓸하게 웃고 있다.

"그렇군요. 정말 빈틈이 없군요."

"어쨌거나 1년에 한 번 있는 일이니까요. 게다가 전파사 사장이 그런 걸 좋아하는 사람이라 나서서 하기에 저도 불조심만 엄하게 일러두고 돌아왔습니다."

---

* 노동요.

"그런데 그 확성기 소리 말인데요. 아사마카쿠시 부근까지 들렸나요?"

사람들은 깜짝 놀란 듯 긴다이치 코스케의 얼굴을 고쳐보았다. 경부보는 금세 흥분한 기색이 되었다.

"들렸겠죠. 그곳은 꽤 높은 곳이고 게다가 지형이 이쪽으로 열려 있으니까요. 이건 일단 그 부근 주민에게 물어 확인해보죠. 그런데 그게 무슨……."

그렇게 말하는 경부보의 목소리는 갈라지고 목이 메어 있었다.

"네, 부탁드립니다. 그럼 히로코 씨, 계속해주시죠."

긴다이치 코스케가 방금 한 질문에 히로코도 잠시 동요한 것 같았지만 겨우 억제했다.

"7시쯤 에이코가 사토에와 같이 나갔다는 데까지 말씀드렸죠. 그리고 얼마 지나지 않아 확성기 소리가 들리기 시작했습니다. 그리고 저는 피아노를 치고 있었습니다. 쓰무라 씨가 오시는 건 빨라봐야 9시 반쯤일 거라는 걸 알고 있었지만 왠지 마음이 가라앉질 않아서……. 그랬더니 7시 반쯤 한 번 정전이 되었죠. 그때는 바로 켜졌지만요."

"그랬죠. 그 정전으로 전파사 사장님이 활약을 시작하셨단 것 같더군요. 회사에 전화를 걸어 조만간 진짜 정전이 될지 모른다는 사실을 확인하고 사방팔방으로 분주하게 움직이셨다고 합니다."

"그렇다면 전지 조작으로 확성기가 울리기 시작한 것은 몇 시쯤이었나요?"

"그때의 정전은 8시 3분부터예요. 그러니 전지 조작으로 확성기가 울리기 시작한 것은 8시 15분쯤이 아닐까요? 제가 상태를 보러간 것은 8시 반이었습니다."

"딱 그때가 되겠죠. 첫 정전 뒤 바로 피아노 위에 초를 2개 준비했어요. 그랬더니 진짜 정전이 되더군요. 그래서 저도 곤란해서 '이래선 봉오도리는 물 건너갈지 모른다. 연주회 쪽은 어떻게 될까' 생각하면서, 달리 할 일이 없잖아요, 컴컴했으니까. 그래서 할 수 없이 피아노를 치고 있었는데 쓰무라 씨가 왔습니다."

"쓰무라 씨는 회중전등을 갖고 계셨죠?"

"네, 규도 가게에서 사왔다면서. 여기서 말씀드려두는데 그때 쓰무라 씨의 모습이 킬러스타일이었다는 거, 어젯밤 여러분들 얘기를 듣기 전까지 전혀 생각 못 했었어요."

"쓰무라 씨, 잠자리 형태의 선글라스를 끼고 있지 않았습니까?"

"아뇨, 그런 건…… 쓰고 계시지 않았어요."

쓰무라 신지도 역시 부끄러웠는지 안경은 도중에 벗은 모양이다. 이런 사람이 킬러인 척했다는 것도 이상하다.

"그래서요? 어떻게 했습니까?"

"이러지도 저러지도 않았어요. 불이라도 켜져 있으면 모르겠지만 조명이 촛불 2개뿐이잖아요. 오히려 왠지 이상해져서……. 지나치게 안성맞춤이었죠."

"즉, '아, 당신' 같은 말을 하고 느닷없이 끌어안고 키스하는 그런 일은 안 했다는 거군요."

"둘이서만 만난 적은 처음이었으니까요."

"정전이 오히려 정사에 방해가 되었다니 도주로의 사랑*의 반대란 건가요?"

"그분 자기 예술을 위해 여자를 속이는 짓을 할 만한 분이 아니고요, 저도 가지는 될 수 없어요."

"하하하, 애통하다고 말씀드려도 좋을지 어쩐지. 그래서 결국 어떻게 됐습니까?"

"둘 다 완전히 굳어져버려서요. '피아노 잘 치시는군요', '어머, 부끄럽습니다', '선생님, 뭔가 들려주실 수 있을까요', '그

---

* 기쿠치 간의 희곡. 본래는 소설이었으며 희곡으로 각색되었다. 겐로쿠 시대, 가부키의 명배우 사카타 도주로는 자신의 팬인 가지와 위장결혼을 하였으나 농락당한 것을 알게 된 가지는 독을 마시고 죽는다.

럼……' 하고 쳐주신 것이 〈월광 소나타〉였죠."

"쓰무라 선생, 베토벤을 좋아하는군요."

"네, 연주해주시는 동안에 그 자리의 분위기에 도취된 게 아닐까요. 촛불 아래 피아노를 치는 것에요. 그분 피아노 연주가로서도 유명한 분이니까요. 〈월광 소나타〉를 멋지게 쳐주셨습니다. 그래요. 쓰무라 씨가 피아노를 치기 시작하셨을 때 확성기 소리가 들리기 시작해서요. 딱 히비노 씨가 말씀하신 시각이 되었던 거라 싶어요."

"월광 소나타를 멋지게 치는 데 얼마나 걸렸나요, 시간은?"

"20분은 걸렸겠죠. 3악장 전부 쳐주셨으니까요. 그 뒤 제가 뭔가 감미로운 걸 쳐달라는 부탁을 하자 쇼팽의 〈녹턴〉을 세 곡. 그러던 중에 폭풍우가 점점 격렬해졌죠. 거기서 생각이 나셨는지, 쇼팽의 에튀드 〈겨울바람〉과 〈혁명〉을 연달아 쳐주셨습니다."

"그건 어떤 곡인가요?"

"아주 격렬한 곡입니다. 그리고 마지막이 리스트의 〈사랑의 꿈〉. 그걸로 1시간 정도 지나버렸죠."

히로코는 울면서 웃는 듯한 얼굴이었다.

"그럼 변변히 얘기할 틈도 없었던 겁니까?"

"물론 곡 중간 중간에 얘기를 했지만 사랑이니 연애니 그런 얘기가 아니었어요. 음악 얘기뿐이었죠. 그 사이에 9시 반이 되었죠. '슬슬 가정부가 돌아올 시간이 아닙니까', '네, 그렇네요. 그럼 이만……' 그러면서 돌아가셨죠."

"9시 반……? 9시 반이란 시각은 틀림없는 건가요?"

"네, 그건 확실해요. 그분이 시간을 물어서 손목시계를 봤거든요. 정확하게 말씀드리자면 9시 35분이었습니다. 그리고 방금 말씀드린 것 같은 대화가 있었고. 결국 일어서려고 했을 때 제가 이렇게 말했어요. '모처럼 와주셨는데 아무 대접도 못 해드려서' 하고 말한 건 제가 어지간히 정신이 없었던 모양이에요. 남편이 위스키를 마시잖아요. 그래서 위스키를 물에 탄 거랑 간단한 안주 정도 내려고 준비해뒀는데 그것조차 내는 걸 잊고 있었어요."

"그렇다면 쓰무라 씨는 먹지도 마시지도 않고 1시간 정도 피아노를 연주하다 간 겁니까?"

"그렇죠. 게다가 그분, 예의상 인사를 해주시더라고요. '오늘 밤은 굉장히 좋은 기분으로 피아노를 칠 수 있어서 감사했습니다'라고요. 저도 역시 같은 기분이었기 때문에 '다음에는 아무쪼록 남편과 만나주세요' 했더니 '남편분은 좋으시겠습니다. 당신 같은 좋은 부인이 있어서' 하고 예의상 말을 해주시더군요."

"즉 그건 이렇게 되는 건가요? 어둠 속 무료한 상황에서 쓰무라 씨가 피아노를 치기 시작했다, 그 사이에 둘 다 거기 취해버려 아무 일 없었다는 이야기인가요?"

"긴다이치 선생님, 고맙습니다. 선생님 말씀대로예요."

"그때 쓰무라 씨, 아사마카쿠시 쪽에 누가 와서 기다린다는 얘긴 안 했습니까?"

이건 히비노 경부보의 적절한 질문이다.

"아뇨, 그런 말 전혀……. 사실 마지막에 현관을 나설 때 '돌아가도 혼자라 심심하시겠어요' 했더니 '아뇨, 익숙하니까요'라고 말씀하셨어요."

"당신이 손목시계를 보신 게 9시 35분으로, 그런 일만 있은 후 현관을 나갔다면 이미 9시 45분경 아니었을까요?"

"네. 게다가…… 이 얘기도 좀 더 이어져요."

"이어지다뇨?"

"그분이 아주 덜렁댄다는 얘기 어젯밤에도 나왔죠. 자주 물건을 잊어버리세요. 그래서 가고 나서 보니 피아노 위에 합성피혁으로 만든 악보 철을 잊어버리고 가신 거예요. 그걸 갖고 서둘러 뒤쫓아 갔죠. 그리고 아사마카쿠시 쪽으로 돌아가는 커브에서 겨우 따라잡았는데 그전에 앞을 가는 사람의 뒷모습을 발견하고 '쓰무라 선생님' 하고 작은 소리로 불렀죠. 그랬더니 그 사람이 휙 뒤돌아보고 당황해서 다카하라 호텔 쪽으로 달려가는 거예요. 정전의 어둠 속이라고 해도 코를 잡혀도 알 수 없을 정도는 아니었거든요. 어디선가 어슴푸레한 빛이 떠돌고 있었죠. 그때는 전혀 눈치 못 챘는데 지금 생각하니 그분이 바로 아버지셨어요."

히로코는 살짝 눈물을 비치더니 조금 코를 훌쩍였다. 한동안 침묵한 뒤 긴다이치 코스케가 말했다.

"아버님은 상대가 누구였는지 확인해보려고 하셨군요?"

"아버지가 언제 오셨는지 모르지만 그분 비교적 귀가 밝으시거든요. 그래서 피아노를 치는 사람이 저인지 아닌지 정도는 바로 알았을 거라 싶어요. 게다가 좁은 집 안이었으니 목소리도 들렸을 게 뻔하고요. 선생님, 어둠이란 참 묘하네요."

"무슨 뜻입니까?"

"저흰 아무것도 아닌 얘기를 했어요. 쇼팽이 어떻고 리스트가 어떻고 같은. 그러면서 묘하게 둘 다 주변을 꺼리는 대화가 되어버렸으니 아버지가 속을 끓이신 것도 무리가 아니라 싶어요."

"그렇군요. 꽤 불효를 했네요. 아버지로서는 당신더러 반성하라는 의미에서 라이터를 거기 두고 쓰무라 씨를 미행하신 거군요."

“그랬을 거라 싶어요. 그런데 제가 말을 걸어서 당황해서 도망치신 거죠.”

“그리고 금세 쓰무라 씨를 따라잡았습니까?”

“네, 아사마카쿠시 쪽으로 돌아가는 모퉁이에서요. 쓰무라 씨는 굉장히 곤혹스러워하고 계셨습니다. 저는 잠시 그 뒷모습을 보고 있었는데 그 걸음걸이로 볼 때 누군가 딴 사람이 기다리는 상황은 아니었겠다 싶어요. 그분은 서류가방을 한 손에 든 채 앞으로 상반신을 구부리고 천천히 천천히 언덕을 오르고 계셨습니다. 그 뒷모습을 보고…… 아뇨, 이건 그전부터 생각했던 건데 쓰무라 씨란 분, 뭔가 죄의 십자가를 짊어지고 계신 느낌이었어요.”

“죄의 십자가요?”

긴다이치 코스케는 깜짝 놀란 듯 되물었다.

“그게 무슨 말입니까?”

“네, 뭔가 마음에 무거운 짐을 짊어진 듯한 느낌……. 저와 만날 때도 양심의 가책을 느끼고 계신 듯싶었지만 이제 와서 생각하면 그것만은 아니었어요. 뭔가 시종일관 무거운 짐에 압도당하고 있는 듯한, 그런 느낌이었습니다.”

긴다이치 코스케는 히비노 경부보와 얼굴을 마주보았다. 경솔하게도 후에노코지 야스히사에게 어떤 비밀을 누설한 것이 무거운 십자가가 되었던 것은 아닐까. 오토리 지요코와 관계있는 인간을 만나고 있을 때 십자가는 한층 그 무게를 더했던 것은 아닐까.

"그건 그렇고 그때 쓰무라 씨의 걸음걸이로 아사마카쿠시에 돌아가는 데는 몇 분 걸렸을 거라 생각하십니까?"

"글쎄요, 전 쓰무라 씨의 별장이 정확히 어딘지 몰라요."

"히비노 씨, 짐작이 갑니까?"

"글쎄요, 걸음걸이에 따라 다르지만 천천히, 천천히 걸어가면 20분, 혹은 그 이상 걸리지 않을까요?"

"그렇다면 집에 도착한 시각은 10시, 혹은 그 이후가 되겠군요."

그때는 모든 게 끝나 있었을 것이다.

"그렇죠, 참. 그리고 이건 아버지의 전언인데요."

"네, 뭐죠……?"

"오늘 아버지를 저격한 사람 말이에요. 아버지는 상당히 확실하게 얼굴을 본 모양이에요. 그건 쓰무라 씨가 아니었다고 해요."

"그럼 누구?"

히비노 경부보의 목소리는 아주 낮았다.

"아버지도 모르시는 것 같았어요. 아버지가 전혀 모르는 사람이었던 게 아닐까요. 그리고 복장이 쓰무라 씨와 같았다면……?"

히로코의 목소리도 눈동자도 떨렸다. 그녀의 피부에는 소름이 돋았고 온몸은 굳었다.

"그분, 거처를 아직 모르시나요?"

"그게 아직……."

야마시타, 도도로키 경부나 히비노 경부보와 얼굴을 마주 보고 있던 긴다이치 코스케의 목소리도 갈라져 있었다.

"쓰무라 씨란 사람은 권총을 갖고 있을 법한 사람입니까?"

"설마요. 오토리 씨 또한 아무리 사람이 변했다 해도 그분이 권총을 갖고 있다니 절대 생각 못 할 일이라고 강조하고 계세요."

제23장

또 한 사람의 여자

히로코는 한동안 우물쭈물하다가 갑자기 결심한 듯 시선을 긴다이치 코스케 쪽으로 돌렸다.

"긴다이치 선생님, 저는 한시라도 빨리 이번 사건을 해결했으면 좋겠어요. 아버진 금방 회복하시겠죠. 회복하시면 이번 가을에라도 오토리 씨와 결혼하셨으면 해요."

"히로코 씨는 두 분의 결혼에 찬성하십니까?"

"아버지는 훌륭하신 분이에요. 세상에서는 이른바 수완가라고들 하죠. 하지만 한편으로 몽상가라고 해야 할까요. 실이 끊어진 연 같은 구석이 있는 분이에요. 언제 어디로 날아갈지 모를……. 돌아가신 어머니도 그 실을 놓치지 않으려고 굉장히 애쓰셨죠. 그런데 이번 같은 사건이 있었으니 사람의 성격, 기질이란 걸 잘 이해할 수 있게 됐어요. 오토리 씨라면 아버지라는 연의 실을 꽉 잡아주실 거라 싶어요."

"그렇군요. 그래서……?"

"네, 그러니까 저 정말 이런 말씀은 드리고 싶지 않았지만 조금이라도 여러분의 수사에 도움이 될까 싶어서……."

긴다이치 코스케와 히비노 경부보, 야마시타, 도도로키의 두 경부의 얼굴에 슬며시 긴장의 기색이 떠올랐다.

"부인."

히비노 경부보는 안달이 났다.

"부인은 이번 사건에 대해 뭔가 아시는 게 있는 겁니까?"

히로코는 주저하는 기색을 노골적으로 보이더니 살짝 울상을 지었다.

"이 일이 결과적으로 수사에 도움이 될지 어떨지 모르겠고 어쩌면 그분에게 말도 안 되는 폐를 끼칠지도 모르겠다 싶어서 지금까지 아무한테도 얘기하지 않았는데……. 게다가요, 긴다이치 선생님."

"네."

"저 여탐정처럼 생각되는 거 싫어요. 그래서 지금까지 혼자 생각만 했지만 오늘 같은 일이 일어나고 보니 역시 말씀드리는 게 낫지 않겠나 싶어서…….”
그래도 역시 주저하는 히로코의 얼굴을 긴다이치 코스케는 다정한 눈으로 보았다.
“히로코 씨, 당신이 주저하시는 건 그분이라는 인물을 무고(誣告)하는 게 아닐까 그게 두려우신 거죠?”
“네, 그래요.”
히로코는 눈물 섞인 웃는 얼굴이다.
“그 점이라면 저희 네 사람을 믿어주십시오. 당신이 어떤 사실을 알고 계시는진 모르겠지만 이야기를 듣고 그분이라는 인물이 이 사건에 관계가 있는 것 같다면 조사해야 하고, 혹시 단순히 당신이 넘겨짚은 것이라면 저희는 아무것도 묻지 않을 겁니다. 그거면 되지 않겠습니까?”
“긴다이치 선생님, 그렇게 해주세요. 다들 부탁드립니다.”
히로코는 그래도 아직 결심이 서지 않는지 손가락에 감은 손수건으로 이마 가장자리를 꾹꾹 눌러 닦으면서 말했다.
“이거 작년 일이에요. 작년 8월 15일 밤의 일이죠.”
“후에노코지 씨가 돌아가신 날 밤이군요.”
“네, 그날도 아버지가 주최하는 골프대회가 있어서 그 후 다카하라 호텔에서 다들 회식을 했죠. 저희 부부도 참석했습니다. 그런데…….”

히로코는 웃었다.

"오토리 씨도 같이 있었죠. 그래서 '말발굽에 차여 죽기 전에 돌아가는 게 좋지 않을까' 하고 데쓰오 씨가 말하기에 8시 조금 지나 호텔을 나와 일단 집으로 돌아갔는데, 저희 집이 바로 봉오도리 회장 옆이잖아요. 소란스럽고 도저히 있을 수가 없어서 차라리 봉오도리를 보러가자고 데쓰오 씨랑 둘이서 나갔죠. 에이코도 춤을 추고 있었으니까."

"아, 그렇군요."

"거기서 한동안 봉오도리를 보고 있었는데 그것도 재미가 없어지기에 규도로 산책을 하러 가게 됐어요. 그런데 거기서 규도로 빠지려면 저기, 최근 황태자*님과 미치코 님의 로맨스로 유명한 테니스코트, 거기서 아주 복작복작한 골목을 지나가지 않으면 안 돼요. 그 골목의 안까지 왔는데 맞은편에서 술에 취해 비틀거리며 걸어온 사람이 정면에서 남편과 부딪쳤어요. 그리고 뭔가 투덜거리면서 바로 옆 가게로 들어가버렸죠. '미모자'라는 가게였어요."

"후에노코지 씨군요."

* 일왕 아키히토(明仁)를 가리키는 말. 1959년 평민 출신의 쇼다 미치코와 연애결혼을 하여 화제가 되었다. 이 두 사람이 처음 만난 장소가 가루이자와의 테니스장이어서 일본에 테니스 붐이 불기도 하였다.

히비노 경부보의 목소리는 갈라져 있었다.

"네. 하지만 그땐 몰랐어요. 나중에 신문이나 텔레비전에서 사진을 보고 '아, 이 사람이었구나' 하고 데쓰오 씨와 얘기했죠. 그래서 거기까진 데쓰오 씨도 알고 있지만 그 뒷부분은 저밖에 모르는 사실로, 그래서 전 저 나름대로 많이 고민했어요."

히로코는 변함없이 울면서 웃는 얼굴로 이마의 땀을 닦고 있다.

"그럼 여기서 전부 털어놓고 번민을 저희한테 넘겨주시죠."

"그렇게 하게 해주세요, 긴다이치 선생님."

히로코는 약간 응석부리는 말투가 되었다.

"후에노코지 씨……인지 그땐 몰랐지만 취한 사람과 부딪치고 바로 규도로 나가니 우체국이 있었죠. 거기서 전 그 사람과 스쳐 지나갔어요. 문제는 그 사람인데요."

"누굽니까, 그건……? 저희가 아는 남잡니까?"

히비노 경부보는 몸을 내밀었다. 다른 세 사람도 물끄러미 히로코의 얼굴을 보고 있다. 히로코는 다시금 울면서 웃는 표정이 되었다.

"아뇨, 남자분이 아니에요. 여성분이었어요. 아마 히비노 씨의 수사선상에 올라 있을 듯한데요. ……후지무라 나쓰에 씨예요."

히로코는 말을 멈추고 다시금 이마의 땀을 닦았다. 이 이야기를 털어놓는 것이 어지간히 힘이 든 모양이었다. 히비노 경부보는 아연해서 히로코를 보고 도도로키 경부는 놀라서 입속으로 앗 하고 날카로운 소리를 내더니 갑자기 끼어들었다.

"부인, 그럼 그날 밤 후지무라 나쓰에 씨가 이 가루이자와에 와 있었던 건지요?"

"경부님, 그 후지무라 나쓰에 씨란 사람은……."

"긴다이치 선생, 뭐라 할 말이 없소. 그만 알려드리질 않아서……."

도도로키 경부는 굉장히 송구스러워했다.

"후지무라 나쓰에는 아쿠쓰 겐조……라고, 오토리 지요코 씨의 두 번째 남편이었던 남자의 전처, 즉 오토리 여사 때문에 아쿠쓰 겐조 씨에게 버림받은 여성이올시다. 헌데 부인."

그는 히로코 쪽으로 몸을 돌렸다.

"부인께서는 그 여성을 아시는지요?"

"이렇게 된 거예요. 그분 지금 〈소비엔(装美苑)〉이라는 부인복 전문 잡지의 부인기자로 계세요. 그런데 제가 다니는 곳 중 긴자의 '론모'라는 부인복 가게가 있거든요. 저는 양장을 맞출 때 항상 거기 마담에게 상담을 하니까 자주 그 가게에

가요. 그 가게에서 이따금 후지무라 씨를 봤죠. 그래서 언제인진 모르겠는데 아쿠쓰 겐조 씨 부인이었던 분이라는 걸 알게 됐어요."

"그리고 그날 밤 후지무라 나쓰에 씨와 이 가루이자와에서 마주치셨군요."

히비노 경부보가 완전히 헛짚만 하니 자연히 도도로키 경부가 대신했다. 후지무라 나쓰에가 그날 밤 가루이자와에 있었던 걸 놓쳤다면 히비노 경부보뿐만 아니라 도도로키 경부로서도 큰 실수였다.

"네."

"그래서 뭔가 말씀이라도……?"

"아뇨, 그런데……."

히로코는 손수건을 구기면서 초조한 기색을 보였다.

"제 쪽에서 말을 걸려고 했지만 그분 뭔가 골똘히 생각에 잠긴, 사나운 얼굴을 하고 있어서……. 아, 이거 나중에 생각한 게 아니라 그때 바로 깨달은 건데 그분 누군가를 감시하고 계셨거나 누군가를 미행하고 있었거나…… 뭔가 그런 식으로 보였어요. 그래서 그만 말을 걸 기회를 놓쳐버려서…… 그래서 그분은 거기서 저와 마주쳤다는 걸 모르실 거라 싶어요. 그 후에도 긴자의 가게에서 이따금 뵀는데 별로 태도가 달라진 건 못 느꼈으니까요."

"그래서 그때 후지무라 나쓰에 씨는 누군가를 감시하고 있던지 누군가를 미행하고 있는 것처럼 보였다는 거군요."

"경부님, 인간이란 저속한 동물이에요. 히비노 씨는 이 바닥의 일을 잘 아시겠지만 시각이 시각이잖아요. 그 골목 상당히 혼잡했어요. 그런 속을 그분, 바람처럼이라고 하면 과장이겠지만 빠른 걸음으로 제 곁을 지나쳐 가셨어요. 사나운 표정을 하고 시선을 앞에 고정시킨 채로요. 그래서…… 제가 그만 아무 생각 없이 뒤를 보았죠. 그랬더니 그분…… 미모자 앞까지 가더니 멈췄죠. 그러고는 잠시 그 집 정면구조나 간판 등을 보고 계셨지만 바로 그곳을 지나치더니, 맞은편에 책방이 있어요, 거기 들러서 잡지 같은 걸 집고는 때때로 미모자 쪽을 돌아보고 계셨죠. 거기까지 보았을 때 데쓰오 씨가 불러서 그대로 규도로 나오고 말았습니다. 제가 아는 건 단지 이것뿐이지만……."

단지 그것뿐이지만 그 사실이 히로코를 괴롭히고 고뇌에 빠뜨렸던 것은 그때의 후지무라 나쓰에의 표정에서 그토록 묘한 느낌을 받았기 때문일 것이다.

잠시 엄숙한 침묵의 시간이 흐른 후, 도도로키 경부는 괴로운 듯 헛기침을 하였다.

"야마시타 군, 그 일에 대해 히비노 군을 책망하지 말아주게. 이건 우리……라기보다 내 책임일세. 작년 사건이 있고 나서 곤도 형사가 올라왔을 때 의논 상대가 되었던 건 나일세. 그때 오토리 여사에게 관계가 있을 법한 인물은 전부 체크했어. 후지무라 나쓰에란 여성도 상대에게 보이지 않는 방법으로 체크했지. 곤도 군은 서슴없이 만났을 거야. 그런데 그날 밤 후지무라 나쓰에가 어디에 있었는지, 거기까지 확인하지 않은 건 내 잘못이라고밖에 할 수 없네. 하지만 그날 밤 그 여자가 여기 있었다는 것은……."

도도로키 경부가 탄식하고 히비노 경부보가 완전히 자신감을 상실한 것처럼 어깨를 늘어뜨린 것을 보니 이 사실은 수사진에게 어지간히 큰 타격이었음에 틀림없다.

"그런데 부인."

야마시타 경부가 나섰다.

"그 후지무라 나쓰에란 부인은 미모자란 가게에 들어가지는 않았군요."

"제가 본 바로는 들어가지 않았습니다."

"그럼 할 수 없군. 그 여자가 미모자라는 가게에 들어갔다면 히비노 군의 수사선상에 올랐겠지만 그저 밖을 지나갔다는 거잖아. 그런데 부인."

"네."

"그날 밤 당신은 미모자에 들어간 술주정뱅이가 후에노코지 씨란 걸 몰랐죠? 하지만 나중에 그걸 알아차렸을 때 후지무라 나쓰에라는 부인이 미행하고 감시하고 있었던 건 후에노코지 씨였을 거라 생각하지 않으셨습니까?"

"그래서 저, 이 사실을 말씀드리는 게 두려웠습니다."

"즉 당신이 받은 인상으로는 후지무라 여사는 책방 앞에서 미모자를 감시하고 있었다, 그리고 후에노코지 씨가 미모자에서 나오기를 기다려 또 그 뒤를 미행했거나 혹은 접근했다……."

"야마시타 씨라고 하셨죠? 접근했는지 어쩐지 거기까진 저는 모릅니다. 하지만 그때 후지무라 씨의 안색이나 거동을 보면 후에노코지 씨가 미모자에서 나오기를 기다려 미행하지 않았나 싶어요."

"그렇다면 후에노코지 씨의 기괴한 죽음에 대해 그 부인이 뭔가 관계가 있다고……?"

"글쎄요, 거기까진……."

히로코는 격렬하게 몸을 떨었다.

"단지 그 사실에 대해 그분이 뭔가 알고 계시지 않을까 하고……."

무서운 침묵이 만산장 응접실에 드리워졌다. 후에노코지 야스히사가 물에 들어가기 전에 정교를 했던 여자란 그 여자가 아니었을까. 다들 그런 생각을 하는 것 같았다.

"도도로키 군, 후에노코지 씨와 후지무라 나쓰에라는 부인 사이에 뭔가 관계는……."

"아, 그게 전혀 나오질 않네. 조금이라도 그런 연관성이 보였다면 우리도 좀 더 세밀하게 그날 밤 후지무라 여사의 행동을 체크했을 걸세."

"히로코 씨."

긴다이치 코스케가 옆에서 끼어들었다.

"남편은 이 사실을 모르시는군요."

"그 사람은 아무것도 몰라요. 론모의 마담이라면 남편도 만난 적이 있어요. 이따금 우리 집에 오니까요. 하지만 후지무라 씨는 잡지 일로 취재하는 것 정도의 관계라서요……."

"그 후지무라 나쓰에란 부인, 가루이자와에 오면 어디에 머무는지요?"

이것은 히비노 경부보의 질문이다. 이 젊은 경부보도 어쨌거나 기력을 되찾은 모양이다.

"히비노 씨, 그에 대해 저는 여탐정 같은 짓을 해본 적이 있어요. 론모의 마담은 매년 가루이자와에 옵니다. 하지만 그분 여기에 별장을 가지고 계신 건 아니고 규도의 여관에 가세요. 하지만 후지무라 씨는 거기 같이 가실 정도의 사이가 아니에요. 그런데 '소비엔'의 사장님, 이분은 부인복 업계에서도 유명한 여성이신데……."

"여사장님이군요."

"네."

"이름은……?"

"다카모리 야스코(高森安子) 선생님이에요. 저도 두세 번 론모에서 뵌 적이 있는데 그분 후지무라 씨의 도쿄여자미술학교 선배라는군요. 그런데 다카모리 선생님의 별장은 가루이자와가 아니라 야마나카코(山中湖) 쪽이라고 해요. 이 여탐정의 조사로는 거기까지밖에 알아내지 못했습니다."

하지만 거기까지 조사했다는 것은 후지무라 나쓰에라는 여성에 대해 히로코가 강한 의혹을 품고 있었음을 의미하는 것이리라.

"아, 부인. 감사합니다. 히비노 군, 빨리 그쪽을 조사해보게. 여차하면 후지무라 나쓰에라는 부인에게 직접 부딪쳐도 돼."

하지만 그로부터 1시간도 지나지 않아서 히비노 경부보는 후지무라 나쓰에와 굉장히 극적인 해후를 하게 된다.

사람들에게 감사 인사를 받고 긴다이치 코스케에게 위로를 받은 히로코는 약간 마음의 짐을 내려놓은 표정으로 돌아갔다. 이때 후루카와 형사가 왔다. 안짱다리의 곤도 형사는 긴다이치 코스케의 조언으로 다른 일을 맡고 있었다. 후루카와 형사는 감식 결과를 가지고 온 것이다.

우선 첫 번째로 문제의 나방 말인데, 피해자 마키 교고의 웃옷에 묻어 있는 분비물도, 아사마카쿠시의 쓰무라 신지의 임대별장에 남아 있던 그것도 흰눈까마귀밤나방이라는 나방의 분비물이었다. 두 번째는 힐만의 트렁크 안에서 마키 교고의 지문이 검출되었다는 사실이다. 세 번째는 시라카바 캠프의 제17호 하우스의 판자벽에서 발견된 낙서의 기묘한 방정식 말인데, 여러 가지 과학 검사 결과 판명된 바에 따르면 그것은 원래 'A+O≠B'라는 방정식으로, 나중에 그런 식으로 수정된 것임이 밝혀졌다. 네 번째, 시라카바 캠프의 관리인 네쓰에게 제출하도록 한 숙박인 명부에 따르면 작년 8월 28일 밤 미와 고조(三輪浩造)라는 인물이 제17호 하우스에 묵었는데, 그 서명의 필체가 다치바나 시게키가 소지한 쓰무라 신지의 편지의 글씨와 흡사했다. 단, 네쓰는 이미 '미와 고조'라는 인물을 기억하지 못한다고 한다. 이상 네 가지다.

이 보고서를 읽고 히비노 경부보는 잠시 주먹을 꽉 쥐었지만, 긴다이치 코스케는 아무런 반응도 보이지 않았다.

쓰무라 신지는 혈액형의 비밀을 알고 있었던 것이다. 분명 미사에게 수혈했던 아쿠쓰 겐조에게 들었을 것이다. 그리고 경솔하게도 작년 8월 15일 오후 찾아온 후에노코지 야스히사에게 그 비밀을 누설했을 것이다. A형 여자와 O형 남자 사이에 B형 아이가 태어나지 않는 이상, 미사는 다른 남자의 아이라는 게 된다. 후에노코지 야스히사는 그래서 다카마쓰 쓰루키치, 즉 사랑스런 사스케를 떠올렸을 것이다. 혼란스러운 후에노코지 야스히사의 머릿속에서는 사스케의 입대와 미사의 탄생 사이에 시간적으로 큰 격차가 있다는 사실도 문제되지 않았을 것이다. 후에노코지 야스히사는 다카마쓰 쓰루키치라는 본명조차 생각나지 않았던 것일까. 아무튼 그런 일이 있고 보니 쓰무라 신지는 자신의 경솔함이 후회스러웠을 것이다. 그래서 문제의 17호 하우스에 가보니 그 방정식이 있어서 그렇게 수정해놓고 왔는데 'Sasuke'에는 손을 대지 않은 것을 보면 그것이 무엇을 의미하는지 몰랐을 것이다. 그리고 그 사실이…… 후에노코지 야스히사에게 혈액형의 비밀을 누설했다는 사실이 쓰무라 신지에게 무거운 십자가가 되지 않았을까.

"그런데 후루카와 씨, 쓰무라 씨의 소식은 아직 없나요?"

"네, 아직……. 아스카 씨를 저격하고 그대로 하나레 산에라도 도망친 것 같은데요. 어쨌거나 이런 안개 속이라서요."

안개는 점점 짙어질 따름이다.

"아키야마 다쿠조 씨는?"

긴다이치 코스케로서는 그것이 걱정이었다. 아키야마 다쿠조는 선대 공작이 암살당했을 때도 실수했다. 그런데 이번에 또…….

긴다이치 코스케는 어두운 눈빛으로 말했다.

"미사란 아가씨는?"

"그 아가씨는 곤도 씨가 사쿠라노사와의 별장 쪽을 감시하고 있는데, 아직 연락이 없습니까?"

아직 연락은 없었다. 미사도 그 이후 소식이 없는 것이다.

히비노 경부보가 뭔가 말하려 했지만 도도로키 경부가 옆에서 막았다. 이 경부는 긴다이치 코스케의 습성을 잘 안다. 긴다이치 코스케가 멍하니 시선을 허공에 둔 채 더벅머리를 천천히 긁고 있을 때는 그의 뇌세포에 뭔가 번뜩이는 것이 결정을 맺고 있을 때다. 지금이 그때였다.

"히비노 씨."

한참 지나 긴다이치 코스케가 입을 열었다.

"저 지금 묘한 생각이 떠올랐는데요."

"묘한 생각이라뇨?"

"이 부근 별장 말인데요. 어느 집이건 시즌이 끝나면 침구류는 일체 놓아두고 도쿄로 돌아가잖아요."

"네, 그게 왜……?"

"그 경우 이 지역 사람들의 창고 같은 곳에 맡기고 가는 사람도 있겠지만 개중에는 천장 위 같은 데 비밀창고를 만들어서 거기에 쑤셔 넣고 가는 사람도 있을 것 같습니다. 제가 지금 신세 지는 난조 씨도 그렇게 하고 있고요."

"네, 네, 그래서요……?"

히비노 경부보는 자신도 모르게 목이 타는 소리를 냈다. 긴다이치 코스케가 말하려 하는 바를 이해한 모양이다.

"아사마카쿠시의 쓰무라 씨 별장은 어떨까요? 빌린 별장에는 그런 건 없을까요?"

"긴다이치 선생님!"

히비노 경부보가 일어났다.

"그곳 집주인 전화번호라면 제가 알고 있습니다. 한번 물어볼까요?"

"아니, 아니."

긴다이치 코스케가 당황해서 그것을 막았다.

"지금 그 별장에 보초는……?"

"붙여뒀습니다. 언제 어느 때 쓰무라 씨가 돌아올지 모르니까요."

“그 보초를 일단 퇴각시켜주시지 않겠습니까? 그렇게 해두고 나중에 몰래 직접 조사해보시면…… 뭣하면 저희가 같이 해도 됩니다만.”

“긴다이치 선생님.”

야마시타 경부보도 목이 타는 모양이다. 침 삼키는 소리를 냈다.

“선생 견해로는 그 비밀창고 안에 뭐가……?”

“아니, 아니. 이건 어림짐작일 뿐입니다. 뭔가 나올지도 모르죠. 위스키 병이나 컵…… 그리고 뭔가가……. 어쩌면 단순한 헛소동이 될지도 모르지만요.”

하지만 히비노 경부보는 온몸의 털이 송두리째 뽑힌 듯이 오싹했다. 창백해진 그의 얼굴은 흥분으로 떨리고 있었다.

제24장

미사오 부인의 모험

산과 산 사이에 끼인 아사마카쿠시의 계곡 언저리는 안개가 아주 짙었다. 밤 10시를 넘기면 지척을 분간할 수 없는 것은 과장이라 쳐도 10미터 앞은 아직 안개 속에 갇혀 있다. 꽤 경사가 급한 언덕길 중간 곳곳에 가로등이 서 있지만 그 가로등도 주변 4, 5미터를 엷은 보랏빛으로 물들일 뿐, 빛줄기 앞은 안개 속에 잠겨 흐려졌고 어둠 속에 녹아 있었다.

언덕 양쪽에 점점이 자리한 별장도 거의 잠든 시각이었다. 불이 꺼진 집이 많아 입구 등만 외롭게 안개 속에 흐려져 있다. 개중에는 입구 등조차 꺼놓은 집도 있었다. 아직 깨어 있는 집에서는 텔레비전이나 라디오 소리가 아주 작게 흘러나왔다. 아무래도 주변을 의식해 가급적 소리를 줄여놓은 모양이다. 이 산기슭 전체가 숨을 죽이고 안개의 바다 속에 웅크리고 있는 느낌이었다. 언덕을 올라가니 오른쪽 절벽 아래 흐르는 물소리만이 시끌시끌하게 들린다.

이 산골짜기도 어젯밤부터 조금 전까지는 굉장히 소란스러웠다. 먼저 경찰들이 왔다. 뒤이어 신문기자가 달려왔다. 그리고 구경꾼들이 일제히 몰려왔다. 게다가 오늘 오후 골프장에 저격사건이 있었는데 그 저격범이 이 산골짜기에 숨은 것 같다는 이야기에 아사마카쿠시 전체가 두려움으로 떨었던 것도 무리가 아니었다.

사태가 이렇게 되니 미사오 부인은 득의양양했다. 그녀는 우란분재와 설이 같이 온 것처럼 바빴다. 내내 따분하기 그지없던 나머지 '하루 한 사람 죽이기'에 여념이 없던 이 부인에게 이만큼 신 나는 일이 또 있을까.

'우리 집 바로 옆에, 게다가 내가 소유한 집에 살인범이 살고 있었다고? 어머, 멋져!'

이렇게 입 밖에 내어 말하지는 않았지만 그녀는 타고난 달변을 발휘하여 쓰무라 신지의 성격에 대해 읊어댔다. 그녀의 이야기를 듣고 있으면 쓰무라 신지는 무서운 살인귀로도 생각되고 그 반대로 무서운 살인사건의 희생자로도 생각되었다. 히구치 미사오 부인은 바보가 아니었다. 지나치게 확실히 단정하여 뒤탈이 나는 것을 방지할 정도의 의식은 있었고, 게다가 우선 이 부인은 언제나 범인 편이었다.

그녀 집 현관의 초인종은 어젯밤부터 오늘 저녁까지 계속 울려댔다. 경찰들은 말할 것도 없고 보도관계자들도 찾아왔다. 호기심 많은 이웃 구경꾼도 찾아왔다. 누가 뭐래도 그녀는 살인사건의 중대 용의자의 집주인이고, 또 그녀의 집에는 전화기가 있다.

각종 매체 기자들은 그 전화를 빌려 쓰려고 그녀의 집을 찾아왔다. '자, 자, 들어오세요, 쓰세요' 하고 그녀는 아량을 베풀었고, 동시에 평소의 구두쇠 기질에는 걸맞지 않게 다과까지 대접했다. 대신 그들에게 값어치 있는 정보를 수집하는 것도 잊지 않았다. 분명 히구치 미사오 부인은 이날 하루에 10년치 수다를 떠들었을 것이다. 취재하러 온 언론 관계자들도 결국은 이 부인의 위세 좋게 지껄이는 도호쿠 사투리에 난처해하며 물러나고는 했다.

하지만 사실을 말하자면 정력절륜한 이 부인도 그날 오후에는 다소 피로한 기색이었다. 전날 밤에 한숨도 못 잤기 때문이다. 경찰들이 뒤쪽 절벽이 무너진 자리를 파내기 시작하자, 미사오 부인은 그 집의 소유주로서 이 발굴에 입회할 권리가 있다고 주장했다. 그녀는 쓸데없이 자신의 집이 훼손되는 것을 원치 않았다.

그녀는 왜 거기를 파는 것인지, 목적은 뭔지 끈질기게 캐물었지만 만족할 만한 대답을 얻지는 못했다. 어쨌거나 발굴에 임하는 사람들도 왜 그곳을 파야 하는지 확실한 이유는 몰랐을 거라 생각되었다. 하지만 바야흐로 호기심의 화신이 된 미사오 부인은 1시간 간격으로 발굴상황을 보러 나왔고, 집으로 돌아와서는 그때마다 후지무라 나쓰에를 협박하는 것을 잊지 않았다.

아, 후지무라 나쓰에!

그야말로 미사오 부인이 쥐고 있는 더할 나위 없이 훌륭한 비장의 카드였다. 이 비장의 카드를 꽉 쥐고 있었기 때문에 미사오 부인은 자신이 혐오하고 경멸하는 수사당국이나 경박한 언론들에 우월감을 만끽할 수 있었다. 또 그랬기 때문에 미사오 부인은 이 사건에 관해 열중하고 흥분하고 도취할 수 있었던 것이다.

"저기, 이봐, 나쓰에. 저런 상태라면 아침까지 그 동굴을 싸그리 파낼 것 같은데? 그 안에서 대체 뭐가 나올까? 알고 있지? 자, 여기서 불어버려."

앞에서도 말했다시피 이 부인, 흥분하면 말투가 천박해진다. 게다가 이 부인, 한쪽 눈에 안저출혈이 있어서 혼탁해진 탓에 이럴 때의 형상은 생각보다 무시무시해서 후지무라 나쓰에가 부들부들 떠는 것도 무리가 아니었다.

“너 어젯밤 이 집 2층에서 이웃집을 보고 있었지? 대체 뭘 본 거야? 네가 본 것과 뒤쪽 동굴은 무슨 관계가 있지? 그 동굴 크기로 보아 작은 것일 리 없지. 아, 알았다. 시체구나. 인간의 시체야, 저 사람들이 찾고 있는 것은. 나쓰에, 너 정말 멋진 사람이구나. 한 사람 한 사람 하기가 귀찮아서 어젯밤엔 둘을 한꺼번에 죽여버린 거지. 마키 교고 씨와 쓰무라 신지 씨를. 그리고 쓰무라 신지 씨의 시체를 저 동굴 안에 숨겨둔 거고. 난 정말 멋진 친구를 두었네.”

유감이지만 필자는 도호쿠 사투리를 못한다. 그래서 미사오 부인의 말투를 그대로 여기 옮기기가 불가능한 것이 유감천만이지만 혹시 그것이 가능한 사람은 이 말을 도호쿠 사투리로 바꾸어서 읽어보라. 게다가 불을 토하는 것처럼 격렬하게 말하는 이 부인은 한쪽 눈이 하얗게 흐려졌다. 미사오 부인이 나쓰에의 머리채를 잡고 때려눕힌 것도 아닌데, 나쓰에가 무서워 떨면서 소리 높여 흐느껴 울고 있는 것도 이해할 만하다.

“괜찮아, 아무 말도 듣지 않아도 지금은 알겠어. 그 동굴을 죄다 파내면 전부 밝혀질 일이니까. 하지만 아, 이 무슨 일이람. 내 돈줄인 임대 별장이 희대의 여자 살인마의 범죄 현장이라니. 내년부턴 임차인이 들지 않을 거야, 제기랄!"

하지만 내년부터 임차인이 오든 안 오든 이해타산은 싹 접어두고 미사오 부인은 한결같이 그 동굴에서 시체가…… 그것도 가급적 피투성이의 끔찍한 시체가 나오리라 믿고 또 염원했다. 하지만 밤새 몇 번이고 몇 번이고 발굴현장으로 발을 옮겼는데도 기가 막혀라, 거기서 쥐새끼 시체 하나 나오지 않자 미사오 부인은 망연자실이라기보다 노발대발했다. 좀 더 알기 쉽게 말하자면 울컥했다.

'그럴 리가 없는데……' 하고 스스로 수사지휘관이 되어 여기저기 동굴 구석까지 파보았지만 그래도 아무것도 찾을 수 없게 되자, 그녀는 수사관들을 향해 정색하고 나섰다.

"이렇게 난리를 쳐놓고 당신들 여기서 뭘 파낼 작정이었나요? 덕택에 어젯밤은 한숨도 못 잤잖아요."

"죄송합니다. 하지만 저희도 뭐가 나올지 몰랐습니다. 그저 높으신 분네들의 명령이어서요."

"그 높으신 분네들이 뭘 찾아낼 작정으로 이런 난리를 친 건가요?"

"글쎄요, 그건…… 언젠가 높으신 분네들이 오실 테니 직접 물어보시죠."

이윽고 그 높으신 분네들 같은 몇 명의 인물이 잇따라 왔다. 마지막으로 온 높으신 분네 같은 인물 두 사람 중 한 명인, 더없이 이상한 차림의 남자를 보고 미사오 부인은 새삼 투지를 불태웠다. 무엇을 여기서 파낼 작정이었는지 자신도 이 집의 소유주로서 알 권리가 있다고 생각한다며 단도직입적으로 물었다.

그에 대해 더없이 이상한 차림의 남자가 더벅머리를 긁으면서 사람을 바보로 만드는 듯한, 실실거리는 태도로 대답한 바에 따르면 이러했다.

"아, 부인. 소란스럽게 해서 죄송합니다. 아 뭐, 이번 사건의 범인이 아무리 초능력을 가지고 있다 한들 어제 아침의 태풍이 이 절벽을 무너뜨리고 동굴을 파묻어버릴 거라는 사실을 그저께 밤 예지할 리가 없는……."

이 말을 뒤집어보면 이번 사건의 범인이 뭔가를 숨겼던 것은 아닐까 하는 의심을 저 사람들도 했던 모양이다. 게다가 그 은닉장소로 동굴을 짚었던 것을 보면 그것은 상당히 큰 물건임이 분명하다. 게다가 그것이 이 동굴이 아니라 이전부터 존재하는 장소라 하면……. 미사오 부인은 무심코 회심의 미소를 지으려다가 당황해서 진지하게 표정을 바꾸었다.

미사오 부인이 갑자기 흥분해서, 혐오하고 경멸하던 경찰들이나 덜렁거리고 탐욕스런 언론에 붙임성이 좋아지고 도호쿠 사투리를 하면서까지 기세 좋게 지껄여댄 이유는 실은 여기에 있었다.

그 비밀의 장소를 아는 사람은 나밖에 없다.

전날 밤 한숨도 자지 않았음에도 불구하고 미사오 부인은 그날도 하루 종일 잠을 자지 않았다. 잠꾸러기라고 자인하는 이 부인으로서는 드문 일이지만 무심코 잠들다가는 그 사이에 비장의 카드가 도망칠지도 모른다는 불안감 때문이었다. 그와 동시에, 머지않아 찾아올 경이적인 대발견에 관한 즐거운 상상에 비하면 졸음 따위 무시해도 좋다고 하루 종일 자신의 허벅지를 꼬집으며 참았다.

하지만 저녁 무렵 골프장에서 저격사건이 있었고 저격범이 쓰무라 신지인 것 같다는 사실이 알려져, 무장경관이 삼엄하게 이웃 별장을 감시하러 왔을 때는 미사오 부인의 신념도 흔들리게 되었다.

저격당한 사람은 아스카 다다히로라고 한다. 생사는 확실치 않지만 경관들이 그렇게 삼엄하게 무장하고 있는 것을 보니 중태임이 틀림없다. 아스카 다다히로는 그 여자의 다섯 번째 남자이다. 첫 번째, 두 번째, 세 번째 남자가 각각 갑작스런 최후를 맞이하고 네 번째 남자가 다섯 번째 남자를 저격했다면……. 여기까지 생각이 미치자 일일일살(一日一殺)이 취미인 미사오 부인도 몸을 떨었다.

어쩌면 지금 자기 집에서 계속 울고 있는 여자는 쓰무라 신지 씨와 공범 관계인 것은 아닐까. 그래서 이 여자는 내 별장에 왔고 이 여자가 가루이자와에 올 때마다 무서운 사건이 일어난 것은 아닐까.

밤이 되자 미사오 부인은 망을 보는 젊은 무장경관들에게 공손히 다과를 가지고 가서 교묘하게 상대를 농락하여 이야기를 들었다. 그에 따르면 저격범은 반드시 쓰무라 신지라고 확정된 것은 아니라는 사실, 아무도 그 얼굴을 정면으로 본 사람은 없는 것 같다는 사실을 확인하고 그녀는 약간 마음을 놓았다. 그 범인이 나쓰에가 아니라는 사실은 미사오 부인이 가장 잘 알고 있다. 나쓰에는 원래 신극배우였으니 남장 정도는 가능할지 모르지만 그녀는 오늘 자신의 집에서 한 발짝도 나가지 않았던 것이다.

어느 쪽이든 이웃 별장에 경관이나 사복형사가 망을 보고 있으면 자신의 경이적인 발견에 방해가 된다고 부인이 안달복달하고 있으려니 10시 무렵이 되어 갑자기 퇴각하게 되었다며 다과대접을 받았던 경관 한 사람이 인사하러 왔다.

"아시겠습니까, 부인. 조심하십시오. 저희는 다른 중대한 임무가 생겨서 물러갑니다만 오늘 밤은 절대 밖으로 나가시면 안 됩니다. 단단히 문을 잠그시고 누가 와도 안에 들여보내시면 안 됩니다. 상대는 어쨌거나 권총을 가지고 있으니까요. 그리고 이웃집에 뭔가 이상한 기척이 있으면 바로 경찰서에 전화 주십시오. 그럼 아무쪼록 조심하세요."

일부러 감시를 그만둔다는 사실을 보고하러 온 것은 미사오 부인에게는 뜻하지 않은 행운이라 할 만했다.

약삭빠른 미사오 부인은 겁 많은 노부인의 모습을 연기한 뒤 나가는 경관의 뒤에서 일부러 요란하게 자물쇠를 거는 소리를 냈다.

미사오 부인은 그 자세 그대로 5분을 기다렸다. 5분이 지나면 저 사람들은 언덕을 내려가 왼쪽으로 커브를 돌 것이다. 어차피 그런 상황이라면 서두를 게 틀림없으니까. 딱 5분이 지나고 나서 미사오 부인은 안쪽 방에 들어갔다. 다다미 8장 크기의 일본식 방이었는데 그곳에 후지무라 나쓰에가 방석도 깔지 않고 앉아 있었다. 머리도 흐트러지고 낯빛이 검푸른 까닭은 오늘 아침부터 화장을 하지 않았기 때문일 것이다. 계속해서 이어지는 미사오 부인의 협박에 탈진한 기색이었다.

"뭘 멍하니 있어. 자, 일어나. 일어나서 나랑 같이 가자."

"가다니 어디로요?"

"어디라니 알잖아. 탐험하러 가야지."

"탐험이라니 뭘……?"

"뭘이라니, 이웃집 말이야. 이웃 별장을 탐험하러 가는 거야. 거긴 내 별장이니까. 내 별장을 내가 탐험하겠다는데 아무 거리낄 게 없잖아? 자, 이게 네 회중전등. 단단히 들어. 들라니까? 그리고 나랑 같이 가는 거야. 뭘 우물쭈물해?"

미사오 부인은 기세등등했다.

후지무라 나쓰에는 대체 몇 살일까. 쇼와 25년(1950년) 아쿠쓰 겐조와 헤어졌을 때 34세였으니 올해 44세가 되었을 것이다. 하지만 이렇게 보면 미사오 부인보다 훨씬 늙어 보인다. 무리도 아니다. 전날 밤부터 지금까지 미사오 부인의 끊임없는 질책과 협박에 완전히 겁을 먹었으니까. 반대로 미사오 부인은 지금 의기양양, 저 당나귀처럼 어리석은 경찰들이나 남을 바보 취급하는 더벅머리 남자를 깜짝 놀라게 하고 싶어서 투지를 불태우고 있으니 평상시에 비해 분명 10년은 젊어 보인다.

"자, 우물쭈물하지 말고 내 뒤를 따라와. 도망치면 큰 소릴 지를 거야! 살인자……라고. 어머, 미안해. 그런 촌스런 소리는 안 낼게. 난 항상 범인 편이거든."

사실을 말하자면 미사오 부인은 이 후배를 살인범이라고 생각한 적은 한 번도 없다. 만약 그렇게 믿었다면 한시도 이 여인과 한집에 있을 수 없었을 것이다. 그저 부인은 재미있었다. 이 복잡한 인간관계와 복잡한 사건의 열쇠를 자신이 쥐고 있다는 생각에 즐거워서 어쩔 줄 모르는 것이다.

게다가 또 한 가지, 실은 부인도 혼자서 옆 별장을 탐험하러 가는 것이 무서웠다. 게다가 완전히 부인에게 골수가 빨린 후지무라 나쓰에는 유유낙낙, 마치 어린아이처럼 순종적이다. 누구든 다른 사람을 마음대로 조종할 수 있다는 것은 유쾌한 일 아닌가.

"그거 발 밑 조심해. 안 돼! 회중전등을 위에 비추면……."

미사오 부인은 부엌문을 통해 밖으로 나왔다. 거기서 이웃 별장으로 내려가기 위해 절벽을 깎아 만들어놓은 계단이 있다. 그 흙 계단은 미끄러지기 쉬웠지만 회중전등 덕분에 두 사람 다 미끄러지지 않고 아래쪽 부지로 내려올 수 있었다. 다행히 뒤쪽 절벽 무너진 자리는 당나귀처럼 바보 같은 경찰들이 흙을 양쪽 가장자리로 치우고 길을 내어서 무사히 쓰무라의 집 부엌까지 도착할 수 있었다. 미사오 부인은 집주인이니까 그 부엌문 열쇠를 갖고 있어도 이상할 게 없다.

부엌문을 열면 좁은 시멘트 바닥이 있고 그곳을 올라가면 부엌이 나온다. 집 안은 물론 컴컴했지만 미사오 부인은 자기 집이라 익숙해서 곧바로 가정부 방을 찾아냈다. 그 방은 다다미 3장 크기의 일본식 방이었다. 방의 절반은 바닥이 높았는데 침대 대신 바닥을 높인 것이다. 그렇지 않아도 천장이 높지 않은 방이라 일어서면 천장에 손이 닿는다.

"너 천장에 회중전등을 비춰. 그쪽이 아니고 이쪽."

허리를 굽히지 않으면 서 있기 힘들 정도로 천장이 낮다. 후지무라 나쓰에가 미사오 부인이 말한 쪽으로 회중전등을 비추자 미사오 부인은 양팔을 뻗어 뭔가 바스락바스락 더듬었다. 이윽고 1제곱미터 크기의 천장이 옆으로 밀리며 그 자리에 불쑥 커다란 검은 구멍이 나타났다.

"어머, 그게 뭐예요?"

나쓰에의 숨죽인 목소리는 떨리고 있었다.

"비밀창고야. 지금은 임대용 별장이라 이런 게 필요하지 않지만 언젠가 남에게 팔 때를 대비해 만들어뒀지."

미사오 부인은 머리만 천장 위쪽으로 쑤셔 넣은 채 주변을 더듬고 있다. 이윽고 주르르 끌어내린 것은 5단 남짓한 목제 사다리였다. 끝에 갈고리가 붙어 있는 까닭은 천장에 걸치기 위해서일 것이다. 미사오 부인은 그 사다리를 비스듬히 세우고 안전한지 시험해보더니 회중전등을 고쳐 잡았다.

"자, 너 이리로 올라가."

"하지만 나……."

"됐으니까 올라가. 안 그러면 나 소리칠 거야. 살인자가 여기 있다고."

"대체 이 위에 뭐가 있어요?"

"그러니까 탐험하러 가는 거잖아. 뭔가 있으면 다행이고 아무것도 없어도 밑져야 본전이잖아. 자, 올라가, 올라가."

회중전등 빛에 비친 미사오 부인의 얼굴에 묘한 그림자가 드리워졌다. 자못 즐거운 듯 싱긋 웃는 모습이 한층 무시무시하게 보인다. 탁해진 한쪽 눈에 실핏줄이 터진 그 얼굴은 소름 끼칠 정도다.

"하지만 이 위, 캄캄하잖아요."

"아, 그래. 거기 매달린 줄을 당기면 불이 켜져. 하지만 그건 관두자. 밖으로 빛이 새어나가면 안 되니까. 그래서 너한테 회중전등을 준 거잖아."

"하지만 나 무서워요……."

"아, 그래. 그럼 넌 그만둬. 그 대신 나 있는 힘껏 외칠 거야. 여기 살인……."

"알았어, 알았어, 알았다고요. 올라갈게요. 그렇게 협박하지 말아요."

천장 위는 다다미 3장 정도의 작은 방으로, 지붕의 모양에 맞춰 한쪽에 경사가 있었다. 가장 높은 부분은 사람 하나가 서서 걸어 다닐 만한 높이다. 지붕 뒤의 가장 낮은 자리에 환기용 창이 작게 붙어 있는 것 외에는 전부 함석이 붙어 있어 비교적 깔끔했다. 가루이자와라는 곳은 도쿄 같은 도회지와 달라서 먼지가 적다. 그래도 작은 창으로 스며든 먼지 온통 안개가 자욱이 끼어 있어, 회중전등을 휘두를 때마다 어둠속에서 보랏빛 줄무늬가 교차한다.

천장에는 갓 없는 전구가 하나 달려 있다. 그 아래 낡은 등의자나 다리가 휘어져 기울어진 가마쿠라식의 작은 탁자, 접의자 등 잡동사니들이 어수선하게 한데 쌓여 있었는데 그것들은 다 미사오 부인의 것인 모양이다.

"어머, 그 접의자 이런 데 있었네? 저거 아직 쓸 만한데?"

미사오 부인은 과욕을 부리면서 접의자 쪽으로 손전등을 고정했다. 그러다 갑자기 옆에 있던 나쓰에의 팔을 힘껏 움켜쥐었다.

"왜, 왜 그래요, 미사오 씨."

"저, 저거…… 사람 머리…… 아니야?"

"바보 같은 소리 하지 말아요. 이, 이런 데 사람이…… 있을…… 리 없잖아."

하지만 그렇게 말하는 나쓰에의 목소리도 미사오 부인에게 지지 않을 만큼 떨렸다.

그 접의자는 등을 보인 채 놓여 있었다. 그 위를 다다미 1장 정도 크기의 낡고 더러운 융단이 덮고 있었는데 그 융단도 미사오 부인이 본 적 있는 것이었다. 두 부인의 회중전등은 떨렸다. 그 엇갈리는 빛줄기가 만난 자리, 접의자의 등받이 위쪽으로 비죽 튀어나온 것은 사람의 머리통이 아닌가. 게다가 접의자를 덮고 있는 융단의 부푼 자리…….

우리는 여기서 미사오 부인의 담력을 칭찬해야 할 것이다. 이런 일을 만나면 대부분은 그냥 도망치곤 하는데, 부인은 그러지 않았다. '꺄' 하고 승리의 환성을 지르더니 힘껏 움켜쥔 나쓰에의 팔을 잡아끌어 접의자 쪽으로 돌진해 갔다.

"있다, 있어. 역시 여기에 있었어. 넌 정말 멋진 사람이구나. 하룻밤에 두 사람이나 제물로 바치다니……."

"아냐, 아냐. 난 아무것도 몰라요. 좀 봐줘요. 날 좀 봐줘……."

"바보 같은 소리. 여기 이렇게 멋진 비밀의 방이 있다는 것을 아는 사람은 너뿐이잖아. 너 작년에 왔을 때 이 공간을 찾아낸 거지? 그리고 그걸 잘 이용했던 거고. 대체 이거 누구야? 아무래도 남자 같은데……. 됐어. 이젠 너한테 묻지 않아도 돼. 내가 알아서 조사해볼 거야. 네가 피의 제물로 바친 또 한 사람의 남자를."

미사오 부인은 기겁하는 나쓰에의 팔을 움켜쥔 채 접의자 앞쪽으로 다가갔다. 그것은 마치 며느리를 구박하는 옛날 시어머니 같은 모습이었다. 의자 앞으로 가다 미사오 부인은 바닥에 끌린 융단 가장자리에 발이 걸렸고, 그로 인해 접의자에 몸을 기댄 사람이 모습을 드러냈다. 더없이 이상야릇한 스타일을 한 남자였다.

이 남자는 크레이프셔츠에 같은 감으로 만든 잠방이를 입고 배에 털실로 만든 복대를 두르고 있었다. 축 늘어진 가느다란 양쪽 정강이 끝에는 양말을 신고 있었는데, 그 남자가 몸에 걸친 것은 단지 그것뿐이었다.

미사오 부인의 회중전등 불빛은 그 남자의 발끝에서 머리 쪽으로 올라갔다. 그리고 둥근 빛의 고리가 그 얼굴을 비친 순간, 미사오 부인은 소리 높여 개가를 올렸다.

"아, 역시 그랬구나. 너 정말 멋지다. 결국 그 여자의 남편 다섯을 죄다 그 손으로 장사 지냈네? 멋져, 멋져. 나쓰에 씨, 너 훌륭해."

하지만 그것이 미사오 부인의 한계였을 것이다. 분명 이 부인은 오랫동안의 고독한 생활과 풀 길 없는 울분과 원망과 한

탄, 그리고 통한으로 인해 온통 마음이 찢겨진 상태였다. 게다가 추리소설을 지나치게 많이 읽은 탓에 갖가지 기괴하고 불건전한 망상에 빠져 있기도 했다. 그녀의 주변에서 일어난 이번 사건은 이런 그녀를 자극하여 신경이 버틸 수 있는 한계까지 몰아붙였을 것이다. 이 부인이 결정적인 타격을 받은 것은 갑자기 이 골방에 불이 켜졌을 때였다.

"꺄!"

후지무라 나쓰에조차 외치며 뛰어올랐을 정도니, 미사오 부인의 신경에 불이 나간 것도 무리가 아니다.

"누구냐, 거기 있는 건?"

하지만 미사오 부인은 이제 그 질문에 대답할 수 없었다. 그녀의 영혼은 이미 육체에서 빠져나가 여기 남은 것은 덧없는 미사오 부인의 껍데기에 지나지 않았다.

"누구냐! 대답하지 않으면 쏜다."

"쏘지 말아요."

나쓰에는 비명을 질렀다.

"미사오 씨, 미사오 씨, 어떻게 된 거야. ……저기, 누가 왔어!"

"뭐야, 여자인가……."

중얼거리면서, 하지만 방심하지 않고 권총을 한손에 든 채

덮개 아래에서 쑥 고개를 내민 사람은 곤도 형사다. 그는 거기에 웅크린 두 여인을 보고 어안이 벙벙했지만 이윽고 시선을 접의자 쪽으로 돌리더니 서둘러 천장 위로 기어 올라왔다.

"긴다이치 선생님, 긴다이치 선생님, 역시 여기 시체가…… 쓰무라 신지의 시체가……."

히비노 경부보의 뒤를 따라 올라온 더벅머리 남자 긴다이치 코스케의 모습을 보고도 미사오 부인의 얼굴에는 이제 아무런 표정 변화가 없었다.

속옷차림으로 접의자에 앉아 있는 쓰무라 신지의 얼굴은 어딘가 마키 교고와 비슷한 구석이 있다. 얼굴 전체가 일그러지고 찌그러져 있었다. 입술 가장자리에서 검은 혀가 살짝 엿보인다. 게다가 이 시체를 여기 옮긴 인물에게 시체의 눈을 감겨주는 아량 따위는 없었는지 확 부릅뜬 양 눈은 납덩이처럼 빛을 잃고 처참하게 변해 있었다.

"외상은……?"

히비노 경부보가 물었다.

"없습니다. 아무 데도 없는 것 같습니다. 이거 역시 청산가리예요. 부인, 이건 대체……."

말을 걸던 곤도 형사가 입을 딱 벌리더니 눈이 점점 커졌다. 그 모습을 보고 도도로키 경부가 물었다.

"왜 그래, 곤도 군. 자네 이 부인을 아나?"

"후, 후지무라 나쓰에!"

쥐어짜낸 듯한 곤도 형사의 목소리에는 부끄러움과 울분이 뒤섞여 있었다. 그 소리를 듣고 도도로키 경부도 구멍 위로 얼굴을 내밀었다. 도도로키 경부 뒤에는 야마시타 경부도 있었다.

제25장

미행

"후지무라 씨, 어서 말씀해주시죠."

히비노 경부보의 태도는 지금까지와 많이 달랐다. 이런 계급의 여성을 상대할 때는 고압적인 태도만으로는 안 된다는 사실을 이틀간의 경험으로 뼈저리게 깨달은 그였다. 그만큼 이 젊은 경부보도 성장했다는 뜻이리라. 도수가 높은 근시안경 너머에 있는 눈에는 의심의 기색이 가시지 않았지만 그것도 가급적 억누르려 애쓰고 있다.

장소는 만산장에 있는, 메이지 시대의 색이 풍부한 응접실이다. 살풍경한 경찰 취조실보다 상대의 마음이 느슨하게 풀어질 것이라는 긴다이치 코스케의 배려 덕분이었다. 옆에는 야마시타, 도도로키 두 경부 외에 곤도 형사도 있었다. 긴다이치 코스케가 언제나처럼 졸린 듯 눈을 끔벅거리고 있던 것은 말할 필요도 없겠다.

"글쎄요, 무엇부터 말씀드리면 좋을까요."

후지무라 나쓰에는 완전히 안정을 되찾은 것처럼 보였다. 누가 봐도 이 여자, 그 비밀창고에서 수사당국에게 발견되어 안심한 게 아닐까 싶었다. 실제로도 그랬다. 전날 밤부터 이날 아침에 걸쳐 미사오 부인에게 괴롭힘을 당하던 것보다는 이쪽이 얼마나 편한지, 지난해부터 갖고 있던 마음의 짐에서까지 겨우 해방된 기분이었다.

여기 오는 도중 히구치 가문의 별장에 들러 옷을 갈아입고 머리도 틀어 올리고 화장도 고치고 온 듯, 아까 쓰무라 신지의 방갈로 천장 위에서 발견되었을 때에 비하면 훨씬 젊어 보인다. 전에는 무대에 섰을 정도의 여자다. 일단 이목구비가 또렷한 것은 말할 것도 없다. 하지만 갸름한 얼굴이 다소 마르고 죄다 오목조목한 것이 무대배우로서는 흠이 아니었을까. 하지만 말투가 시원시원하고 태도가 똑 부러진 것은 역시 신극을 하면서 훈련된 것으로 보인다.

"그럼 이쪽에서 여쭙죠. 일단 저희 질문에 대답해주십시오."

히비노 경부보는 곤도 형사가 건넨 메모에 시선을 떨어뜨렸다.

"당신은 원래 신극배우로, 같은 신극배우였던 아쿠쓰 겐조 씨의 부인이었던 분이죠?"

"네."

"그 아쿠쓰 겐조 씨가 쇼와 25년, 오토리 지요코 씨와 결혼하게 되어 이혼당하셨죠?"

"네, 버림받았습니다."

나쓰에의 말투는 담담했다.

"그래서 무대를 은퇴하고 〈소비엔〉이라는 부인복 전문 잡지사에 들어가셨죠?"

"네, 다카모리 야스코 사장님이 도쿄여자미술학교 선배여서요."

"히구치 미사오 씨와는 어떤 관계죠?"

"그분도 도쿄여자미술학교 시절 선배이고, 센다이여고 선배이기도 합니다."

곤도 형사가 쯧 하고 혀를 차고 야마시타 경부는 싱긋 웃었다. 도도로키 경부도 입가를 누그러뜨린다. 아무리 세밀히 조사를 한다 해도 완벽할 수 없다는 사실을 이 젊은 경부보도 통감했을 것이다.

"그런데 부인께선, 작년 8월 15일 밤, 즉 오토리 지요코 씨의 첫 남편 후에노코지 야스히사 씨가 기묘한 최후를 맞이한 밤에, 이 가루이자와에 오셨죠? 여기에 확실한 증인이 있습니다."

"네."

나쓰에는 아무 망설임 없이 대답했다.

"그때도 히구치 씨 별장에……?"

"네."

"그런데 그날 밤 부인을 이 가루이자와에서 보았다는 증인의 말에 따르면 부인이 후에노코지 씨를 미행하고 있었던 게 아닐까 하더군요."

이 말에는 나쓰에도 잠시 놀란 기색이었고 한동안 침묵한 후 대답했다.

"네, 말씀하신 대롭니다. 하지만 그분…… 그 증인이란 분은 어디쯤에서 절 보셨는지요?"

"문제의 가게인 미모자 근처입니다. 부인께선 건너편 책방 앞에 서서 잡지를 읽는 척하면서 미모자를 감시했다고 하시더군요."

"그러고요……?"

"아, 그 증인은 거기까지밖에 모릅니다. 그것도 그런 사건이 있고 나서 생각난 거라고 했으니까요."

나쓰에는 깊게 한숨을 쉬었다.

"그분이 계속 저를 감시해주셨다면 좋았을걸요. 그렇게 했다면 저도 1년 동안 이렇게 괴롭지는 않았을 텐데요."

나쓰에는 처음으로 눈물을 보였다. 천박하게 흐트러지는 행동은 하지 않았지만 슬며시 손수건으로 눈을 누르는 그 모습에는 피로한 기색이 역력했다.

"부인께선 후에노코지 씨를 아십니까?"

옆에서 긴다이치 코스케가 위로하듯 말을 걸었다. 나쓰에는 손수건을 얼굴에서 떼고는 그쪽으로 시선을 돌렸다. 그리고 가볍게 고개를 숙였다.

"긴다이치 선생님이시죠? 존함은 전부터 알고 있었습니다. 선생님께서 이 사건에 관계하고 계시는 것을 알았다면 좀 더 빨리 선생님께 의논드리러 갈 걸 그랬어요."

그리고 나쓰에는 다시 한 번 고개를 숙였다.

"방금 선생님께서 하신 질문 말인데요, 진실을 말씀드리자면 그 전날, 즉 작년 8월 14일 저녁 여기 오는 기차에서 우연히 같은 칸에 타기 전까지, 저는 그분을 본 적이 없었습니다."

히비노 경부보는 의심스런 눈빛이었지만 긴다이치 코스케는 태연했다.

"하지만 작년에 우연히 같은 칸에 타셨을 땐 상대가 후에노코지 씨란 걸 알아차리셨나요?"

"네, 그거야 물론이죠. 그분도 전에는 유명인이셨고 전쟁 후에도 영화에 나오셨으니까요. 하긴 모습이 너무 변해서 같은 칸에 탄 승객 중에도 이분이 전쟁 전 영화계를 풍미한 화족 출신 미남스타란 걸 알아차린 사람은 저 하나 정도가 아니었을까 싶어요. 제 경우엔 아쿠쓰 겐조와의 일이 있어서 어쩌다 보니 그분의 근황까지 알고 있었던 거죠. 여기 경부보님뿐만 아니라 미사오 씨도 마치 제가 그분을 가루이자와까지 쫓아온 것처럼 생각하시는 것 같지만 그건 정말 우연이었습니다. 나중에 생각해보면 제게는 정말 불행한 우연이었고요."

나쓰에는 깊게 한숨을 쉬었다. 아무리 침착하게 이야기하려 해도 부분부분 목소리가 높아지는 걸 보면 일단은 진실을 말하는 것처럼 느껴졌다.

"그런데 열차 안에서 후에노코지 씨가 부인께 말을 걸던가요?"

"당치도 않아요, 긴다이치 선생님."

"그럼 후에노코지 씨 쪽에선 전혀 부인을 알아차리지 못했단 얘기군요."

"그분은 저란 사람, 후지무라 나쓰에의 존재조차 모르지 않았을까요?"

"하지만 부인, 작년 당신이 여기 오셨을 때 히구치 씨 옆집 임대용 방갈로에 쓰무라 신지 씨, 즉 오토리 씨의 네 번째 남편이었던 인물이 머물렀단 사실은 알고 계십니까?"

나쓰에는 한참을 망설였다. 무언가를 감추기 위해 그러는 게 아니라 무엇부터 이야기하면 좋을지 생각하는 것처럼 보였다. 이윽고 깊은 한숨과 함께 나쓰에는 둑을 터뜨린 것처럼 말을 쏟아내기 시작했다.

"그걸 몰랐다면 전 여기 오지 않았을 거예요. 그 며칠 전에 미사오 씨와 도쿄에서 만났을 때 저는 그 사실을 미사오 씨에게 들었습니다. 그래서 서둘러 아사마카쿠시까지 와보고 싶어진 거죠. 긴다이치 선생님, 여자란 죄 많은 존재입니다, 한심한 존재입니다, 집념이 강한 존재입니다. 게다가 저처럼 다른 사람에게 남편을 빼앗긴 여자는……."

나쓰에는 이를 갈거나 하는 태도가 아니었다. 오히려 담담한 말투 속에는 모든 것을 포기해버린 여자의 슬픈 체념 같은 것이 엿보였다. 그렇기 때문에 당시의 비통함과 통렬한 아픔이 느껴지는 듯했다.

"제게는 자존심 같은 것이 있었습니다. 하지만 긴다이치 선생님, 오해는 말아주세요. 자존심과 자부심은 다른 것이니까요. 저는 자존심이 있었기 때문에 아쿠쓰와 깨끗이 헤어진 거예요. 그 사람…… 오토리 지요코 씨와 저 사이에는 많은 부분에서 커다란 차이가 있다는 것을 깨닫고 있었고 게다가 아쿠쓰의 마음이 저를 떠나 그 사람에게 갔다는 걸 확실히 알았을 때 제 자존심은 더 이상 아쿠쓰에게 매달리는 것을 용납할 수 없었던 거죠. 하지만 원한은 길게 남았습니다. 그 사람에 대해."

나쓰에는 한숨 돌리고 누군가가 쓸데없는 참견을 할까봐 겁나는지 바로 말을 이었다.

"그렇다고 해서 그 이후 제가 호시탐탐 그 사람을 노리고 있었다고 생각하시면 곤란해요. 저도 그렇게 한가한 사람은 아니니까요. 그래서 그때 아쿠쓰가 그런 말만 안 했다면 저도 이렇게 집념을 불태우지 않았을 겁니다."

"아쿠쓰 씨가 부인께 언제 무슨 말을 했습니까?"

어느샌가 긴다이치 코스케가 심문하고 있었다. 심문이라기보다는 대화를 나누는 느낌이었다. 상대도 긴다이치 코스케의 촌스러운 모습을 접하면 편안함을 느끼는 모양이었다. 도도로키 경부나 야마시타 경부는 그것을 아니까 죄다 그에게 맡기는 모습이다. 히비노 경부보도 그것을 알게 된 것 같다.

"그것은 쓰무라 씨가 그 사람과 화려한 로맨스 끝에 결혼한 이듬해의 일이었으니, 쇼와 32년 가을 무렵이었습니다. 아쿠쓰 쪽에서 먼저 제게 연락이 왔습니다. 둘이서만 만났죠. 장소는 어느 레스토랑의 특실이었습니다. 아쿠쓰와 이혼 후 만난 것은 그때 한 번뿐이었어요. 아쿠쓰의 용건이란 신극으로 돌아오지 않겠냐는 제안이었습니다. 저는 거절했죠. 솔직히 말하자면 아쿠쓰와 헤어져 무대에서 은퇴한 뒤에도 텔레비전 같은 데서 이따금 요청이 있었지만 전부 거절했었습니다. 그 사람 때문에 버림받은 여자라는 사실로 입에 오르내리고 싶지 않아서였어요. 마찬가지 이유로 아쿠쓰의 권유도 거절했습니다. 게다가 전 지금 일에 만족하고 있어요. 아쿠쓰도 억지로 권하지는 않았습니다. 그저 그때 아쿠쓰가 뱉은 한마디가 제 집념에 불을 붙였죠."

이런 이야기를 하는 것치고는 지나치게 담백한 모습이었지만 역시 마지막 한마디를 입에 담을 때 나쓰에의 눈동자에는 불이 켜졌다.

"아쿠쓰 씨는 무슨 말씀을 하셨나요?"

"헤어질 때 제가 그만 이렇게 말하고 말았습니다. '결국 당신도 그 사람에게 버림받은 거네요'라고. 즉시 아쿠쓰가 받아치더군요. '바보 같은 소리 하지 마. 내 쪽이 그 여잘 버린 거야' 그것만이라면 남자의 억지라고 생각했겠지만 그 뒤에 '마키 씨도 분명 마찬가지일 거다. 우리는 신사니까 그 사람의 명예를 지키고 원만히 협의이혼을 했지만, 봐라. 조만간 쓰무라 씨도 그 사람을 버릴 거야'라고……."

"그 이유는……?"

"아뇨, 그건 말 안 했습니다. 단숨에 그렇게 쏟아냈지만 바로 후회하는 것 같았고 게다가 저한테도 자존심이 있으니 더 캐묻지는 못했어요. 게다가 그 사람의 말이 다 믿기지도 않았고요."

"그런데 결과적으로 쓰무라 씨가 3년도 지나지 않아서 그 사람과 헤어져서 당신의 의혹은 다시 불타올랐다는 말씀이시군요."

"그래요, 긴다이치 선생님. 그렇게 매력적인 사람이…… 게다가 그 사람은 결혼하면 좋은 부인이 되려고 굉장히 노력하는 사람이라고 듣기도 했었어요. 그런 사람이 왜 남자에게 차이는 거지……? 전 그걸 알고 싶었던 거예요."

"그런데 히구치 부인에게서 쓰무라 씨가 이웃 방갈로에 머문다는 사실을 듣고 가루이자와에 오신 거군요."

"쓰무라 씨는 도련님 같은 성격이라고 들어서 뭔가 이야기를 들을 수 있지 않을까 싶었어요. 하지만 오해하지 말아주세요. 저, 그 비밀을 알아낸다 해도 그걸 빌미로 그 사람에게 복수한다거나 그 사람을 위협하려는 생각은 털끝만큼도 없었어요. 그저 과거에 그 사람에게 진 여자로서 그 사람의 비밀을 알아내 남몰래 우월감을 느끼고 싶었던 거죠. 긴다이치 선생님, 이게 여자의 싸움이란 거예요."

나쓰에는 의연하게 보였고 그녀의 마음은 거기 있는 누구한테나 솔직히 전해졌다.

"알겠습니다. 그런데 여기 오는 기차에서 우연히 후에노코지 씨를 만나셨던 거군요."

"네, 묘한 운명이라고 생각했습니다. 자연히 그분 바로 뒤에 붙어 개찰구를 나왔어요. 그분은 택시를 잡아 행선지를 얘기했는데, 후에노코지 씨가 말씀하신 행선지가 강하게 제 마음을 붙들었죠."

"시라카바 캠프였습니까?"

"네, 그런데 저는 시라카바 캠프란 게 어떤 종류의 숙박업소인지 알고 있었습니다. 저도 상당히 발이 넓고 지인 중에는 젊은 학생도 있으니까요."

"그래서 그다음 날, 즉 문제의 8월 15일 밤 당신은 시라카바 캠프를 찾아간 겁니까?"

"아, 가볼 생각이었습니다. 규도의 가게에서 어디쯤인지 물어봤을 정도였으니까요. 호기심이 강한 여자라고 흉보셔도 어쩔 수 없네요. 그런데 가는 방법을 듣고 규도를 돌아 로터리까지 왔을 때 맞은편에서 오는 후에노코지 씨와 마주쳤던 겁니다. 무척 취한 상태셨어요."

"그래서 당신은 미모자까지 따라갔군요?"

"네."

"그 중간에 뭔가 특별한 일은……?"

"그때까진 아무 일도 없었습니다."

"아, 그래요. 부인께서 미모자 근처에 있는 책방에서 책 읽는 척하면서 미모자를 감시했다는 것까지는 저희도 알고 있습니다. 문제는 그 이후죠."

"네."

"그럼 말씀 부탁드립니다."

"긴다이치 선생님."

나쓰에는 갑자기 몸을 떨더니 예민해 보이는 눈동자로 긴다이치 코스케를 보았다.

"이제부터 제가 하는 말만으로 '범인은 그 사람이다'라고 단정 짓지 말아주세요. 저도 그것이 뭘 의미하는지, 아직도 잘 모릅니다. 그건 너무나 무서운 일이어서……."

"알겠습니다. 그럼 부인께선 자신이 경험하신 일, 혹은 보신 일을 있는 그대로 말씀해주십시오. 판단은 저희 쪽에서 할 테니까요."

이 여자도 히로코와 마찬가지이다. 자신의 고백이 누군가를 무고하는 데 쓰이지 않을까 두려워하는 것이다. 게다가 나쓰에가 목격한 것은 히로코가 목격한 것보다 한층 무서운 것인 모양이다. 응접실의 공기가 빳빳한 철사처럼 긴장한 것도 무리가 아니다.

"말씀드리는 걸 잊었는데, 그날 밤은 안개가 자욱했습니다. 그것도 규도 같은 번화가에서는 그리 심하지는 않았지만 거기를 떠나 한적한 별장 지대로 들어가면 수 미터 앞이 보이지 않을 정도였죠. 딱 오늘 밤 같은 밤이었습니다."

"그렇군요. 그때 부인께선 봉오도리를 하는 광장 옆을 지나시지 않았나요?"

"아, 맞아요. 그 부근까지는 아직 떠들썩했고 밝았죠. 거길 지나서 한참 가면 별장도 뜸해지고, 그 근처에는 나무들이 다 크잖아요. 그래서 안개가 짙고 나무 때문에 어두워서…… 그저 의지할 건 곳곳에 있는 가로등뿐이었습니다. 하지만 이런 악조건 속에서도 악착같이 그분을 미행했으리라 생각하지는 말아주세요. 그분 때때로 취한 사람 특유의 소리를 지르며 신음하거나 아메리칸 인디언 같은 탄성을 지르기도 했고, 게다가 뒤를 따르는 사람이 있다는 생각도 못 하시는 것 같아서 몰래 따라는 게 어렵지 않았어요."

나쓰에는 거기서 잠시 숨을 돌렸다.

"그런데 바로 그때 잠깐 이상한 일이 있었습니다. 길이 십자로로 갈라지는 부분까지 오자 그분 거기서 잠시 멈춰 서더니 한참을 생각하고 계셨죠. 그리고 대여섯 걸음 위쪽으로 발길을 돌렸지만 또 생각을 고쳐먹고 가던 길을 다시 갔는데 그때 큰소리로 묘한 말씀을 하시더군요."

"묘한 말씀을 하셨다고요……?"

"'일곱 아이를 낳았더라도 여자에게 마음을 허락지 말라는 말은 너를 가리키는 거다. 조만간 보자, 눈에는 눈, 이에는 이다'라고 말하더니 거리낌 없이 큰소리로 웃으셨습니다. 굉장히 사납고 오싹한 소리였어요."

사람들은 송연해서 얼굴을 마주보았다. 나쓰에는 아직 모르겠지만 그것은 미사를 가리키는 말임에 틀림없다. 그때 후에노코지 야스히사는 미사가 자기 아이가 아니라는 사실을 알았으니까. 게다가 그것을 무기로 지요코를 협박하려다가 거절당한 직후의 일이었다.

"그리고……."

그렇게 말하는 것을 히비노 경부보가 가로막았다.

"잠깐 부인, 당신 후에노코지 씨가 대여섯 걸음 간 십자로

위에 뭐가 있는지 모르셨습니까?"

"안개 속에 잔뜩 불이 켜진 창 같은 게 보였습니다. 다카하라 호텔이죠?"

"후에노코지 씨는 그쪽으로 가시지 않았군요."

"가시지 않았어요. 가시려고는 했지만 금방 생각을 고쳐먹은 것 같았어요."

"아, 그래요. 그럼 계속해주십시오."

"그리고 제가 곤란해진 것은 후에노코지 씨가 묘한 말씀을 하신 뒤에 갑자기 조용해지셨기 때문입니다. 그저 발소리만 이 들릴 뿐이고……. 안개는 점점 짙어질 것 같았고요. 금방 길이 T자형이 된 곳에 다다랐고 거기서 갑자기 급경사가 있는 언덕이 구불구불 이어졌습니다. 후에노코지 씨는 그 언덕을 올라갔어요. 그래도 다행이었던 건 후에노코지 씨가 술에 취해 걷고 있어서 다른 사람을 신경 쓸 게재가 아니었단 거죠. 금세 언덕을 따라 올라가니 거기에는 다리가 있었고 거기까지 와서는 '어머, 이거 아사마카쿠시로 가는 다리 아냐' 하고 주변을 둘러보는 사이에 후에노코지 씨를 놓쳐버리고 만 겁니다. 즉 안개 속을 걷는 발소리가 들리지 않게 된 거죠."

나쓰에는 날카로운 눈으로 긴다이치 코스케의 얼굴을 바라보았다.

"선생님은 그 다리를 건너면 길이 두 갈래로 갈라지고 위로 가면 아사마카쿠시, 아래로 가면 사쿠라노사와가 나와 사쿠라노사와 바로 앞에 후에노코지 씨의 별장이 있다는 걸 알고 계시죠? 그런데 저는 그런 건 몰랐습니다. 그때는 무아지경으로 따라갔던 거라, 나중에 생각해보니 사쿠라노사와의 길을 상당히 안쪽까지 들어갔던 거였어요. 안개는 점점 짙어지고 양쪽에서 가지를 늘어뜨린 나무 때문에 그 길은 터널 같았죠. 그저 군데군데 있는 가로등만이 제가 의지할 대상이었습니다. 그런데 아무리 가도 발소리는 들리지 않아 종종걸음으로 달려가봤지만 후에노코지 씨의 모습은 보이지 않았어요. 그렇다면 후에노코지 씨가 아사마카쿠시 쪽으로 간 게 틀림없을 거라 싶어 당황해서 온 길을 되돌아갔죠. 그리고 사쿠라노사와 입구까지 되돌아왔을 때 갑자기 왼쪽에서 여자의 비명 같은 소리가 들렸습니다. 전 반사적으로 그쪽을 보았는데…… 그때 제가 본 것의 의미를 아직도 잘 모르겠어요."

긴다이치 코스케의 얼굴을 보는 나쓰에의 눈동자는 너무나도 날카로웠다. 가슴이 심하게 뛰는지 그녀는 굳게 쥔 양손으로 자신의 심장 부근을 꾹 누르고 있었다. 다섯 남자의 눈동자 역시 날카롭게 나쓰에의 얼굴을 뚫어지게 바라보고 있다.

"뭘 보신 겁니까?"

긴다이치 코스케가 온화하게 물었다.

"전부 밝히고 마음의 짐을 내려놓는 편이 좋지 않을까요. 그에 대한 판단은 저희에게 맡겨주시고요."

"긴다이치 선생님, 그렇게 해주세요. 저, 전부 말해버리려고 합니다."

나쓰에의 목소리는 비통하기조차 했다.

"그 별장은 길보다 상당히 아래쪽에 있습니다. 포치가 있고 포치에 문 등이 붙어 있어요. 그 포치 왼쪽에 전면이 유리로 된 창이 붙은 방이 있고 그 방에는 안에 커튼이 쳐져 있었습니다. 하지만 그런 건 나중에 알게 된 사실로, 비명을 듣고 반사적으로 그쪽으로 눈을 돌렸을 때 그 커튼에 무서운 그림자가 비쳤던 거예요."

나쓰에는 뒷부분은 오히려 담담하게, 마치 외운 것처럼 감정의 동요 없이 말했다.

"남자가 여자를 억지로 안으려고 하고 있었습니다. 여자는 꽤나 저항하고 있는 것 같았어요. 여자는 파자마 차림 같았습니다. 여자가 똑바로 누운 듯한 자세로 쓰러지고 남자가 그 위에 올라탄 것처럼 몸을 엎드린 시점에서 그림자는 커튼 밖으로 드러나고 말았어요. 커튼 밖으로 드러나고 나서도 낮고 짧은 비명 같은 소리가 두세 번 들렸죠. 그리고 그다음은 쥐

죽은 듯 고요해졌어요. 불…… 아무래도 그건 전기스탠드 불빛 같다고 나중에 생각했는데…… 불이 켜졌던 거예요."

얼어붙은 침묵이 응접실 안에 가라앉았다. 히비노 경부보가 격렬하게 몸을 떨기 시작했다. 후에노코지 야스히사가 물에 들어가기 직전에 정교를 한 여자가 누구인지 처음으로 알아차렸기 때문이다.

한참 지나 긴다이치 코스케가 목에 걸린 가래를 삼키는 듯한 소리를 냈다.

"즉 그때 부인께서 받은 인상은 이랬군요. 여자가 머리맡에 전기스탠드를 두고 파자마 차림으로 자고 있었다, 거기에 남자가 난입해서 힘으로 여자를 범했다……는 그런 거군요."

"긴다이치 선생님, 처음 제가 받은 인상은 확실히 그랬습니다. 하지만 그 뒤 말도 안 되는 오해를 하고 말았어요."

"오해라뇨……?"

"'말도 안 되는 걸 보고 말았어. 대체 어떤 사람의 별장이지?' 하고 주변을 둘러보니 네임플레이트가 있더군요. 옆에 다가가보니 후에노코지……. 그 순간 방금 본 그림자의 남성이 후에노코지 씨였다는 사실을 확실히 알아차린 겁니다. 그런데 거기서 제가 말도 안 되는 오해를 했다고 말씀드린 것은, 파자마 차림의 여성을 그 사람…… 즉 오토리 지요코라고 생각했기 때문이에요."

"부인, 당신은 그 사람이…… 파자마 차림의 여성이 오토리 지요코 씨가 아니었단 사실을 언제 어떻게 알아차렸습니까?"

야마시타 경부였다. 내로라하는 야마시타 경부의 목소리도 갈라져 있었다. 이 노련한 경부가 다룬 수많은 사건 중에서도 이만큼 꺼림칙한 예는 없지 않았을까.

"야마시타 님이시죠? 경부님, 좀 더 제 얘길 들어주세요. 긴다이치 선생님, 제가 본 것은 그것만이 아니었어요. 그 뒤 전 좀 더 무서운 걸 보고 말았습니다. 그리고 그 일의 의미를 지금도 모르겠어요."

나쓰에는 새삼 몸을 떨었는데 그 전율이 남자들에게도 감염되었다. 오싹한 한기가 응접실 안을 급습했다. 사람들은 깜짝 놀라 나쓰에의 얼굴을 고쳐보았다.

"부인, 그럼 당신은 혹시……?"

젊은 히비노 경부보는 마치 혀가 입천장에 달라붙을 것 같은 목소리를 냈다. 옆에서 야마시타 경부가 가볍게 가로막았다.

"히비노 군, 여기는 일단 부인이 하고 싶은 대로 얘기하게 두지 않겠나? 그리고 부인이 말씀하시는 의미를 모르겠다는 것은 우리가 판단해보자고. 긴다이치 선생, 어떤가요?"

"그게 가장 좋은 방법인 것 같군요. 그럼 부인, 부탁드립니다. 긴장을 푸시고, 마음을 단단히 잡수시고. 파자마 차림의 여성을 오토리 씨라고 착각하고…… 그러고요……?"

긴다이치 코스케에게 다정하게 재촉을 받고 나쓰에는 다시금 침착함을 되찾았다.

"네, 고맙습니다. 선생님, 그때 제가 느꼈던 것은 그 사람…… 오토리 지요코 씨에 대한 격렬한 분노와 더할 수 없는 경멸이었습니다. 그리고 아쿠쓰가 언급한 그 사람의 비밀이란 이런 거구나. 그 사람은 후에노코지 씨와 표면적으로는 이혼하고 있었지만 실은 이런 관계를 유지하고 있었던 거구나. 그 때문에 아쿠쓰 씨나 마키 씨나 쓰무라 씨에게 버림받은 것이구나……. 전 그렇게 생각했던 거예요."

"그렇군요, 당연하죠. 그건 당신의 도덕관념에서 너무나 벗어나 있었다는……."

"저 참 고루한 여자죠? 아쿠쓰 씨에게 헌신짝처럼 버림받아도 다른 남성과 결혼할 생각은 들지 않는 여자니까요."

나쓰에는 쓸쓸하게 미소 지었다.

"하지만 긴다이치 선생님, 제가 그 자리에 붙박힌 이유는 그 이상의 비겁한 호기심 때문만은 아니었어요. 저는 움직일 수 없었던 거예요. 발이 그 자리에 못 박힌 것처럼."

"아, 당연합니다. 그래서……?"

"제가 그 자리에 어느 정도 가만히 있었던지, 5분? 아니면 10분……? 혹은 그 이상이었던지…… 저로선 잘 모르겠어요, 그래서……."

"아, 잠깐. 부인."

긴다이치 코스케가 재빨리 가로막았다.

"당신이 서 계셨던 곳에서 봉오도리 소리가 들려오지 않았습니까?"

나쓰에는 놀란 듯 긴다이치 코스케의 얼굴을 보았다.

"네, 봉오도리 소리는 끊임없이 들렸습니다. 그게 제게 용기를 주었죠. 아직 초저녁이라고……. 하지만 그게 왜요?"

"아, 그 의미도 언젠가 알게 되실 겁니다. 그럼 계속해주시죠."

긴다이치 코스케의 질문의 의미는 이런 것이리라. 봉오도리 소리가 들려오는 동안은 가정부 사토에 씨가 외출 중이었다는 뜻이다. 게다가 전전날 밤에도 축전지로 확성기는 움직였고 그 소리는 아사마카쿠시까지 들려왔던 것이다.

"제기랄!"

곤도 형사가 속으로 이를 갈았다.

"그 사이에 커튼 방에서 남자 그림자가 일어나서 저는 놀라 정신을 차렸습니다. 그림자는 단숨에 커튼 밖으로 나갔지만,

잠깐 본 걸로 봐서는 그 일이 끝난 뒤에 옷매무새를 가다듬는 것 같았어요. 저는 갑자기 자신이 한심해지고 부끄러워졌습니다. 그래서 후에노코지 씨가 포치에서 내려오는 것을 보고 그대로 아사마카쿠시로 돌아가려고 했습니다. 혹시 그때 파자마 차림의 소녀가 '아빠, 아빠, 이거 두고 갔어요' 하며 후에노코지 씨를 좇아오지 않았다면…… 전 곧장 아사마카쿠시로 돌아갔겠죠."

사람들은 손에 땀을 움켜쥐었다. 히비노 경부보가 안경을 벗어 바쁘게 닦는 것도 땀이 난다는 증거일 것이다.

"소녀의 목소리는 굉장히 낮고 주변을 꺼리는 것 같았지만 제 귀에는 확실하게 들렸습니다. 제가 돌아보았을 때 후에노코지 씨는 이미 경사진 길을 올라가 도로에 나와 있었죠. 목소리의 주인은 포치의 계단을 내려온 참이었는데요. 대문의 등불에 비친 파자마 차림의 그 여성이 오토리 지요코 씨가 아니라 아직 미성숙한 소녀라는 사실을 알았을 때 제 온몸은 놀라움으로 마비되고 말았던 겁니다."

그렇게 말하는 나쓰에의 얼굴은 지금도 마비되어 있었다. 눈동자는 상기되었고 뺨의 근육은 딱딱하게 경직되어 있다. 하지만 그녀는 기계적으로 말을 이어갔다.

"후에노코지 씨와 그 사람 사이에 미사 양이라는 아가씨가 있다는 사실은 알고 있었습니다. 하지만 그 소녀가 미사 양인지 저는 몰랐어요. 저는 미사 양과 만난 적이 없었고 안개 때문에 그 소녀의 얼굴은 보이지 않았죠. 하지만 '아빠'라고 부르는 걸 보면……. 하지만 그렇다면 아까 본 커튼의 영상은……? 아버지가 자기 딸을……."

그렇다. 그것이 이번 사건의 더할 나위 없이 무서운 부분이다. 야마시타, 도도로키 경부처럼 노련한 사람들까지 흠뻑 땀에 젖을 정도로 무서운 진상인 것이다. 그리고 그 사실이 젊고 열정적인 히비노 경부보의 수사를 교착상태로 만들었던 원인인 것이다.

"하지만 후에노코지 씨에겐 소녀의 목소리는 들리지 않는 것 같았습니다."

나쓰에는 기계적으로 말을 계속했다.

"후에노코지 씨는 여전히 상당히 취해 있는 것 같았어요. 비틀거리며 다리를 건너갔죠. 소녀가 그 뒤를 따라가기 시작했습니다. 소녀는 그때 파자마 소매로 감싼 채 뭔가 가슴에 들고 있는 것 같았는데 나중에 신문을 보고 그것이 위스키 병이 아니었을까 생각했어요."

히비노 경부보가 떨리는 한숨을 토했다. 그 위스키 병에서 후에노코지 야스히사의 지문밖에 나오지 않았던 것이다. 최근 추리소설이 인기를 끌어 널리 읽히게 되면서 지문이 범죄 수사상 중대한 역할을 한다는 사실이 세간에 널리 알려져 있다. 소녀가 그것을 알고 파자마 소매로 감쌌기 때문에 소녀의 지문이 남지 않았던 것일까. 소녀는 그것을 계산하고 있었던 게 아닐까 하고 히비노 경부보는 무서운 한숨을 토해냈다.

"다리를 건너자 후에노코지 씨는 아까 왔던 언덕을 내려가기 시작했습니다. 소녀가 그 뒤를 쫓아가기 시작했어요. 저도 그 뒤를 따라갔습니다. 긴다이치 선생님, 그렇게 하지 않고는 견딜 수가 없었어요."

나쓰에는 흐느끼듯 신음하고 무릎 위에 놓은 손수건을 찢을 듯이 구기고 있다.

"당연합니다. 자, 진정하시고 힘내시고. 그리고 뭘 보셨는지요?"

"변함없이 안개는 짙었습니다. 그래서 후에노코지 씨의 모습도 소녀의 그림자도 거의 보이지 않았습니다. 단지 후에노코지 씨의 비틀거리는 발소리만이 이따금 멀리서 희미하게 들렸어요. 소녀의 발소리는 들리지 않았고요. 저는 금세 길이 T자형으로 갈라지는 곳까지 왔습니다. 저는 틀림없이 후에노코지 씨가 아까 온 길로 돌아갔을 거라고만 생각하고 그쪽으로 갔죠. 그런데 그전에 후에노코지 씨가 묘한 말을 외친 십자로까지 와서 아무래도 길을 잘못 온 게 아닌가 생각이 들더군요. 저는 소녀에게 들켜도 어쩔 수 없겠다고 생각하고 조금 걸음을 빨리했습니다. 소녀는 제가 미행하고 있다는 사실을 전혀 모르는 것 같았으니까요. 조금 달려보고 역시 길을 잘못 들었다는 걸 확인했습니다. 저는 서서 잠시 생각했어요. 전 저 자신을 바보라고 생각하며 자신의 한심한 호기심을 비웃었죠. 이제 이대로 아사마카쿠시로 돌아가자고 생각했어요. 하지만 어느 쪽이든 길이 T자형으로 갈라지는 곳까지 돌아가지 않으면 안 되었습니다. 그쪽이 지금까지 알고 있던 길보다 훨씬 가깝다는 사실을 깨달았으니까요. 그런데 길이 T자형으로 된 곳까지 왔을 때 아래쪽에서 누군가가 빠른 걸음으로 올라오는 소리가 들렸습니다. 저는 저도 모르게 옆에 있던 덤불 속에 몸을 숨겼죠."

제26장

악몽

나쓰에의 마비가 다시금 심해지기 시작했다. 뺨의 근육이 반항하듯 경직되어 있었다. 단지 크게 부릅뜬 눈만이 공포와 싸우고 있는 것 같았다.

"말씀드리는 걸 깜빡했는데 그 모퉁이에는 가로등이 켜져 있었거든요. 그 가로등 빛 속에 모습을 보인 파자마 소녀의 얼굴이란……!"

나쓰에는 무서운 환상을 쫓으려는 듯 격렬하게 양손을 흔들었다.

"저는 그 후 몇 번이나 그 얼굴을 꿈에서 봤는지 모릅니다. 그건 이미 인간의 얼굴이 아니었어요. 악마의 얼굴이었습니다. 마녀의 얼굴이었습니다. 아니, 마녀보다 훨씬 무서운 얼굴, 무시무시하게 일그러지고 뒤틀리고 게다가 웃고 있는 것처럼도 보였어요. 몸까지 보통이 아니었습니다. 등이 굽고 턱을 내밀고 고릴라처럼 양손을 늘어뜨리고…… 불결하고, 외설적이고…… 싫어! 싫어! 저 두 번 다시 그런 얼굴을 꿈에도 보고 싶지 않아요!"

긴다이치 코스케와 도도로키 경부는 송연해서 얼굴을 마주보았다. 두 사람이 오늘 골프장에서 본 미사의 기형……. 나쓰에도 그것과 같은 것을 보았음에 틀림없다.

"후지무라 씨, 정신 차리세요. 그러고서 당신은 어떻게 했습니까? 그 소녀가 올라온 길을 가보았나요?"

긴다이치 코스케가 말을 걸자 나쓰에는 악몽에서 깨어난 것 같은 얼굴을 했다. 이마에 흠뻑 땀이 배어 있었다.

"죄송해요. 선생님, 그만 평정심을 잃어서……. 네, 긴다이치 선생님. 저 그렇게 하지 않고는 참을 수 없었어요. 게다가 그 소녀가 빈손이었던 것에도 신경이 쓰였고요. 후에노코지 씨에게 무슨 일이 일어난 게 분명하다는 걸 본능적으로 깨달은 거예요. 소녀의 모습이 언덕 위로 사라지기를 기다려, 저는 서둘러 그쪽으로 가보았습니다. 바로 전방의 안개 속에 희뿌옇게 빛나는 무언가가 보이더군요. 가까이 가보고 그것이

수영장이라는 사실을 알았습니다. 수영장 주변에는 철조망이 쳐져 있었는데 한 군데만 뜯겨 있었어요. 그것은 최근 부서진 게 아니라 전부터 부서져 있던 곳 같았습니다. 그 철조망의 철사에 하얀 천이 걸려 있는 걸 발견했어요. 떼어보니 그것은 찢어진 타올지의 끄트머리 같았습니다. 분명 소녀의 파자마가 걸려서 찢어졌겠죠."

히비노 경부보가 음, 하고 신음했다.

"히비노 경부보님, 그걸 제가 가지고 갔다는 사실이 경부보님의 수사를 혼란스럽게 만들었다면 저 얼마나 사죄를 드려야 할지 모르겠어요. 하지만 그때는 아직 수영장 안에 그처럼 무서운 것이 떠 있으리라고는 생각도 못 했습니다. 그것을 손에 쥔 채 철조망 안으로 들어가 팬티 한 장 차림으로 수영장 안에 떠 있는 후에노코지 씨의 모습을 발견한 거예요. 한눈에 이미 숨이 끊어졌음을 알 수 있었죠. 그다음 날 아침 저는 도망치듯 가루이자와를 떠났습니다. 긴다이치 선생님."

나쓰에는 목소리를 높였다.

"제가 의미를 모르겠다고 말씀드린 건 이 얘기에요. 저는 후에노코지 씨의 죽음이 자살인지 타살인지 사고사인지 모릅니다. 하지만 그것이 타살이라고 치고, 또 그 소녀가 미사라는 사람이었다고 하면 미사 양은 왜 자신의 아버지를 죽였을까요? 아니, 그 전에 후에노코지 씨는 왜 자신의 딸을 범한 걸까요? 아무리 취했다고 해도요."

묵직한 침묵이 한참을 계속된 후, 긴다이치 코스케가 어둡고 괴로운 눈을 돌렸다.

"그 일에 대해선 언젠가 당신은 전부 알게 되실 겁니다. 그 사실…… 즉 후에노코지 씨와 미사란 소녀가 부모자식이란 점이 저희 앞을 크게 가로막아 수사에 방해가 되고 있었습니다. 고맙습니다. 당신의 이야기로 저희는 눈 안의 먼지가 걷힌 기분입니다. 그런데 후지무라 씨."

긴다이치 코스케는 잠시 말투를 바꾸었다.

"당신은 후에노코지 씨의 죽음을 바로 타살이라고 생각하셨습니까?"

"아뇨, 저는 잘 몰랐습니다. 머리가 혼란스러워서. 그저 너무나 무서웠어요, 그때의 소녀의 얼굴이. 하지만 그로부터 얼마 지나지 않아 거기 계신 분…… 곤도 씨라고 하셨죠? 저분이 아쿠쓰 씨의 죽음에 대해 의견을 들으러 오셨을 때 경찰 쪽에서는 타살 의혹을 갖고 계시구나 하고 생각했어요."

"그건 그렇고 당신은 아쿠쓰 겐조 씨의 죽음을 어떻게 생각하십니까?"

"긴다이치 선생님, 그건 정말 사고 아닌가요? 타살이라기에는 너무나 확률이 낮은 방법인걸요."

"저도 그 애기엔 동감입니다. 하지만 그 뒤에 후에노코지 씨의 사건이 일어나서 저희는 조금 심각하게 생각했죠. 게다가 그 사실이 범인을 유리한 울타리 안에서 보호했던 겁니다."

"곤도 씨, 용서해주세요. 그때 8월 15일 밤 목격한 것을 당신에게 말씀드리지 않은 것에 대해서요. 이런 걸 '수사에 비협조적이다'라고 하지요."

"괜찮습니다. 괜찮아요."

옆에서 위로하듯 말을 건 사람은 야마시타 경부였다. 변함없이 느긋하다.

"방금 말씀을 듣고 저처럼 산전수전 겪은 사람도 모골이 송연했을 정도니까요. 부인께서 말씀을 못 하신 것도 무리가 아니죠. 방금 털어놓으신 것만으로도 저희는 아주 감사합니다. 그런데 긴다이치 선생."

"아, 그렇죠."

야마시타 경부에게 부탁을 받은 긴다이치 코스케는 다시 괴로운 눈을 나쓰에에게 돌렸다.

"후지무라 씨, 피곤하신데 송구스럽지만 부인, 그저께 밤 쓰무라 씨 별장에서 일어난 일에 대해 뭔가 짚이시는 건……?"

나쓰에의 눈동자에 다시금 겁먹은 기색이 돌아왔다.

"긴다이치 선생님, 그저께 밤 저……."

급하게 이야기를 꺼내다가 갑자기 생각을 고쳐먹은 듯 그녀는 천천히 말을 이었다.

"너무 제멋대로지만 역시 제가 편한 대로 말씀드려도 될까요?"

"자, 자, 그럼요. 자유롭게 하십시오."

"네……."

나쓰에는 마음을 정리하기 위해 한동안 무릎 위에 놓인 손을 보고 있었지만 이윽고 물기가 가득한 눈을 들어 다시금 담담한 태도로 이야기를 시작했다.

"올해 제가 아사마카쿠시에 오게 된 건 이웃의 쓰무라 씨 일보다 후에노코지 씨 따님의 일 때문이었습니다. 너무나 자주 무서운 악몽에 시달리다보니 '그 사람에 대해 좀 더 확실하게 알고 싶다. 확인하고 싶다'라고 생각했기 때문이에요. 그렇다고 쓰무라 씨에 대해서도 전혀 관심이 없었다고는 못하겠습니다. 쓰무라 씨가 오토리 지요코 씨를 버렸다면 뭔가 그 아가씨와 관련이 있지 않을까 싶어서요. 서두는 이 정도로 하고, 그럼 그저께 밤에 제가 목격한 걸 말씀드릴게요."

초조한 기색이 나쓰에의 얼굴에 돌아온 것을 보고 사람들은 다시금 긴장했다. 이 여자는 또 무엇을 본 것일까.

"긴다이치 선생님. 그렇다고 저는 그저께 밤 거기서 무슨 일이 일어났는지 정확하게 알지는 못해요. 그래서 이제부터 제가 말씀드리는 게 어느 정도 참고가 될지……. 그저께 밤은 8시 무렵에 정전이 되었죠. 그 후 미사오 씨가 스탠드 형태의 회중전등을 가지고 나와서 한참을 이야기하고 있었는데요. 슬슬 이야깃거리도 떨어지고 텔레비전도 안 나오잖아요. 그래서 아예 8시 반에는 대화를 마치고 2층으로 올라갔죠. 미사오 씨가 빌려준 스탠드 형의 회중전등을 가지고요. 그리고 요를 깔고……. 아, 참. 미사오 씨는 침대를 쓰지만 2층은 일본식 방입니다. 아무튼 거기서 요를 깔고 창의 장지문을 잠그려고 문득 밖을 보니…… 이미 조사하셨겠지만, 거기 2층에서는 쓰무라 씨 별장이 바로 아래 보입니다. 그 별장 홀에 반짝반짝 빛이 보이더군요. 촛불 같았죠. 어딘가 창문이 열려 있었는지 불빛은 매우 흔들렸습니다. 전등불이 꺼지자 당황해서 급히 붙인 것 같았죠. 그 뒤에 여기저기 창을 닫는 소리가 들렸어요. 그때 저는 문득 이상한 생각이 들었어요. '쓰무라 씨는 이렇게 덜렁거리는 분인가? 이미 바람이 꽤 거세졌는데 창을 닫고 촛불을 켜시지' 하고요."

나방이 날아 들어온 것은 그때였으리라.

"그게 8시 반쯤이라고 하셨죠?"

"네, 8시 35~36분쯤이 아니었을까 합니다."

"그때 홀에 있던 인물을 쓰무라 씨라고 생각하셨군요?"

"그땐 그렇게밖에 생각할 수 없었죠. 거리에 붙어 있는 포스터로 연주회가 있단 얘기는 알고 있었어요. 하지만 정전으로 중단되었구나 싶었죠."

"아, 당연합니다. 그러고요……?"

"저는 요로 올라가 한참 책을 읽고 있었습니다. 하지만 회중전등 빛으로는 책을 읽기 힘들었고 전지도 아까웠어요. 그래서 딱 9시 10분 전에 불을 끄고 자려던 참에 이웃집에 자동차를 대는 소리가 들리는 거예요. 제 호기심을 비웃으셔도 할 수 없어요. 전 살며시 일어나 장지문을 살짝 열고 아래를 봤어요. 자동차는 포치 바로 아래에서 제 쪽을 향해 주차되었고 안에서 남자가 내렸죠. 밖은 코를 틀어막아도 모를 정도는 아니었지만 뭐, 캄캄했어요. 그런데 그 자동차 헤드라이트가 이쪽을 향해 있었고, 게다가 켜둔 채 내려서 그 사람의 모습이 확실히 보였어요. 전 그분을 음악 관계자일 거라 생각했죠. 허리 언저리까지 오는 웃옷을 입고 있었거든요."

"부인께서 마키 교고 씨를 만나신 적은?"

"아뇨, 한 번도. 단 오토리 지요코 씨와 결혼하셨을 때 어떤 잡지에서 사진을 본 적이 있지만, 설마……."

"아, 지당하신 말씀입니다. 그래서 그 인물이 별장 안에 들어갔군요."

"네."

"그때 안에 있는 인물의 모습은 보지 못하셨습니까?"

"아뇨, 그땐 못 봤어요. 다만……."

"다만……?"

"저 그 일에 대해선 그렇게 호기심을 가졌던 건 아니었어요. 그저 '정전 중에 손님이라니 굉장히 바쁜 분이구나' 정도로만 생각했죠. 그래서 거기에 묘한 일이 일어나 저를 그 자리에 못 박지만 않았다면 그대로 요로 돌아갔을 거예요."

"묘한 일이라뇨……?"

"자동차에서 내린 손님이 들어가고 얼마 지나지 않아서였어요. 건물 뒤쪽에서 그림자 하나가 기어 나와 옆쪽 창문으로 안을 엿보기 시작한 거예요."

"앗!"

히비노 경부보가 놀라움에 소리를 지르고 잠시 술렁임이 일었다. 나쓰에는 그것을 잘못 해석했는지 더 힘주어 말했다.

"아뇨, 이건 거짓말이 아니에요. 정말 이상한 사람이 나왔다니까요."

"후지무라 씨."

긴다이치 코스케가 달래듯 상냥한 목소리로 말했다.

"저희는 당신을 의심해서 술렁거린 게 아닙니다. 그런 인물이 있을 거라 예상하던 터였어요. 당신의 증언은 또 굉장히 중요해졌습니다. 그 부분을 가급적 자세하게 말씀해주시죠."

"네, 알겠습니다."

나쓰에가 다시 파도치는 생각을 정리하려는 듯 한숨을 들이키는 것을 보고, 이 여자 또 뭔가 무서운 것을 본 것은 아닌가 싶어 사람들의 시선은 다시금 그녀의 얼굴에 집중되었다.

"여러분도 아시다시피 제 방에서 보면 이웃 방갈로의 정면에서 오른쪽 옆면이 보입니다. 그 사람은 앞에서 그 부근을 어슬렁거리고 있었죠. 자동차가 들어올 때는 건물 뒤에 숨어 있었지만 손님이 안에 들어가자 또다시 어슬렁거리며 기어 나왔다는…… 그때 제가 받은 인상은 그랬어요."

"그렇군요, 그렇군요. 그래서……?"

"그 사람은…… 아니, 그 전에 정말 그 근처는 깜깜했을 거였어요. 하지만 자동차 헤드라이트가 이쪽을 향해 있고 꺼놓지를 않았잖아요. 그래서 그 모습이 약간 보였는데요. 그 사람은 창으로 뭔가를 엿보려는 것 같았습니다. 하지만 창이 너무 높잖아요. 안쪽에서 돌 같은 걸 들고 와서 그걸 창 밑에 놓고 그 위에 올라가서 집 안을 들여다보기 시작했어요."

"복장은……?"

"아, 거기까진 모르겠어요. 헤드라이트 덕분에 주변이 밝아지긴 했지만, 헤드라이트 불빛이 제 쪽을 향해 있어 도리어 제대로 보기 힘들었죠. 하지만 최근 유행하는 배낭 같은 것을 맨 것 같긴 합니다. 저 그래서 다시 창 옆에서 움직일 수 없게 되고 만 거예요."

"아, 당연한 일입니다. 게다가 그곳은 쓰무라 신지 씨의 방갈로니까요. 그래서……?"

나쓰에의 얼굴에는 다시금 공포와 초조의 기색이 보이기 시작했다.

"나중에 시계를 봤는데 저는 15분 정도 거기에 서 있었더군요. 집 안을 들여다보던 사람의 움직임이 갑자기 빨라졌습니다. 돌에서 뛰어내리더니 문을 향해 싸울 자세 같은 걸 취해 보이더군요. 그러는가 싶더니 정면 포치에서 누군가 뛰어나왔어요. 아니, 포치는 제가 있는 곳에서 보이지 않는데요. 거기서 뛰어나왔다고 밖에는 생각되지 않는 사람 그림자가 슥 하고 헤드라이트 앞을 가로질렀습니다. 그 순간 저는 또 구루병에 걸린 소녀를 본 거예요. 아니, 얼굴은 안 보였죠. 제가 있는 쪽이 더 높으니까요. 하지만 구루병처럼 등이 굽고 턱을 내밀고 양손을 축 늘어뜨리고……. 작년에는 그런 모습으로 천천히 제 앞을 지나갔는데 그저께는 바람처럼 헤드라이트 앞을 지나가더니 자동차 뒤로 돌았어요. 아마 건물 왼쪽 옆으로 간 거겠죠. 그러더니 자전거에 올라 언덕을 쏜살같이 내려갔어요."

아, 자전거! 미사는 자전거를 갖고 있다. 그것은 이럴 때 유력한 무기가 되는 게 틀림없다. 사람들은 송연해서 얼굴을 마주보았다.

"그런데 그 구루병 소녀가 자전거로 자동차 뒤에서 나왔을 때 건물 옆에서 달려 나온 그림자가 자전거 앞을 막아섰어요. 헤드라이트 앞을 지나던 순간의 모습을 보면, 젊은 남자인 것 같았습니다. 하지만 구루병 소녀는 개의치 않고 그 사람을 부딪쳐 넘어뜨리고 언덕을 내려갔어요. 남자는 뭔가 소리치는 것 같았지만 그땐 바람이 상당히 거세서 무슨 말을 하는지 들리지 않았습니다. 일단 자전거에 부딪쳤던 남자는 바로 자전거 뒤를 따라 전속력으로 언덕을 달려 내려갔어요. 그 사람은 회중전등을 든 것 같았습니다. 그래요, 자전거 앞을 가로막았을 때 회중전등 빛으로 구루병 소녀의 얼굴을 비췄던 듯 소녀가 비명을 지르는 것 같았죠. 제가 본 건 여기까지입니다."

나쓰에는 탈진한 듯 의자에 축 늘어져 몸을 기댄 채 눈을 감았다. 눈을 감고 있으니 잔주름이 눈에 띄어 이 여자의 고뇌와 굴욕에 가득 찬 반생이 엿보이는 것 같아 애처로웠다.

긴다이치 코스케는 약간 목소리를 높였다.

"그러고요……? 그러고 나서 부인께서는 어떻게 하셨습니까?"

나쓰에는 가볍게 고개를 옆으로 저었다.

"긴다이치 선생님. 그게 제가 버틸 수 있는 한계였어요. 저는 이웃 방갈로에서 뭔가 또 좋지 않은, 무서운 일이 있었던 게 틀림없다고 생각했죠. 전 슬며시 장지문을 잠그고 일단 제 잠자리로 돌아갔지만 무서워서 도저히 잠을 잘 수가 없었습니다. 회중전등을 켜는 것도 무서웠어요. 빛이 밖으로 새어나가 제가 엿보는 게 들키지 않을까 싶어서요. 저는 회중전등을 든 채 잠자리를 빠져나가 계단 중간에서 그걸 켜고 손목시계를 봤습니다. 시각은 9시 8분이었어요."

그때 쓰무라 신지는 아직 사쿠라이 가문의 별장에 있었을 것이다.

생각해보면 이 사람은 작년이든 올해든 더없이 무서운 사실의 목격자가 되었던 것이다. 죄다 이 사람이 오토리 지요코에게 품은 적개심과 열등감에서 온 슬픈 몸부림의 결과였겠지만. 과연 그녀가 목격한 것이 지요코를 상처 입힐 수 있을까, 아니면……?

"긴다이치 선생님, 제가 아는 건 그게 전부예요. 그리고 저는 1층으로 내려가 미사오 씨의 침대로 들어갔습니다. 그게 좋지 않았어요. 그게 어제 미사오 씨의 호기심을 북돋고 그 사람의 공상 기질을 자극해, 결국은 아까 같은 상황이 된 거예요."

미사오 부인은 정신 착란 상태로 지금 병원에 옮겨져 있다. 그것이 일시적인 것인지, 계속될지 지금은 알 수 없다. 엽기의 결말이라 해야 할지도 모르겠다.

나쓰에가 비틀거리며 일어서는 것을 보고 긴다이치 코스케가 말을 걸었다.

"이제 어디로 가실 겁니까?"

"저, 이제 쉬어야겠어요. 아, 아사마카쿠시 말고요. 미사오 씨한테 가보지 않으면……. 그 사람이 그렇게 된 것도 죄다 제 책임입니다. 저는 그 사람을 돌봐줘야 해요."

"아, 그래요. 그럼 사람을 시켜 모셔다드리죠. 하지만 그 전에 한두 가지만 더……."

"네, 뭔가요?"

"부인께서 이웃집을 보고 있는 동안 봉오도리의 확성기 소리가 들리지 않았습니까?"

나쓰에는 잠시 고개를 갸웃거렸지만 이윽고 가볍게 몸을

떨었다.

"네, 그러고 보니……. 바람 탓인지 멀리 들리거나 가까이 들리거나…… 좀 희미하기는 했지만요."

"제기랄!"

곤도 형사가 이를 갈며 중얼거린 것은, 그것이 미사의 안전장치였다는 사실을 알아차렸기 때문일 것이다.

"그럼 또 하나. 당신은 이웃 방갈로에서 자동차가 나가는 소리를 못 들으셨습니까?"

"네, 들었어요. 하지만 긴다이치 선생님. 그게 몇 시쯤이었는지 물어보셔도 소용없어요. 미사오 씨가 신경 쓰여서 저는 회중전등을 켜고 시계를 볼 용기는 없었어요. 그래서 제가 미사오 씨의 잠자리에 들어가고 30분 후의 일인지 1시간도 더 지나고 나서의 일인지……. 바람은 더 맹렬하게 부는 것 같았어요. 비도 때때로 격렬하게 내리고 있었고요."

그리고 후지무라 나쓰에는 비틀거리는 걸음으로 응접실에서 나갔다. 현관까지 배웅하고 곤도 형사는 바로 돌아왔다.

"긴다이치 선생님, 이걸로 다시로 신키치와 미사의 관계를 알게 되지 않았습니까? 다시로 신키치는 미사를 붙잡았고 그 뒤에 무슨 일이 있었던 게 틀림없습니다."

"다시로는 이번에 여기 오기 전에 미사에 대해 알고 있었을

지도 몰라. 작년 시라카바 캠프에서 후에노코지 씨를 만나 뭔가 들었다고 하면…….”

히비노 경부보가 낮은 목소리로 중얼거렸을 때 쓰무라 신지의 방갈로에 남겨두고 온 야마구치 형사가 분주하게 들어왔다.

“나왔습니다. 그곳 비밀창고에서, 이게…….”

내보인 것은 위스키 병과 컵이다. 분명 물을 타서 마신 것이리라.

“이 위스키, 청산 냄새가 나는데요. 그리고 피해자의 복대에서 묘한 게 나왔습니다.”

그것은 두 번 접은 악보였다. 겉은 보통의 악보에 음표들이 나열되어 있었지만 야마구치 형사가 묘한 것이라고 한 것은 그 뒷면이다. 거기에는 성냥개비 배열이 아주 세심하고 꼼꼼하게 그려져 있었다. 그 외에 빈 봉투가 한 통. 수신자는 아사마카쿠시의 쓰무라 신지로 되어 있고, 발신자는 도쿄의 다치바나 시게키로 되어 있는데 내용물은 없었다.

“그렇군요.”

긴다이치 코스케는 악보 뒷면에 섬세하게 그려놓은 성냥개비의 배열을 보고 무심코 입가에 웃음을 머금었다.

“이걸 보니 마키 교고 씨는 청산가리로 당했을 때 앞으로

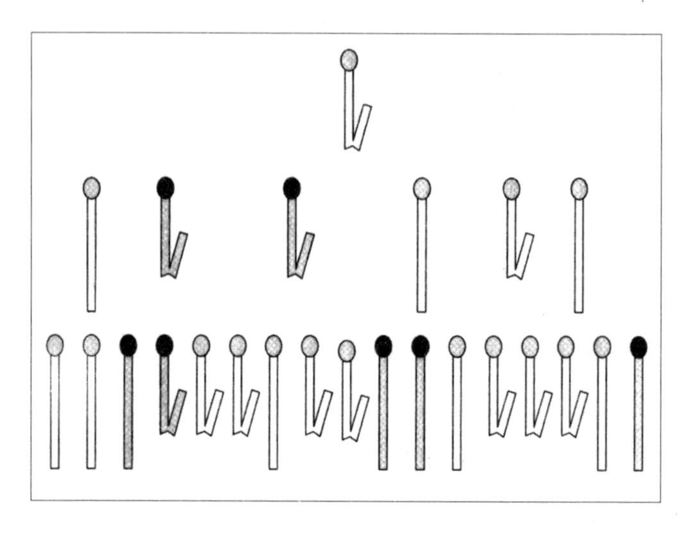

엎드리지 않고 뒤로 몸을 젖혔겠군요. 그래서 쓰무라 신지 씨가 사쿠라이 가문의 별장에서 돌아왔을 때 성냥개비 배열은 조금도 흐트러지지 않고 테이블에 남아 있었고요. 그것을 꼼꼼하지만 덜렁거리고 덜렁거리지만 꼼꼼한 쓰무라 신지 씨가 그대로 그려서 야가사키의 별장에서 재현하려고 했겠군요."

"긴다이치 선생님. 뭔가요, 그건……?"

야마시타 경부는 눈을 동그랗게 떴다.

"뭐, 색맹 가족의 가계도 일례예요. 근데 야마시타 씨, 저를 굉장히 박식하다고 감탄하지 않으셔도 돼요. 저는 전에 색맹과 관련된 사건을 다룬 적이 있어서 색맹에 관해선 약간 지식을 갖고 있었습니다. 야가사키의 아틀리에에서 성냥개비 배열을 보았을 때…… 그것은 상당히 흐트러져 있었지만 거기에 네 가지 부호가 사용되고 있는 걸 알아차렸어요. 그래서…… 이건 도도로키 경부님도 아시지만 미나미하라의 난조 별장에는 다행히 백과사전이 있어서 만약을 위해 확인해봤는데 제 생각이 맞는 것 같았습니다. 설명해드릴까요?"

"부탁드립니다."

"이거 쓰무라 씨가 볼펜으로 쓴 것 같은데요. 성냥개비 꼭지를 사선으로 메운 것은 녹색 성냥, 즉 남성을 의미하고 완전한 녹색 성냥은 건강한 남자로, 기호로 표현하면 ♂ 이게 되죠. 반으로 꺾인 녹색 성냥은 색맹인 남자로, 기호로 표현하면 ♂. 그리고 쓰무라 씨가 꼭지를 검게 칠한 것이 적색 성냥으로 여성을 의미하죠. 완전한 적색 성냥개비는 건강한 여자를 나타내고 기호로는 ♀, 반으로 꺾인 건 자신은 색맹이 아니지만 색맹의 유전자를 지닌 여자라는 게 되고 기호로는 ♀이 됩니다. 일단 이 성냥개비의 배열을 4개의 기호로 적용시켜보시죠. 색맹 남자한테서는 이런 아이가 태어나 손자에게 이런 식으로 유전된다는…… 이것은 그 일례입니다. 마키 교고 씨는 굉장히 자세하게 색맹에 대해 조사한 게 분명해요."

"그런데 긴다이치 선생님."

히비노 경부보가 분발해서 말했다.

"아까 후루카와 군에게 들었는데 미사는 색맹이었다더군요. 그렇다면 그 아이는 어떻게 됩니까?"

"히비노 씨, 이것도 백과사전을 받아 적은 거니까 저를 너무 과대평가하지 말아주세요. 적록 색맹인 남자는 의외로 많아서 전체의 약 5퍼센트나 된다고 합니다. 반면에 여자 색맹은 아주 적어서 전체의 약 0.5퍼센트라고 해요. 그럼 어떨 경우에 색맹 여자가 태어나는가 하면 색맹은 아니지만 색맹의 유전자를 가진 여자, 즉 기호 우이 색맹인 남자, ♂와 결혼해서 그 사이에 태어난 여자아이만이 색맹이 된다고 합니다. 그것을 미사의 양친…… 혹은 양친이라고 생각되는 두 남녀에 적용해보죠. 오토리 지요코 씨는 컬러영화의 대스타입니다. 그 사람이 색맹일 리 없지만 혹시 유전형질을 타고난 건 아닐까요? 이것도 '노'입니다. 그 사람의 아버지는 화려한 색채를 구사하는 유명한 미인화가입니다. 색맹일 리가 없죠. 하는 김에 그 사람의 어머니에 대해서도 물어봤는데요, 어머니도 아무래도 색맹은 아닌 것 같습니다."

"제기랄!"

아이고, 또 곤도 형사의 입버릇이 나왔다. 이 안짱다리 형사는 어젯밤 여기서 전개된 긴다이치 코스케의 얼토당토않은 오토리 지카게 부부 예찬에는 이런 의미가 있었는가 하고 새삼 분해 죽겠는 모양이다.

"그런데 미사의 아버지…… 혹은 아버지라 생각되는 후에노코지 씨는 어떨까요. 그 사람은 자동차 세일즈맨 일을 하고 있다고 해요. 그렇다는 것은 자동차 운전이 가능하다는 얘깁니다. 자동차 운전면허증을 획득하려면 색맹 검사가 필요하죠. 그러므로 후에노코지 씨도 색맹은 아니었다……."

"긴다이치 선생님, 그럼 미사는 어떻게 됩니까?"

베테랑 형사가 너구리 같은 눈을 뒤룩거리며 입에서 거품을 뿜을 기세로 말했다.

"그러니까 미사는 혈액형으로 보아도 후에노코지 씨의 자식은 아니고 색맹인 유전법칙으로 보면 지요코 씨의 자식도 아닙니다."

"긴다이치 선생님!"

관용적인 사람으로 소문난 야마시타 경부도 이때만큼은 흥분한 듯 만면에 핏줄을 세웠다.

"그럼 미사는 누구 자식이란 말씀이죠?"

"모르겠습니다."

긴다이치 코스케는 괴로운 눈빛으로 대답했다.

"그걸 아는 사람은 후에노코지 아쓰코 씨뿐이겠죠."

고요한 침묵이 응접실 안에 가라앉았다. 무서운 침묵이었다. 빠득빠득 이를 가는 듯한, 혹은 골수까지 얼어붙는 침묵이었다. 아무도 그 이상 듣고 싶어 하지 않았고 말하고 싶어 하지도 않았다. 그저 야마구치 형사만이 이 침묵의 의미를 아직 충분히 이해하지 못하고 있었다.

"긴다이치 선생님, 이 봉투는 어떻게 된 건가요? 이것도 피해자의 복대에서 나온 건데……."

긴다이치 코스케는 꿈에서 깨어난 듯 몸을 떨더니 싱긋 하얀 치아를 형사에게 드러내며 웃었다.

"그건 말이죠, 야마구치 씨. 쓰무라 씨가 성냥개비를 넣기 위해 사용한 거 아닐까요? 다치바나 군이 쓰무라 씨에게 보낸 편지였을 텐데, 내용물은 중요한 게 아니라서 찢어버리고 봉투를 성냥개비를 넣는 데 썼겠죠."

긴다이치 코스케는 악보 겉을 보여주었다.

"보세요. 이건 아직 인쇄되지 않은, 손으로 쓴 악보죠. 제목은 〈아사마 찬가〉, 작곡자는 쓰무라 신지, 현악 4중주로군요. 다치바나 군에게 물어보면 바로 확인할 수 있겠지만 이게 그저께 연주될 예정이었다지 않습니까? 한편 사쿠라이 히로코 씨 말에 따르면 쓰무라 씨는 합성피혁으로 만든 악보 철을 갖고 있었다고 해요. 분명 이 악보도 그 안에 들어 있었겠죠. 그 악보 뒷면에 성냥개비의 배열을 베껴 그렸다는 것은 쓰무라 씨가 아사마카쿠시에 돌아왔을 때는 이미 모든 게 끝나 있었다는 의미가 되겠군요."

"긴다이치 선생, 쓰무라 씨는 이 성냥개비 배열의 의미를 알았던 것 같소?"

도도로키 경부가 갑자기 물었다.

"그건 어떨까요. 그저 쓰무라 씨는 이런 건 알고 있었죠. 마키 씨가 이 성냥개비 배열로 범인에게 뭔가 말하려 하고 있었다……. 그래서 이걸 야가사키의 가상 현장에서 재현함으로써 수사진이 뭔가 알아차리게 하고 싶었다. 본인은 모르지만 수사당국은 알 수 있을지도 모른다……. 그런 의도가 아니었을까요?"

사실 그대로 되었다.

"그런데 긴다이치 선생, 미사 같은 아가씨가 어째서 청산가리를 갖고 있었던 걸까요?"

야마시타 경부는 아직 악몽에서 깨어나지 못한 얼굴이었다. 그에 대해 긴다이치 코스케도 신음하듯 대답했다.

"그건 말이죠, 야마시타 씨. 아마도 후에노코지 할머님이 갖고 계셨을 겁니다. 그걸 미사가 슬쩍 훔쳤거나 눈을 속여 후무렸거나……."

"그거다! 그 하코네 자이쿠야!"

도도로키 경부가 갑자기 큰소리로 신음하며 의자에서 벌떡 일어났다. 사람들은 깜짝 놀라 그쪽을 돌아보았다.

"그거요, 그거. 그 하코네 자이쿠 상자 안에서 청산가리를 분실했던지, 조금 분량이 줄어 있었던 거야. 그걸 알아차렸는지 그 할머니, 우에노 역의 플랫폼에서 벌벌 떨고 있었어."

"경부님."

긴다이치 코스케가 일부러 심술궂게 눈알을 데굴데굴 굴렸다.

"어떻게 된 겁니까? 경부님답지 않아요. 하코네 자이쿠가 어떻게 됐단 겁니까?"

"긴다이치 선생, 늦게 얘기해서 미안하오. 실은……."

도도로키 경부가 짤막하게 하코네 자이쿠에 대한 이야기를 들려주었을 때 젊은 사복형사가 뛰어 들어왔다.

"방금 후에노코지 별장에서 망을 보던 후루카와 형사한테 연락이 왔는데요. 오토리 지요코가 후에노코지 별장에 들어왔다고 합니다. 갑자기 후에노코지 할머님이 병원에 전화를 걸어서 미사에 대해 할 얘기가 있으니 바로 오라고 했다고……."

끝까지 듣지도 않고 긴다이치 코스케는 하카마 자락을 걷어 올리고 홀 입구까지 돌진했다. 다른 사람들도 한 덩어리가 되어 그 뒤를 따랐다. 다들 안색이 변한 상태였다. 소식을 알리러 온 사복형사는 어안이 벙벙한 표정이 되었다.

"아, 그리고 미사 양은 아직 돌아오지 않았다고 합니다!"

그는 그렇게 외치면서 그들 뒤를 쫓아갔다.

제27장

절벽 위아래

후에노코지 가문의 별장이 늪에 접해 있다는 사실은 앞에서도 여러 번 소개했다. 이 별장의 안채에서 조금 떨어진 곳, 안채가 자리한 곳보다 3미터 정도 내려온 절벽 아래 늪과 닿을락말락한 곳에는 작지만 보기 좋은 다실풍의 건물이 다소곳이 자리하고 있다.

이 다실 바로 아래를 시냇물이 소리 내며 흐르고 있다. 전날 아침 태풍 때 이 다실은 위태롭게 물에 잠길 뻔했지만 바닥을 2미터 정도 높여서 지었기에 어떻게 마루 밑 침수 정도로 막을 수 있었다. 물은 이제 완전히 걷혔지만 역시 시냇물 소리는 여느 때보다 큰 것 같다.

이 다실풍의 별채는 4장 반 정도 크기의 다다미방에 다다미 2장 크기의 현관이 붙어 있을 뿐인 극히 작은 건물인데, 이 별채야말로 후에노코지 아쓰코에게는 꿈의 궁전 같은 장소였다. 미사의 교육에 지치거나 세상의 안 좋은 소문에서 도망치고 싶을 때 아쓰코는 항상 이 꿈의 궁전에 틀어박혀 홀로 차를 음미하며 조용히 자신을 다잡아왔던 것이다.

생각해보면 전쟁 이후 아쓰코는 인고에 가득 찬 나날을 보내왔다. 그러는 동안 그녀가 도도하게 지키고 있던 화족의 권위도, 자부심도 땅에 떨어지고 말았다. 옛 자작이라는 신분은 지금은 세간의 웃음거리에 지나지 않는다. 후에노코지 가문은 유서와 격식은 높았지만 전쟁 전부터 그다지 풍족한 가문이 아니었다. 게다가 방탕하게 살던 남편이 뇌출혈로 갑작스레 세상을 떠난 쇼와 12년(1937년)에서 쇼와 13년(1938년) 무렵에는 집안이 엄청나게 쪼들리게 되었다.

첩의 자식이었던 야스히사가 영화계에 뛰어든 데는 본인의 호기심도 작용했겠지만, 우선은 가문의 경제 문제를 해결하기 위해서였다.

전쟁 전에는 그래도 괜찮았다. 자작이라는 이름을 대면 여기저기서 도움의 손길이 있었다. 같은 혈족 중에 세력을 가진 자도 있었고, 화족이란 명함을 내밀면 어떻게 해서든 융통을 해주는 경우도 많았다. 그런 쪽에 아쓰코는 꽤 수완을 발휘했다. 그녀는 품위를 잃지 않으면서도 권위에 약한 평민으로부터 교묘하게 돈을 쥐어짜내는 방법을 습득하고 있었다.

하지만 패전이라는 힘든 현실이 아쓰코에게서 모든 것을 앗아갔다. 전쟁 후 한동안은 옛 화족이라는 직함이 어느 부류, 어느 계급의 인간에게는 힘을 실어준 모양이지만, 아쓰코는 이미 나이를 많이 먹었다.

다행히 야스히사는 살아 돌아왔지만 아쓰코가 야스히사에게 혈육의 정이 전혀 없던 것과 마찬가지로 야스히사도 아쓰코에게 차가운 모멸감 외에는 아무도 갖고 있지 않았다. 혹시 만에 하나 야스히사에게 다소나마 애정 같은 게 있었다 해도, 그것이 대체 무슨 소용이었겠는가. 야스히사는 철저한 이기주의자였을 뿐만 아니라 자기 하나 건사하기 힘든 무능한 남자였다.

이리하여 아쓰코에게 남은 것은 단 한 사람, 미사뿐이었다. 미사는 어렸지만 미사의 뒤에는 오토리 지요코라는 생활력이 왕성한 여인이 있었다. 그래서 자긍심이 강한 아쓰코는 전쟁이 끝난 후 인고와 굴욕의 나날들을 감내하며 살아가지 않으면 안 되었다. 이것이 그녀가 꿈의 궁전을 필요로 하는 이유였을 것이다.

쇼와 35년 8월 15일 밤 11시를 지나, 이미 12시에 가까운 시각이었다.

사쿠라노사와 부근도 예외 없이 안개가 짙었지만 그 안개 깊은 곳에서 강렬한 빛을 내뿜고 있는 것은 늪에서 빠져나온 것처럼 서 있는 다실풍의 별채이다. 다실은 바람이 통하도록 양쪽 문에 갈대발을 쳐놓았다. 아무리 깊은 밤 협곡 바닥이라고는 하나, 장지문이나 맹장지를 닫으면 덥다. 그렇다고 활짝 열어놓으면 나방이 들어올 염려가 있다.

시원한 갈대발로 가려진 4장 반짜리 다다미방 천장에는 고상한 취향의 형광등이 매달려 있었다. 그 화려한 조명 속에 두 여인이 앉아 있다. 풍로 맞은편에 세우는 병풍 뒤쪽에 앉아 있는 사람은 아쓰코다. 오지야치지미*에 하카타풍 띠를 매고 왼쪽 띠에 비단보자기를 꽂고 있는데 변함없이 자세가 좋았다. 아쓰코 옆 풍로 위에는 작은 솥이 보글보글, 흔히 솔바람 소리에 비유하는 차 끓는 소리를 내고 있었다.

풍로에서 조금 떨어진 자리에 지요코가 앉아 있다. 지요코는 견직물로 만든 원피스를 입고 있지만 그래도 단정하게 정좌한 자세에 답답한 느낌이 없는 것이 역시나 보통사람과는

---

* 오지야시(小千谷市) 근처에서 생산되는 마포의 옷감.

다르다. 양장 차림으로 이런 자리에 나오는 일도 드물지 않을 것이다.

하지만 역시 그 얼굴은 창백하게 굳어 있었고 시어머니의 일거수일투족으로 향하는 눈에도 짙은 의구심이 엿보인다.

사실 지요코는 몸과 마음이 다 지쳐 있었다. 그녀는 다다히로가 개복수술을 받는 동안 수술실 밖에서 손에 땀을 쥐고 있었다. 일련의 사건 뒤에 다다히로에게 닥친 뜻밖의 변은 제아무리 지요코라도 견디기 힘든 일이었다. 가즈히코나 히로코가 옆에서 위로하고 격려해주었지만 지요코이기에 그나마 참고 버틴 것이다. 이런 상황에서도 그녀는 히로코를 위로하고 격려해주었다.

다다히로에게 아주 다행스러웠던 점은 사건 현장에 그 방면의 대가가 그 자리에 있었고, 총상이 간장이나 췌장, 비장 등의 장기를 비껴났다는 사실이다. 장관 열상에 의한 출혈이 심했지만 다행히 헌혈자가 두 명이나 가까이 있었던 점도 다다히로에게는 행운이었다.

탄환은 적출되었다. 나중에 확인한 바에 따르면 그것은 자동식 콜트 22구경 권총에서 발사된 것이었다.

수술 후 지요코는 히로코나 가즈히코와 함께 다다히로를 만났다. 다다히로의 첫마디는 아키야마의 안부에 대한 질문이었다. 지요코는 약간 질투를 느꼈지만, 그러고 보니 아키야마 다쿠조가 사건 이후 소식이 끊겼던 것이다. 지요코는 새삼 다다히로와 아키야마 사이에 이어진 깊은 정을 생각하고 범인을 쫓아간 아키야마의 신변에 대해 꺼림칙한 느낌을 지울 수 없었다.

"아저씨, 아키야마 씨라면 괜찮을 거예요, 반드시. 뭣하면 저도 나중에 찾으러 갈게요."

가즈히코의 말에 다다히로는 말없이 끄덕였다.

히로코가 라이터를 꺼내 보인 것은 그 뒤의 일이었다.

"긴다이치 선생에게……."

다다히로는 싱긋 웃더니 이렇게 말하고는 입을 다물었다. 하지만 히로코는 그것만으로도 아버지의 마음을 알 수 있었는지, 아버지의 손을 꼭 쥐더니 말없이 밖으로 나갔다.

뒤이어 헌혈을 해준 두 사람이 들어왔다. 헌혈자 두 사람 다 건강한 모습이었다.

"이걸로 선생에게 진 빚이 두 배가 되었군요."

다다히로는 마토바 히데아키에게 이런 말을 건네고 웃었다.

의사에게 주의를 받고 다들 밖으로 나가게 됐지만 지요코만은 다다히로의 손을 쥔 채 그 자리에 남았다. 다다히로는 곧 잠이 들었지만 잠을 자면서도 지요코의 손을 놓지 않아서 지요코는 상대의 숙면을 방해하지 않기 위해 그 자세 그대로 있었다.

10시 무렵, 어딘가로 나갔던 히로코가 돌아오더니 병원 한쪽에 있는 방에서 데쓰오와 둘이서만 이야기를 했다. 히로코의 이야기를 듣는 동안 이따금 데쓰오가 놀리듯 웃었다. 그에 대해 히로코는 토라지거나 부루퉁해 있었지만 결국은 본인도 웃음을 터뜨리고 말았다. 역시 무사태평 잠자리에게는 당할 수 없는 모양이다.

"그래서 긴다이치 선생님께 무슨 얘기를 들었으면 하는데……."

"뭐라도 좋아요. 그저 들어만 주면 돼요."

"하지만 그거라면 당신 입으로 말하면 되잖아. 아니면 또 뭔가 숨기고 있는 게 있는 거야?"

"그래요. 중대한 사실을요. 그럼 저 갈게요."

"가다니 어디로?"

"오토리 씨하고 교대하려고요. 아무리 오토리 씨라도 계속 혼자 간호를 하다가는 몸이 버티질 못할걸요."

후에노코지 아쓰코에게서 전화가 걸려온 것은 이때였다. 히로코는 간호사에게 전화가 왔다는 이야기를 듣고 지요코에게 말을 전했다.

"아, 그래요. 그럼 제가 이어서 간호할게요. 마침 교대하려고 하던 참이라."

히로코의 말을 듣고 지요코가 대답했다.

"어머, 죄송해요. 그럼 저 잠깐 전화를 받으러 다녀올 테니 여기 좀 부탁드릴게요."

"그럼요. 어서 가보세요."

한참 후 지요코가 돌아왔다.

"후에노코지 어머님이 뭔가 미사에 대해 중대한 말씀이 있으니까 오라고 하시네요. 저 잠시 나가봐야겠어요."

히로코는 왠지 놀랐지만 아무렇지 않게 대답했다.

"아, 좋아요. 여기는 제게 맡겨두세요. 하지만 가급적 빨리 돌아오세요. 눈을 떴을 때 당신이 옆에 안 계시면 아버지가 적적해하실 테니까요."

"고마워요. 가능한 빨리 돌아올게요."

지요코의 뒷모습을 바라보던 히로코는 문득 불길한 예감이 들었다. 지요코는 아직 미사에 대해 모른다. 병원에 도착해 마음을 가라앉힌 후 지요코는 히로코나 가즈히코에게 미사에 대해 물었다. 둘 다 말을 흐리며 시원스럽게 대답하지 않았다. 지요코는 지요코대로 수술 문제로 정신이 없던 터라 두 사람의 태도를 이상하게 생각할 여력이 없었다.

지요코는 병원을 나와 일단 호텔로 돌아가 옷을 갈아입은 후 지금 이렇게 예전 시어머니와 마주보고 앉아 있다. 다실의 도코노마*에는 어떤 유명한 와카** 작가의 시를 색지에 적어 표구한 족자가 걸려 있고 그 앞에 놓인 대나무로 짠 바구니에는 오이풀과 여랑화가 꽂혀 있다. 다실 밖은 어두워서 형체도 분간하기 힘든 안개가 자욱하다. 평소보다 물소리가 약간 큰 것 외에는 고요한 방 안에 차 끓는 소리만 솔바람처럼 산뜻하게 울릴 따름이다.

"지금 전화로 들었는데 아스카 님은 다행히 상처가 깊지 않은 것 같더군요."

"네, 덕분에요. 운 좋게 그 분야의 의사가 그 자리에 계셔서요."

"운이 좋은 분은 역시 다르시군요. 그래도 무서운 일이 계속되는 게 대체 어찌된 영문인가 싶네요."

"어머님, 그보다 미사는 어떻게 됐나요? 미사는 벌써 자고 있나요?"

---

* 객실 상좌(上座)에 바닥을 조금 높여 꾸민 곳. 벽에는 족자를 걸고, 꽃이나 장식품을 놓아 둔다.

** 일본 고유형식의 시가.

"아, 미사코……."

힐끗 살핀 아쓰코의 눈매에서 지요코는 문득 불안해졌다. 그러고 보니 아까 히로코나 가즈히코의 태도도 이상했다.

"어머님, 오늘 골프장에서 무슨 일이 있었나요? 미사가 무슨 말을 했나요?"

"아니, 별로……."

아쓰코는 말을 흐리더니 물끄러미 지요코의 얼굴을 바라보았다.

"그보다 지요코 씨, 당신 아스카 님과 결혼은 어찌 되어가나요? 그 후 이야기는 진행되고 있는 겝니까?"

"네, 덕분에."

지요코는 역시 머쓱해졌다. 귓불까지 빨갛게 물들이는 지요코의 모습을 아쓰코는 찌를 듯한 눈으로 보았다.

"약속은 잡았고요?"

"네."

"확실히?"

"네, 정식으로 신청이 있었다고 생각하시면 됩니다."

"그래서 물론 당신은 받아들였겠지요?"

"네, 기쁘게."

"그건 잘됐군요. 마음 깊이 축하합니다."

입가에 떠오른 아쓰코의 미소에는 왠지 지요코를 오싹하게 하는 것이 있어, 그녀는 순순히 답례를 하기가 힘들었다.

"그럼 말이지요, 지요코 씨. 그에 대하여 미사코 일로 여러모로 의논드릴 게 있는데, 그 전에 당신도 오늘 피곤했을 터이니 한 잔 드시지요. 내가 서툴게 만든 차지만 말이에요."

"고맙습니다."

"그럼 밤이니까 엷은 차로 하지요."

아쓰코의 태도는 아주 차분했다. 와지마* 칠기로 만든 찻그릇에서 찻잎을 한 숟가락 잔에 덜고는 비젠**의 물주전자에서 국자로 물을 퍼서 솥에 옮겨 담았다. 그리고 천천히 저은 후 찻잔에 퍼서 넣고는 거품을 산뜻하게 내어 차를 연하게 우리더니 살며시 지요코 쪽으로 내밀었다. 찻잔은 시가라키***의 것 같았다. 지요코가 그쪽으로 살짝 몸을 움직여 찻잔에 손을 내밀려고 할 때였다.

"안 돼, 오토리 씨! 그 차를 마시면 안 돼!"

지요코가 놀라 찻잔에서 손을 뗀 순간 아쓰코가 잽싸게 그것을 당겨 양손으로 집으려고 했다. 그때 아쓰코의 얼굴에 떠

---

* 輪島, 일본 혼슈(本州) 이시카와(石川) 현에 있는 도시. 칠기로 유명하다.

** 備前, 오카야마(岡山) 현에 있는 옛 지역의 이름.

*** 信楽, 일본 시가(滋賀) 현의 최남단에 있는 곳. 도자기와 차로 유명하다.

오른 표정을 지요코는 평생 잊지 못할 것이다. 원래 여자다운 매력과 애교가 부족한 아쓰코의 얼굴은 그때 극도로 험악해져서, 제아무리 지요코라도 무심코 소리 없는 비명을 올리며 두세 걸음 뒤로 물러섰을 정도였다.

"오토리 씨, 접니다. 사쿠라이 데쓰오예요. 히로코가 걱정하기에 몰래 당신 뒤를 따라왔습니다. 당신 자리에선 안 보이나 본데 제가 있는 곳에선 확실히 보였어요. 그 할머니, 거품을 내기 전에 뭔가 이상한 걸 찻잔에 집어넣었다고요."

데쓰오의 목소리는 분노로 떨렸고 지요코는 다시금 소리가 나오지 않는 비명을 지르며 다실 가장자리까지 물러섰다.

이 다실이 안채가 자리한 대지보다 3미터 정도 낙차가 있는 절벽 아래 세워져 있다는 사실은 앞에서도 설명했다. 2미터 정도 바닥을 높인 다실 바닥과 지금 데쓰오가 웅크린 절벽 위쪽과는 1미터 정도밖에 차이 나지 않는다. 서로간의 거리는 3미터 정도, 게다가 다실 안에 휘황찬란하게 형광등이 켜져 있기에 아쓰코가 차를 만드는 모습이 안개 속에서도 확실히 보였던 것이다. 이것이 아쓰코의 불운이었다.

이 절벽에는 바위를 조각해 계단을 만들었는데 그 부근에 항상 습기가 배어 있어서 이끼가 생기거나 자라기에 안성맞춤이었다. 이끼 때문에 미끄러지기 쉬운 부분에 아쓰코의 특별주문으로 철제 사다리가 설치되어 있었고 지요코도 아까 그 사다리를 타고 이 다실로 안내되어 왔으나 그 사다리는 지금 떼어져 있다. 아쓰코는 아무한테도 방해받지 않고 이 다실에서 지요코와 대결하고 싶었던 것이리라. 뛰어내리기에는 위험했다. 그 근처는 캄캄했고 아래 뭐가 있는지 알 수 없었다. 안개가 다실을 감싸고 소용돌이를 그리고 있다.

"오토리 씨, 그 할망구한테서 떨어져요. 그 할망구가 뭘 할지 몰라요. 어쩌면 그 할머니 쇠붙이 같은 걸 갖고 있을지도 몰라!"

증오로 가득한 아쓰코의 형상에서 이미 그녀의 살의는 명백히 드러났지만, 흉기를 갖고 있는 것 같지는 않았다. 분명 양손에 든 찻잔이야말로 그녀가 가진 유일한 흉기일 것이다.

데쓰오가 내려갈 만한 곳은 없을까 우물쭈물하는데 안개 속에서 그림자 몇 개가 다가왔다.

"누구냐, 거기 있는 건!"

히비노 경부보의 날카로운 목소리였다. 동시에 몇 개의 회중전등 빛줄기가 데쓰오의 전신을 안개 속에서 비추었다.

"앗, 사쿠라이 씨 아닙니까? 당신이 어째서 여기에……?"

다가온 것은 긴다이치 코스케다. 긴다이치 코스케 옆에는 도도로키 경부와 야마시타 경부도 있었다. 히비노 경부보와 곤도 형사는 회중전등을 손에 쥐고 있다. 그들 뒤에 후루카와 형사 외에 사복형사 두 명이 따라오고 있었다.

"긴다이치 선생님, 마침 잘……. 실은 지금……."

데쓰오가 짤막하게 사정을 설명했다.

"제기랄!"

이렇게 외치며 곤도 형사가 절벽을 내려가려고 했다. 하지만 그 순간 다실 쪽에서 날카로운 목소리가 들렸다.

"내려오지 마세요! 아무도 내려오면 안 됩니다. 누군가가 내려오면 제가 이걸 마실 겁니다."

아쓰코의 목소리는 약간 히스테릭했지만 가라앉아 있었다. 애교가 없는 딱딱한 표정은 타고난 거니 어쩔 수 없지만 아까의 살기에 가득 찬 증오의 기색은 이제 사라졌다.

긴다이치 코스케가 절벽 위에서 보니, 아쓰코는 유연하게 풍로 앞에 앉아서 양손에 찻잔을 들고 있었다. 역시 다도 소양이 있는 만큼 그 자세는 우아하다. 이럴 때조차 그 태도는 어디까지나 의연했다.

"곤도 씨, 내려가는 건 잠시 참아주십시오. 오토리 씨, 당신 괜찮습니까?"

"긴다이치 선생님, 전 괜찮지만 이게 대체 어떻게 된 일인가요?"

지요코도 침착함을 되찾고 있었다. 갈대발을 걷고 반쯤 젖은 풀 사이로 나온 지요코의 목소리는 의혹과 당혹감으로 떨렸다.

"그래요, 당신은 아무것도 몰라요. 당신은 잠자코 제가 그 사람에게…… 후에노코지 부인에게 하는 얘길 듣고 계십시오. 그리고 나중에 아스카 씨에게 하나하나 자세히 그 일을 보고하는 겁니다. 알겠습니까? 아시겠죠?"

"네, 네……."

지요코의 얼굴은 창백하고 목소리는 떨렸다. 긴다이치 코스케의 말투에서 평소와는 다른 결의를 느꼈기 때문이다.

"후에노코지 부인."

긴다이치 코스케는 약간 목소리를 높였다.

"미사 양은 누구의 아이입니까? 아뇨, 오토리 씨. 당신은 잠자코 계십시오. 문제는 거기 있습니다. 후에노코지 부인, 미사 양은 누구의 아이입니까?"

"그거야 물론 야스히사와 지요코 사이에 태어난 아이죠. 그렇지 않습니까, 긴다이치 선생님."

찻잔을 든 아쓰코의 입가에는 떫은 미소가 떠올라 있다. 더없이 심술궂은 미소였다.

"아뇨, 그렇지 않아요. 오토리 씨의 혈액형은 A형이고 후에노코지 씨는 O형이라고 해요. 그런데 미사 양의 혈액형은 B형이었어요. O형 남성과 A형 여성 사이에 B형 아이가 태어날 수 없다는 사실은 의학적으로 입증된 겁니다."

"긴다이치 선생님!"

지요코의 얼굴이 놀라움에 가득 찼다. 그 얼굴을 곁눈질하던 아쓰코의 입가에 떠오른 미소는 한층 심술궂게 변해갔다.

"호호호, 긴다이치 선생님. 당신 말씀이 사실이라면 분명이 사람이 야스히사 말고 다른 남자와 통정해서 낳은 딸이겠구려. 아, 나쁜 사람. 난 전혀 몰랐어."

"그, 그, 그런…… 그런……."

지요코는 분해서 어찌할 바를 몰랐다.

"오토리 씨, 당신은 잠자코 계십시오. 문제는 이제부터입니다."

긴다이치 코스케가 날카롭게 저지했다.

"후에노코지 부인, 그렇습니다. 아쿠쓰 겐조 씨는 당신과 같은 의심을 품었죠. 미사 양에게 수혈했을 때 혈액형의 모순을 알아차린 겁니다. 오토리 지요코라는 여성은 자주 남편을 바꿨지만 그 거조진퇴*는 항상 공명정대했어요. 페어했죠. 그 사

* 擧措進退. 행동거지와 일에 나아감과 물러섬.

실이 오토리 지요코라는 여배우의 인기를 지탱해온 비결입니다. 그런데도 오토리 지요코가 남편이 있으면서 다른 남자와 통정해 그 아이를 낳았다……고 믿어버린 아쿠쓰 겐조 씨는 몹시 배신당한 기분이 들었던 게 분명해요. 그래서 아무 말도 하지 않고 오토리 지요코와 헤어졌죠."

엄청난 충격이었다. 그러나 지요코는 이때 눈 안의 먼지가 걷힌 느낌이기도 했을 것이다. 미사가 후에노코지 야스히사의 딸이 아니라고 하면 대체 누구의 자식일까. 지요코는 겁먹은 눈으로 심각하게 아쓰코의 얼굴을 똑바로 쳐다보며 갈대발을 친 문을 붙잡고 서 있었다. 아쓰코는 변함없이 태연하게 시가라키의 찻잔을 들고 있다.

"쓰무라 신지 씨는 분명 아쿠쓰 겐조 씨의 입에서 미사의 출생의 비밀을 듣게 되었겠죠. 그리고 같은 이유로 오토리 지요코와 헤어졌을 겁니다. 그런데 선량하지만 다소 경솔한 데가 있는 쓰무라 신지 씨는 작년 8월 15일 오후 아사마카쿠시에 방문한 후에노코지 야스히사 씨에게 미사의 출생의 비밀을 털어놓아버렸어요. 머릿속에 혼란이 온 후에노코지 야스히사 씨는 미사의 아버지가 오토리 지요코를 일찍이 숭배하던 다카마쓰 쓰루키치라고 생각해버렸죠. 만취한 후에노코지 야스히사 씨는 다카마쓰 쓰루키치 씨의 입대와 미사의 출생 사이에는 시간적으로 커다란 간극이 있다는 사실도 생각지 못했어요. 그래서 그것을 빌미로 오토리 지요코와 아스카 다다히로 씨를 협박하려고 했지만 그것이 좌절되자 이 별장에 들이닥쳐 혼자 집을 지키던 미사를 억지로 범하고 말았습니다…….”

갈대발을 친 문을 붙잡고 있던 지요코는 그때 다시금 소리 없는 비명을 지르며 간신히 문에 몸을 기댔다. 후에노코지 야스히사라면 그런 정도의 일은 하고도 남을 남자라는 사실에 지요코는 새삼 생각이 미쳤던 것이다. 아쓰코는 그 일을 아는지 모르는지 긴다이치 코스케의 말을 듣고는 역시 바르르 몸을 떨며 긴다이치 코스케 쪽으로 시선을 보냈다. 그 시선에는 한이 없는 증오가 되살아나 있었다.

“만취와 광기 탓이라고는 하나, 후에노코지 야스히사 씨의 그 만행이 어린 미사의 마음에 얼마나 큰 상처를 입혔는지……. 지금까지 아버지라 생각했던 사람이 자기 자식이 아니라며 매도하고, 게다가 그 사람에게 끔찍한 일을 당한 미사는 그 순간 정신이 이상해진 겁니다. 미사는 자신을 범한 남자의 뒤를 쫓아갔죠. 그리고 교묘하게 수영장 쪽으로 유도해서 만취한 후에노코지 야스히사 씨에게 그곳이 온천 같은 곳이라고 착각을 하게 한 후 상대가 팬티 한 장 차림이 되었을 때 물 속으로 밀어서 빠뜨렸어요.”

여기가 긴다이치 코스케의 논리가 빈약한 부분이었지만 그는 전혀 개의치 않았다. 허세도 때에 따라서는 필요한 법이다. 야마시타 경부나 도도로키 경부, 히비노 경부보나 곤도 형사 같은 수사진은 이미 알고 있었지만 그래도 다시 한 번 긴다이치 코스케가 명확히 지적하자 안색이 바뀌지 않을 수 없었다. 말할 것도 없이 처음 이 무서운 사실을 들은 지요코는 갈대발을 친 문에 기대 서 있는 것이 고작이었다. 남자인 사쿠라이 데쓰오조차 안개 속에서 몸을 떨었다. 긴다이치 코스케는 이 일을 데쓰오에게도 들려줄 작정이었던 것이다.

"그때 미사에게 살의가 있었는지 어떤지는 모르죠. 살의가 있더라도 이상할 게 없어요. 하지만 후에노코지 씨와 미사는 부녀지간이라고 다들 알고 있었기에 미사는 굉장히 유리한 입장이었어요. 설상가상으로 그전에 일어난 아쿠쓰 겐조 씨의 재난이 미사를 더욱 잘 지켜주었죠. 왜냐하면 두 사건이 다 외부에서 가해진 고의적인 폭력에 의한 죽음이라면, 범인은 같은 인물이어야 한다고 생각되기 때문입니다. 아쿠쓰 겐조 씨의 죽음은 분명 아주 불행한 사고였겠죠. 이상이 작년 사건의 진상입니다."

긴다이치 코스케는 거기서 잠깐 말을 끊었다. 그리고 자신의 말에 대한 반응을 확인하듯 절벽 아래쪽에 있는 아쓰코의 안색을 살폈다. 하지만 어느새 원래의 무표정으로 돌아간 아쓰코의 자세는 미동조차 없었다. 험악한 얼굴선이 더욱 더 험악해지긴 했지만.

"후에노코지 부인, 당신이 이번 사건의 진상을 어느 정도 아시는지 저는 모릅니다. 미사가 어느 정도 당신에게 털어놓았는지, 그것도 저는 모릅니다. 하지만 부인, 당신은 어느 정도 알아차리셨던 게 틀림없어요. 그리고 굉장한 공포와 의구심을 가지고 미사를 지켜왔던 게 분명해요. 미사는 미사대로 그날 이후 절망적인 생각을 하면서 자신의 출생의 비밀에 대해 괴로워하고 있었던 게 확실하고요. 혹은 미사는 그 사실에 대해 당신에게 질문했을지도 모릅니다. 하지만 당신은 그에 대해 적절한 대답을 가지고 미사를 만족시켜줄 수가 없었죠. 미사는 그것을 지요코에게 물을 수가 없었습니다. 어쩌면 자신의 범행을 폭로하게 될지도 모르니까요. 미사는 1년을 기다렸어요. 분명 후에노코지 야스히사 씨가 미사를 범하기 전, 미사의 출생의 비밀을 쓰무라 신지 씨에게 들었다고 했겠죠. 미사는 쓰무라 신지 씨, 혹은 또 한 사람의 아버지였던 마키 교고 씨에게 좀 더 자세히 자신의 출생의 비밀을 들으려고 생각했겠죠."

밤과 함께 안개는 점점 짙어져 절벽 위의 검은 군상과 절벽 아래의 다실을 감쌌다. 문에 친 갈대발 틈으로 안개는 가차없이 다실 안으로 흘러들었다. 하지만 다실 안에 켜진 휘황찬란한 형광등 빛 때문에 아쓰코의 표정은 여전히 잘 보였다. 분명 그 형광등은 지금 아쓰코가 양손에 들고 있는 찻잔을 지요코가 마셨을 때 어떤 반응을 보일지 확인하기 위해 일부러 밝혀둔 것이리라.

"그저께…… 아니, 이미 그끄저께 밤이군요. 8월 13일 밤, 미사는 마키 교고 씨를 속여 아사마카쿠시의 쓰무라 신지 씨 별장에 불렀어요. 미사가 어떤 구실을 댔는지 저는 모릅니다. 하지만 이 사실은 이 사건에 큰 관계가 없겠죠. 어쨌거나 마키 교고 씨는 한창 정전이 되었을 때 힐만을 운전해서 아사마카쿠시에 왔어요. 그때 쓰무라 신지 씨는 외출 중이었지만 미사가 촛불을 밝히고 마키 교고 씨를 마중 나왔죠. 마키 교고 씨는 그날 오후 늦게 미사와 둘이서 쓰무라 씨를 만났기 때문에 미사가 거기 있다는 사실에 대해 그다지 이상하게 생각지는 않았겠죠. 마키 씨는 미사가 질문하자 미사의 출생의 비밀에 대해 말해주었는데 그것은 아쿠쓰 겐조 씨나 쓰무라 신지 씨가 아는 것과 조금 달랐어요. 마키 씨는 화가였죠. 색채란 것에 특히 민감한 화가였어요. 그래서 마키 씨는 언젠가부터 미사가 적록색맹이라는 걸 눈치채고 있었어요. 후에노코지 부인, 미사는 색맹이었습니다."

긴다이치 코스케가 거기서 특히 목소리를 높이지도 않았고 거드름을 피울 생각도 없었지만 이 사건의 밑바닥에 가로놓인 커다란 비밀, 더없이 거무죽죽한 기만을 알아차리기 시작한 듯 아쓰코를 보는 눈에는 마치 요괴를 보는 듯한 강렬한 공포와 혐오의 기색이 용솟음쳤다. 하지만 아쓰코는 떨떠름한 미소를 입가에 띤 채 태연하게 있었다.

"마키 씨는 어지간히 색맹에 대해 자세히 조사, 연구했던 게 분명해요. 적록색맹의 경우 그 사람은 남자의 약 5퍼센트, 여자의 약 0.5퍼센트밖에 없다는 사실을 알고 있었어요. 그래서 마키 씨는 녹색꼭지의 성냥과 적색꼭지의 성냥을 써서 그걸로 네 종류의 기호를 만들어 색맹 가족의 가계도를 설명하려 했죠. 색맹이란 색맹 남자에게서 그 딸을 통해 손자에게 나타나는 것으로, 여자는 유전형질을 가지고 이것을 그 자식에게 전하지만 자기 자신은 색맹을 보이지 않고, 그저 색맹인 남자와 유전형질을 가진 여자와의 사이에 태어난 여자 아이만이 색맹이 된다는 사실을 마키 교고 씨는 알고 있던 게 분명해요."

지요코는 아무리 갈대발을 친 문을 붙들고 매달려도 더 이상 서 있을 힘이 없었다. 긴다이치 코스케가 말하려 하는 전모를 겨우 이해하기 시작한 것이 틀림없다. 털썩 풀에 주저앉더니 크게 어깨를 들썩이며 숨을 몰아쉬었다. 하지만 그 눈은 집어삼킬 것처럼 아쓰코를 보고 있다. 그 눈동자는 지금 한없는 분노와 증오로 불타고 있다.

"이것을 미사에게 적용시켜보죠. 오토리 지요코는 색맹의 유전자를 가진 여자가 아니에요. 왜냐하면 아버님인 오토리 지카게 선생은 화려한 색채의 미로 유명한 미인화가이셨으니까요. 색맹일 리 없죠. 설사 오토리 지요코 씨가 유전형질을 가진 여자라고 가정해도 후에노코지 야스히사 씨는 자동차 세일즈맨이었어요. 그렇다는 얘기는 운전도 가능하단 얘기죠. 자동차운전면허증을 따는 시험에는 색맹검사가 있어요. 그렇다는 얘기는 미사는 후에노코지 씨의 자식이 아님과 동시에 오토리 지요코 씨의 딸도 아니라는 말이 되죠."

제28장

시가라키의 찻잔

지요코의 눈에서 마구 눈물이 흐르고 그 전신이 격렬하게 떨린 것도 무리가 아니다. 실로 오랜 세월 동안 그녀는 속고 기만당했던 것이다. 게다가 미사 때문에 그동안 그녀는 얼마나 아쓰코에게 착취당하고 욕심을 채워주고 골수까지 빨아먹혀왔던가. 그 분함은 물론이거니와 그럼 자신의 아이는 어떻게 된 것일까 하고 가슴을 쥐어뜯기는 기분일 것이다.

"마키 씨는 이렇게 적색과 녹색 성냥을 테이블에 늘어놓고 색맹유전의 원리를 설명하고 있었죠. 장소는 인가에서 떨어진 아사마카쿠시, 시각은 밤 9시 전후. 문밖에는 태풍의 전초전인 폭풍우가 불고 있었죠. 테이블을 사이에 두고 앉은 미사와 마키 씨 사이에는 하나의 촛불이 흔들리고 있을 뿐, 양초의 빛에 명멸하는 마키 씨의 얼굴이 미사의 눈에는 악마의 화신처럼 비쳤을지도 모르죠. 이런 음산한 분위기 속에서 자신의 출생의 비밀 전부를 알게 된 미사는 분명 절망적인 기분에 모든 의욕을 잃었을 겁니다. 게다가 미사는 이미 한 사람을 죽였죠. 일찍이 살인죄를 범했으면서도 수사망에서 벗어나 있었다는 사실이 미사를 대담하게 만들고 자신감을 주었을 겁니다. 미사는 이 중대한 비밀을 아는 마키 씨를 청산가리로 죽이고 말았어요."

약간의 바람도 없었다. 그 사실이 안개의 입자를 한층 무겁게 했다. 야마시타 경부도 도도로키 경부도 히비노 경부보도 곤도 형사도 다들 모두 안개에 젖어 몸을 떨면서 절벽 위의 긴다이치 코스케와 절벽 아래의 밝은 다실, 그 기묘한 무대장치를 지켜보고 있다. 긴다이치 코스케의 더벅머리도 흠뻑 젖었고 하카마에서도 차가운 물방울이 떨어지고 있다.

"미사가 쓰무라 씨를 어쩔 작정이었는지 저는 모릅니다. 어쩌면 쓰무라 씨가 돌아오기를 기다려 마찬가지로 살해할 작정이었을지도 모르죠. 그런데 거기서 돌발사고가 일어났어요. 목격자가 있었던 거죠. 누군가 창밖에서 자초지종을 목격한 겁니다. 마키 씨가 쓰러진 순간, 목격자가 소리를 내거나 했겠죠. 미사는 크게 놀라고 당황해서 별장에서 뛰어나가 자전거로 달아났어요. 목격자도 그 뒤를 쫓아갔고요. 그리고 그 뒤에 쓰무라 신지 씨가 돌아왔어요……."

긴다이치 코스케는 말을 끊었다. 여기가 또한 긴다이치 코스케의 논거가 빈약한 부분이다. 다시로 신키치라도 붙잡히면 그간의 사정이 좀 더 확실해지지 않을까 생각되지만 지금은 우선 그 상황을 가정해보는 수밖에 방법이 없었다.

"자기 별장에서 죽어 있는 마키 씨의 시체를 발견한 쓰무라 씨가 얼마나 놀라고 두려움에 떨었는지는 여기서 언급할 필요도 없겠죠. 쓰무라 씨에게는 훌륭한 알리바이가 있었습니다. 하지만 쓰무라 씨는 그걸 입증하고 싶지 않았어요. 그것은 그 자신의 프라이드와 기사도 정신에서 나온 것이었죠. 다행히 마키 씨가 타고 온 힐만이 아직 거기 있었어요. 궁여지책으로 쓰무라 씨는 마키 씨의 시체를 그의 별장에 가져가기로 결심했고 또 그것을 실행했습니다. 그때 쓰무라 씨가 테이블 위의 성냥개비 배열을 고대로 옮긴 이유는 어디까지나 마키 씨의 별장을 범죄 현장으로 보이게 하고 싶었기 때문이고, 또 한 가지는 쓰무라 씨가 성냥개비 배열의 의미를 알았는지는 명확치 않지만 그것이 뭔가 범죄수사에 도움이 되지 않을까 싶었기 때문이겠죠. 약간 덜렁이에 지레짐작을 잘하는 성격이긴 하지만 한편으로 굉장히 꼼꼼한 일면도 갖고 있었던 쓰무라 씨는 그 배열을 악보 뒷면에 똑같이 옮겨 그리고 정성스럽게 성냥을 봉투에 담아 야가사키의 별장에 가져가서 그것을 그대로 배열해두었습니다. 그리고 그 사실이 이번 사건의 추리에 중대한 단서를 제공했으니, 쓰무라 씨의 노력은 결코 헛된 게 아니었던 거죠."

긴다이치 코스케는 설명하기가 점점 힘들어졌다. 이제부터 풀어낼 부분은 얼마쯤 견강부회*에 지나지 않지만 지금 긴다이치 코스케에게는 다른 방법이 없었다.

"이렇게 야가사키의 별장에 무대장치를 전부 만들어놓고 아사마카쿠시에 돌아온 쓰무라 씨는 분명 괴로움과 피로가 극에 달해 있었겠죠. 정신적으로도 지쳤을 게 틀림없어요. 거기서 기운을 북돋기 위해 위스키를 마신 것이 그대로 이 세상과 이별, 위스키 안에 든 청산가리에 당했으니 쓰무라 씨도 마찬가지로 미사의 마수에 쓰러졌다고 볼 수 있죠."

이때 히비노 경부보와 곤도 형사 사이에 잠시 술렁거림이 있었지만 아무도 이론을 제기하지 않았던 것은 그 외에 달리 설명할 길이 없다고 생각했기 때문일 것이다.

---

* 牽强附會, 가당치도 않은 말을 억지로 끌어다 대어 자기주장의 조건에 맞도록 함.

"아무튼 그 뒤에 미사를 쫓아갔던 의문의 목격자가 돌아왔죠. 이 목격자는 딱 1년 전 오늘, 가루이자와에서 동반자살을 시도했던 음악학교 학생입니다. 이 청년은 쓰무라 씨의 제자였고, 작년 8월 15일 밤 시라카바 캠프에서 후에노코지 씨와 이야기를 나눈 인물이기도 했습니다. 그때 후에노코지 씨한테 무슨 얘길 들었는지 모르죠. 그 청년은 작년 8월 16일 오후에 여자와 동반자살을 계획했는데 여자는 죽고 청년 쪽은 살아남았어요. 이날 아침 신몬수영장에 뜬 변사체가 바로 자신이 전날 밤 시라카바 캠프에서 이야기를 나눈 상대였고, 또한 자신의 은사 쓰무라 신지 씨의 부인이었던 오토리 지요코 씨의 첫 남편이었던 사람이라는 사실을 알았을 때 그 청년은 굉장히 기이한 인연이라 생각했겠죠. 게다가 후에노코지 씨로부터 뭔가 들은 얘기가 있다면 더 그렇게 생각했을 거고요. 이 청년이 작년과 같은 시기에 가루이자와에 돌아왔다는 건 후에노코지 씨의 사건을 좀 더 파헤쳐보려고 한 이유이거나, 아니면 1년 전 미수에 그친 그 동반자살 사건 이후 정신적으로 더욱 피폐해져, 결국 그 여인을 따라가기 위해 돌아온 걸지도 모르죠. 정확한 이유는 저도 알 수가 없습니다. 하지만 그 청년이 22구경 피스톨을 소지하고 있었다면 자살하려고 여기 온 게 아니었을까 하는 생각도 듭니다."

지요코는 더 이상 떨지 않았다. 눈물도 말라 있었다. 쓰무라 신지까지 죽었다는 사실을 들었을 때 그녀는 다시 커다란 충격을 느낀 듯했지만, 긴다이치 코스케의 이야기 속에 이상한 목격자가 등장함에 따라 그녀도 타고난 냉정함을 되찾았다. 긴다이치 코스케는 이런 사실을 자신을 통해 아스카 다다히로에게 보고하기 위해 이야기하고 있는 것이다. 한마디도 놓치면 안 된다.

아쓰코는 아쓰코대로 일의 전말이 궁금했던 게 틀림없다. 일을 결행하는 것은 잠시 미뤄도 된다. 시가라키의 찻잔을 양손에 든 아쓰코의 자세는 미동도 없을 뿐더러 조금 전과 마찬가지로 의연하고 우아했다.

"아무튼 목격자인 청년이 8월 13일 밤에 아사마카쿠시에 온 데는 특별한 이유가 있는 건 아니었을 겁니다. 그 청년은 그날 오후 호시노온천에서 쓰무라 신지 씨와 만났죠. 그때 약속을 잡았거나, 혹은 하룻밤 묵을 방을 빌릴 작정으로 쓰무라 씨의 별장에 부탁하러 간 거예요. 그는 호시노온천의 연주회가 끝날 시각을 계산해 아사마카쿠시에 찾아갔어요. 그런데 거기 본 적 없는 손님이 둘이나 안에 있었고 촛불 아래 뭔가 열심히 논의하는 걸 보고 이상하다는 생각을 하면서 창에서 안을 들여다보던 중에 미사의 무서운 행위를 목격했던 거죠. 그는 미사를 쫓아가 붙잡았어요. 거기서 미사와 어떤 식으로 이야기를 했는지는 모르지만 그는 분명 작년 우연히도 시라카바 캠프에서 이야기를 나눈 후에노코지 씨 변사사건의 진상의 끄트머리 정도는 붙들었던 게 분명해요. 그 청년이 곧바로 사실 전부를 경찰에게 고하러 갔다면 사건은 좀 더 쉽게 정리되었겠죠. 하지만 미사는 너무나 어리고 가련하게 보였어요. 게다가 이 파멸형의 청년은 자살하기 전에 큰 연극을 벌여보자고 생각했을지도 모릅니다. 그래서 다시 아사마카쿠시의 현장으로 돌아왔더니 이번에는 쓰무라 씨의 시체가 누워 있는 거예요. 게다가 마키 씨의 시체와 힐만이 사라졌죠. 그래서 그 청년은 쓰무라 씨가 뭘 했는지 알아챘던 게 틀림없어요. 혹은 그 청년이 쓰무라 씨가 마키 씨의 시체를 힐만 트렁크에 넣고 옮기는 걸 목격했을지도 모르고요…….”

긴다이치 코스케의 목소리도 역시 떨리고 있다.

그 모든 일들이 폭풍우가 휘몰아치는 늦은 밤, 게다가 정전 중에 일어났던 것이다. 태풍은 시시각각 가루이자와를 향해 접근하고 있었다. 심상치 않은 그날 밤 기운이 쓰무라 신지로 하여금 더없이 절박한 행위를 하게 만들었고 파멸형의 청년으로 하여금 한층 괴이한 행동을 하게 만들었으리라.

“어쨌거나 그 청년이 쓰무라 씨를 발견했을 때 쓰무라 씨는 이미 손쓸 수 없는 상태였습니다. 그래서 청년은 어떻게 했을까요. 이 청년은 작년에도 같은 시기에 사흘 밤 정도 시라카바 캠프에 머물렀죠. 같은 시기에 쓰무라 씨도 아사마카쿠시에 와 있었어요. 분명 이때 청년은 아사마카쿠시를 방문해서 쓰무라 씨에게서 천장 위쪽에 있는 비밀창고에 대해 들었을 겁니다. 청년은 쓰무라 씨의 시체를 청산가리가 든 위스키 병이나 컵과 함께 그 비밀창고에 감춰버렸어요. 왜? 마키 씨의 시체가 발견될 경우, 예를 들어 한동안이나마 쓰무라 씨의 범행이라고 생각되길 바랐기 때문이겠죠. 그 때문에 청년은 쓰무라 씨가 일단 그 방갈로에 돌아온 후 자취를 감추었다는 식으로 교묘하게 일을 꾸며두었어요. 왜 그런 짓을 했을까요? 청년은 아직 미사의 정체를 몰랐기 때문이겠죠. 미사의 그 가련한, 부서지기 쉬운 공예품처럼 나긋나긋한 겉모습 아래 숨어 있는 간악함, 살인 본능을 그 청년은 통찰할 수 없었을 겁니다. 그는 묘하게 영웅적인 기분이 되어 미사를 감쌀 생각이었겠죠. 청년은 쓰무라 씨의 시체를 감추었을 뿐만 아니라 쓰무라 씨의 옷을 입었습니다. 안성맞춤으로 쓰무라 씨는 특징 있는 킬러스타일을 하고 있었어요. 그에 따라 청년은 쓰무라 씨가 되어 여기저기 모습을 드러냄으로써 쓰무라 씨가 아직 살아 있고 이 가루이자와를 방황하고 있는 것처럼 보이려고 했던 겁니다."

긴다이치 코스케의 이 설명이 사실이든 아니든, 아니 분명 사실이겠지만, 우연히도 이 사건의 소용돌이에 휘말린 다시로 신키치는 터무니없이 중대한 역할을 수행했다는 뜻이 된다. 인간이라는 존재는 한 번 과오를 범하면 두 번 다시 구원받을 수 없는 걸까.

"그 청년이 아스카 다다히로 씨를 저격한 것은 미사에게 부탁받았기 때문일까요? 아뇨, 전 그렇게 생각지 않습니다. 청년은 지금도 미사를 지요코 씨의 딸이라고 생각하고 있는 게 분명해요. 아사마카쿠시의 창문 밖에서 그렇게 중요한 사실까지 엿듣지는 못했을 겁니다. 청년은 아마 로맨틱한 성정을 가지고 있었겠죠. 그는 스스로 이런 픽션을 만들었어요. 즉 미사의 어머니 되는 사람의 남편이었던 사람, 혹은 남편이 될 인물은 전부 저주받고 장사 지내지 않으면 안 된다는……. 행이든 불행이든 작년에 약으로 실패한 청년은 올해야말로 만전을 기하기 위해 권총을 준비했었죠. 어제 골프장에서의 사건은 청년이 자신이 만든 픽션을 보다 완전한 것으로 하기 위해, 또 그에 따라 비참했던 자신의 생애를 그럴싸하게 마무리 짓기 위해 저지른 짓이었습니다. 말하자면 이것은 파멸형 청년의 마지막 자기현시욕의 발로였던 게 분명합니다."

긴다이치 코스케는 거기서 한숨 들이켜고 지요코를 바라보았다.

"오토리 씨, 지금 제가 말씀드린 것이 이번 사건의 전부입니다. 아스카 씨는 사건 전모를 알고 싶으실 겁니다. 제가 말씀드린 것에는 다분히 억지스런 부분이 있지만 대부분 틀리지 않을 겁니다. 아스카 씨가 충분히 회복하면 시기를 봐서 잘 설명해주십시오."

"긴다이치 선생님……."

지요코는 잠시 말을 잃었다가 덧붙였다.

"고맙습니다."

"아뇨, 오토리 씨. 당신이 감사할 상대는 제가 아닙니다. 무라카미 가즈히코 군에게 감사하셔야 합니다. 가즈히코 군은 일찍부터 미사가 색맹이라는 것을 눈치채고 있었어요. 분명 작년 골프코치를 했을 때 그린 위에 둔 붉은 털실 마크 때문에 미사의 색맹을 알아차렸겠죠. 조심성 많은 가즈히코 군은 아무한테도 그것을 말하지 않았지만 가즈히코 군은 가즈히코 군대로 색맹에 대해서 연구했던 것이 틀림없어요. 그리고 이번 사건에서 아스카 씨가 베껴온 성냥개비의 배열이 색맹계도의 도식이라는 사실을 알아차렸죠. 가즈히코 군은 설마 미사가 이런 당치 않은 짓을 해치웠을 거라고는 생각지 않았겠지만 색맹이 이번 사건에 중대한 열쇠라는 사실을 알아차렸어요. 거기 더해서 그저께 밤 만산장 응접실에서 당신과 제 사이에 전개된 당신 양친의 색채감각에 대한 입씨름을 듣는 동안 가즈히코 군은 저도 그 성냥개비 배열의 의미를 깨달았다는 걸 알게 된 겁니다."

히비노 경부보와 곤도 형사는 암흑 속에서 얼굴을 마주보았다. 그때 긴다이치 코스케와 가즈히코 사이에 튄 불꽃의 의미를 이해하고 곤도 형사는 다시 투덜거렸다.

"제기랄, 제기랄, 제기랄!"

"저는 색맹이 이 사건에 중대한 열쇠라는 사실을 알았지만 대체 누가 색맹인지는 알 수 없었어요. 혹시 당신인가 생각해 보기도 했죠. 컬러영화의 대스타인 당신이 설마, 싶었지만 말입니다. 하지만 그 입씨름은 쓸모없지 않았어요. 가즈히코 군은 저를 골프장에 데리고 나와 미사 앞에 붉은 털실을 마크해 둠으로써 그 아이가 색맹임을 저희에게 입증해 보였던 겁니다. 그리고 후에노코지 부인, 그 순간 당신은 이 승부에 패한 겁니다."

지금까지 비교적 담담하게 말을 하던 긴다이치 코스케지만 마지막 한마디에는 힘을 주었다.

하지만 후에노코지 아쓰코는 태연했다. 자신이 양손에 그 찻잔을 들고 있는 한, 아무도 절벽 아래로 내려오지 않을 거라는 사실을 그녀는 알고 있었다. 절벽 위에 떼를 지어 모인 사람들 중에는 권총을 든 사람도 있지만 아쓰코를 상처 입히지 않고 찻잔을 쏠 만한 명사수는 없었다.

"후에노코지 부인, 당신은 무서운 사람입니다. 나쁜 사람입니다. 당신은 진짜 미사 양을 죽였죠. 당신은 두 번 공습을 당했어요. 도쿄와 오카야마에서. 오늘 경찰에서 조사했는데 오카야마 공습은 쇼와 20년 6월 28일 밤이었답니다. 게다가 그때 오카야마 시는 완전히 불시에 급습당해서 경계경보도 공습경보도 발령되지 않았다고 하죠. 그 때문에 온 도시가 대혼란에 빠졌다고 하던데 그때 당신은 미사 양을 잃어버린 겁니까? 어느 쪽이든 당신은 망연자실했죠. 대본영*이 아무리 감추려고 해도 적은 이미 오키나와(沖縄)에 도착해 있다, 미군의 본토상륙은 불가피하다는 사실을 일본인이라도 일부 사람들은 알고 있었어요. 당신도 그걸 알고 있었죠. 두 번의 공습으로 모든 걸 잃은 끝에 일본이 완패한다면 어떻게 될까, 총명한 당신은 그걸 예견했던 거예요. 그때까지 당신이 긍지를 가지고 살아온 화족이란 이름은 어떻게 될까? 화족이 가진 은전

* 전시에 일왕 밑에 두었던 최고 통수기관.

이나 영전이나 특권이 먼지처럼 무가치한 것이 될지도 모른다는 사실을 총명한 당신은 예감하고 있었어요. 야스히사 씨는 돌아올지도 모른다, 하지만 믿을 게 못 된다는 사실도 당신은 누구보다 잘 알고 있었죠. 그렇다면 의지가 될 사람은 지요코 씨뿐입니다. 지요코 씨의 미모와 재기와 그 인품, 게다가 무엇보다 당신에게 커다란 매력이 되었던 것은 지요코 씨가 지닌 왕성한 생활력……. 당신은 지요코 씨를 떠나보내고 싶지 않았죠. 그런데 당신과 지요코 씨를 맺어놓을 유일한 끈은 미사 양밖에 없었죠. 그 미사 양을 당신은 잃었어요. 죽어버렸죠. 그래서 당신은 미사 양의 대역을, 가짜를 어딘가에서 데려온 거예요. 부인, 당신은 미사 양의 대역을 대체 어디서 데려온 겁니까!"

긴다이치 코스케의 목소리는 역시나 분노로 떨렸다.

지요코의 눈에서 다시금 줄줄 눈물이 흘러내렸다. 그것은 이 음험한 시어머니를 미워한다기보다 오랫동안 기만당해온 자신을 가엾게 여기는 눈물일 것이다.

그러고 보니 1년 몇 개월 만에 쓰야마에 머무는 아쓰코를 찾아갔을 때 미사의 발육이 생각보다 훨씬 나쁘고 완전히 얼굴이 변했었던 것이 새삼 생각났다. 하지만 애들은 원래 그렇게 자란다는 이야기를 듣고 그 말을 믿어 지금까지 의심하지 않았는데, 아무리 전쟁 중이라고는 하나 좀 더 자주 미사를 보러 가지 않았던 자신이 원망스럽고 미사가 오랫동안 연고지 없이 떠도는 영혼이었을 거라고 생각하니 지요코는 도무지 눈물을 멈출 수 없었다.

"부인, 후에노코지 부인, 당신은 그 아이를 그 아이의 양친, 혹은 육친의 양해하에 데려온 겁니까? 아니, 그게 아니겠죠. 혹시 그랬다면 그 아이의 양친이나 육친으로부터 뭔가 공작이 있었을 겁니다. 그랬다면 야스히사 씨나 지요코 씨가 눈치 못 챘을 리가 없죠. 그런 게 없었던 걸 보면 당신은 그 아이를 어딘가에서 빼앗아온 겁니다. 훔쳐온 거지. 당시 일본은 끊임없이 이어지는 도시의 공습으로 일본인 전체가 침착함을 잃고 있었어요. 그 혼란을 틈타 당신은 그 아이를 훔쳐온 거야. 당신은 이중으로 큰 죄를 저지른 거예요. 당신의 몸을 보하기 위해, 당신의 욕심 때문에, 당신의 물질적 허영심을 만족시키기 위해……."

긴다이치 코스케의 혀는 채찍처럼 날카롭게 안개 속에 울렸다.

긴다이치 코스케도 지금 자신이 하는 말에 절대적인 자신을 갖고 있는 것은 아니다. 아쓰코에게서 뭔가 반박이 있을 거라고 기대하고 있었다. 자신이 하는 말에 틀린 점이 있다면, 그 점에 관한 한 솔직하게 사과할 작정이었다. 하지만 반박은 없었다. 아쓰코는 똑바로 정면을 노려볼 뿐, 딱딱한 얼굴선은 털끝만큼도 무너지지 않았다.

"부인, 후에노코지 부인, 당신은 이렇게 이중으로 큰 죄를 범했지만 마침내 당신의 죄를 보상할 때가 왔어요. 당신은 공교롭게도 색맹의 아이를 데려온 거죠. 그 아이가 색맹이란 사실을 알았을 때의 당신의 놀라움! 새삼 떠드는 건 그만하죠. 당신은 당신대로 색맹에 대해 연구했던 게 틀림없어요. 그리고 그 아이의 색맹이 폭로되었을 때야말로 당신의 모든 기만이 끝날 때라는 것을 당신은 알았죠. 그 이후 당신의 참담한 고난이 시작되었어요. 당신은 그 아이를 학교에조차 보내지 않았죠. 당신은 그것을 역으로 이용해서 헌신적인 할머니인 척했어요. 그 아이는 자신이 색맹이라는 것, 여자로서는 굉장히 드문 특이체질이라는 사실을 최근까지 몰랐던 게 아닌가요? 당신은 그 아이에게까지 최대한 감추고 있었던 거죠. 분명 당신은 그 아이에게 털끝만큼도 애정을 갖고 있지 않았을 겁니다."

긴다이치 코스케는 숨을 쉬고 바로 다실을 향해 말을 걸었다.

"하지만 부인, 당신은 당신이 아무리 고심해도 색맹이란 사실이 언제까지고 숨길 수 있는 게 아니라는 걸 알고 있었죠. 그 사실이 폭로될 때의 굴욕……. 당신은 죄가 겁났던 게 아니고 분하지도 않았어요. 당신은 그저 화족의 후예로서 자긍심이 상처 날까 두려워서, 좀 더 쉽게 말하자면 세간으로부터 손가락질을 받을 경우에 대비하여 청산가리를 준비해두었던 겁니다. 그리고 그 청산가리 용기를 하코네 자이쿠 상자에 숨겨 놓았죠……."

긴다이치 코스케는 상대의 반응을 확인하듯 말을 끊었다. 반응은 없었다. 아쓰코는 튕기듯 이쪽을 보더니 누군가를 찾는 듯한 눈매가 되었다. 긴다이치 코스케에게 팔꿈치를 찔려 도도로키 경부가 얼굴을 내밀었다. 경부의 얼굴을 곤도 형사의 회중전등이 비춘다. 그 순간 아쓰코의 눈동자에 거무죽죽한 분노의 불꽃이 타올랐다.

"당신은 이번에 여기 오기 직전 하코네 자이쿠 상자의 청산가리가 약간 줄어 있다는 사실을 깨달았어요. 작년 일이 있었으니 당신의 의심은 바로 그 아이를 향했죠. 게다가 여기 와보니 마키 교고 씨가 살해당했어요. 사인이 청산가리 중독이란 말을 듣고 당신은 분명 가슴이 찔리는 기분이었겠죠. 당신은 그 아이를 두려워했어요. 하지만 당신은 아직 깔보고 있었죠. 그 아이의 색맹이 폭로되지 않는 한 괜찮아……라고. 하지만 당신은 아까 여기 있는 후루카와 형사를 떠보고 알게 됐어요. 오늘 골프장에서 그 아이의 색맹이 폭로되었다는 사실을. 게다가 그 자리에 긴다이치 코스케와 도도로키 경부가 있었다는 사실을. 당신은 모든 게 끝났다는 사실을 알았죠. 하지만 당신은 혼자 죽기를 원하지 않았어요. 지요코 씨를 길동무로 데려가려고 했죠. 철저하게 마음이 삐뚤어진 당신은 지요코 씨의 행복을 시기했던 겁니다, 질투했던 거죠. 자, 이게 제가 알고 있는 전부인데, 후에노코지 부인, 마지막으로 다시 한 번 묻죠. 그 아이는 대체 어디서 데려온 겁니까?"

아쓰코는 그때 천천히 긴다이치 코스케를 향해 고개를 갸웃했다. 험악한 얼굴의 입가에는 더할 수 없이 사악한 미소가 떠올라 있었다.

"긴다이치 씨, 당신은 기특한 사람이구려. 당신의 그 똑똑한 척 수다 덕택에 나도 안심하고 죽을 수 있겠다는 얘깁니다. 나도 사건의 진상을 확실히 모르고 죽는 것은 싫었거든. 당신의 그 아는 척 덕분에 나도 전부 다 알게 됐군요. 그 아이가 뭘 하든 내가 알게 뭐예요? 걔는 우리 일족과는 연고도 없는 아이인데. 긴다이치 씨, 아까 당신은 이 승부는 내 패배라고 하셨지만 나는 그렇게 생각 안 해요. 그 아이가 누구의 아이인지 모르는 이상 당신은 이 사건을 완전히 해결했다고는 말 못

하겠지요? 당신은 그것을 영원히 알 수 없을 겁니다. 오오, 그 땐 많은 사람이 죽었지. 도쿄든 요코하마든 나고야든, 오사카, 고베, 오카야마, 히로시마……. 어디 있어도 죽는 사람이 산더미였어. 그리고 많은 고아들이 뒤에 남겨졌지. 자, 그럼 보란 듯이 그 속에서 그 아이의 양친을 찾아보구려. 호호호."

그리고 아쓰코는 증오와 질투에 불타는 눈을 지요코에게 돌렸다.

"지요코 씨, 당신은 운이 강한 사람이지. 나는 지금까지 당신의 강한 운을 잘도 이용해왔지만 이번에는 그렇게 안 될 것 같군요. 하지만 당신은 정말 행복해질 수 있을까? 자, 내가 죽는 얼굴을 잘 봐두구려. 그것이 평생 악몽이 되어 당신을 따라다니면 좋겠는데."

그것이 이 희대의 악녀의 마지막 말이었다. 아무도 그녀의 손을 멈출 수 없었다.

안개가 다실을 감싸고 한층 짙어져갔다…….

에필로그

“당신, 가면무도회란 말 알아?”

“뭐야, 그게. 오페라?”

“오페라가 뭐야?”

“가극이야.”

“어머, 가극에 그런 게 있어?”

“응, 베르디의 걸작이야. 하지만 그게 왜?”

“아니, 내가 말하는 건 그런 게 아냐. 나 언젠가 어딘가에서 읽었는데 인간 세상은 가면무도회 같은 거래. 남자도 여자도 다들 가면을 쓰고 살아간다고 외국의 훌륭한 분이 그랬다나? 나 그 말에 너무나 감동했어.”

"흐흥, 너 굉장한 철학을 갖고 있구나."

"후후후, 그런 게 철학이란 거야? 하지만 난 철학자 흉내 내는 거 아니야. 난 대체 누굴까?"

"너 후에노코지 미사 아니야?"

"그렇지 않아. 작년 그 남자…… 아, 후에노코지 야스히사님에게 그런 무참한 짓을 당했을 때, 나 그 남자…… 아니 그분의 딸이 아니라는 걸 알았어. 그분 똑똑히 말했는걸. 넌 불륜남의 아이라고."

"그래, 나도 캠프에서 그 말을 들었어. 그래서 눈에는 눈, 이에는 이라고 반드시 복수해주겠다고 그 주정뱅이 선생 꽤 씩씩거렸지. 그래서 너한테 들이닥쳐서 너에게 난폭한 짓을 하고 넌 화가 나서 그 주정뱅이를 죽여버린 거냐."

"죽일 생각은 아니었어. 그저 그 수영장 옆에 데려가서 '아빠, 몸이 더러워졌으니까 여기서 목욕하세요' 하고 말했지. 그랬더니 그 사람 '그런가, 그런가' 하며 양복을 벗고 스스로 수영장 안에 들어갔어. 그러고는 그게 마지막이 되었지. 우후후."

"신문에는 과도한 음주와 그날 밤의 안개가 후에노코지 야스히사에게 터무니없는 환상을 안겨주었다고 했어. 완전범죄라는 건가. 너도 무서운 딸이구나. 아무리 아버지에게 난폭하게 당했다고 해도."

"그 얘긴 그만해요. 내가 가면무도회 얘길 꺼낸 건 그 얘기가 아니야. 그 사람에게 그런 짓을 당했으니 내가 그 남자…… 아니, 후에노코지 야스히사 자작님의 영양이 아니라는 사실은 확실해졌잖아. 하지만 그래도 내가 태어났을 때부터 후에노코지 미사일 거라고는 생각했어. 그런데 그렇지 않다는 걸 요 전날 밤에 알게 됐지."

"그럼 넌 누구인 거야?"

"어딘가의 말 뼈다귀나 소 뼈다귀……. 그 사람…… 마키 교고 님이 그렇게 말씀하셨어. 난 오랫동안 후에노코지 미사의 가면을 뒤집어쓰고 후에노코지 미사의 역할을 해왔다고. 그러니 나야말로 가면무도회의 여왕님 같은 거야, 그렇게 생각하지 않아?"

"하지만 누가 그런 짓을 했지?"

"그 할머니, 아니, 저, 후에노코지 아쓰코 님이야. 그 사람…… 마키 교고 님이 말하길 후에노코지 미사는 아기 때 죽은 것 같대. 그럼 후에노코지 아쓰코 님은 여러 가지로 곤란해진다고. 그래서 어딘가에서 나라는 말 뼈다귀인지 소 뼈다귀인지를 주워 와서 후에노코지 미사의 대역을 시키고 자신은 손녀를 생각하는 정 많은 할머니 역할을 한 거지…… 아,

저, 하신 거지. 후후후, 그러니까 생각해보면 그분…… 후에노코지 아쓰코 님이야말로 가면무도회의 연출자일지도 몰라. 그 할머니, 전혀 날 사랑하지 않았는걸."

소녀도 상대 남자도 차가운 목소리였다. 둘 다 전혀 감흥 없는 말투다.

"게다가 남자란 모두 가면을 뒤집어쓰는 게 능숙하네. 아쿠쓰 겐조 님도 마키 교고 님도 쓰무라 신지 님도 다들 그 사람에겐 미련이 많았다고. 하지만 다들 나 같은 어디의 말 뼈다귀인지 소 뼈다귀인지 모를 아가씨의 존재가 좀 기분 나빠서 그 사람을 버린 거라고. 공연히 긁어 부스럼 만들지 말라는 거지. 하지만 그럼 그 사람 불쌍하잖아. 계속 남자에게 버림받는 여자란 대스타의 체면에 관한 문제잖아. 그래서 다들 버림받은 남자의 가면을 쓰고 버림받은 남자 역할을 연기했던 거라고, 마키 교고 님이 그렇게 말씀하셨어. 너 같은 말 뼈다귀, 죽어버리라는 것처럼."

"그래서 네가 역으로 죽여버린 거군."

"우후후, 난 아직 어리잖아."

"후에노코지 야스히사는 어때? 그놈도 가면무도회의 등장인물인가?"

"그 사람은 가면무도회의 대왕님이야. 현재 자기 딸인 나에게 갑자기 달려들어 난폭하게 군걸. 짐승이지, 그 사람. 하지만 바깥에 나가서는 그 사람 아직 '옛 자작님'이야. 여전히 거기에 매달리는 바보 같은 여자가 세상에는 많이 있는 것 같더라고. 하지만 최근에는 옛 자작님의 가면 값어치가 거의 떨어진 모양이야. 그래서 그 사람 굉장히 곤란했었던 것 같아."

"오토리 지요코는 어때? 그 사람도 뭔가 가면을 쓰고 있어?"

"아, 그 사람. 그 사람은…… 가면무도회의 히로인이야. 막장 비극의 여왕님. 세상에선 그 사람을 총명한 여자…… 아니, 여성이라고 하고 당사자도 그럴 작정이었겠지만 실제는 바보였고 얼뜨기였어, 그 사람. 오랫동안 그 할머니한테 속고 사기당해왔는걸. 할머니는 내게 계속 꾀병을 부리게 했어. 어디가 아프다, 저기가 아프다고. 그때마다 그 사람 피나는 노력으로 일해서 돈을 바쳤지. 여배우란 들어가는 돈도 많지만 나오는 돈도 많잖아. 그런데……."

"오토리 지요코는 조금은 널 사랑했었어?"

"몰라, 그런 거……. 하지만 내가 항상 신경 쓰이는 것 같긴 했어. 내가 정숙한 아가씨라고 생각하고 이것도 오로지 할머니 덕분이라고 감사했었어. 후후후. 이 무슨 가면무도회람."

"그럼 넌 정숙하지 않아?"

"글쎄, 어떨까…… 나 여러 가지 말을 알거든. 들어봐."

소녀는 금세 노골적이고 외설적인 말을 늘어놓았다. 그것은 남자조차 입에 담기 힘들 정도의 것으로, 상대를 질리게 만들기에 충분했다.

"넌 어디서 그런 말을 배운 거야?"

"책 대여점에서 빌려왔어. 여러 가지 책을, 사토에에게 부탁해서. 보통 서점에선 팔지 않는 책 말이야. 나 벌써 그럴 나이잖아. 여러 가지를 모르면……. 그래서 작년 그 남자, 후에노코지 야스히사 님에게 사랑받았을 때 나 도취했었지."

"그리고 상대를 죽였냐?"

"하지만 내 약점을 알고 말았는걸. 아직 당분간 정숙한 아이로 있고 싶었어. 좀 더 여러 가질 알 때까지는, 우후후."

"무서운 놈이군, 너란 녀석은. 악마가 점지해주신 아이 같은 놈이다. 오싹해지는데, 나."

"우후후, 그런 당신이야말로 뭐야? 당신 대체 누구야?"

"나 말인가. 난 보다시피 악당이야. 뭐, 악당 똘마니 같은 거지."

"거짓말, 당신 악당 같은 거 아니야. 당신, 악당의 가면을 쓴 사람 좋은 도련님이야. 당신이야말로 가면무도회의 어릿광대, 익살꾼 역이지."

"뭐라고!"

"당신 날 안지 않잖아. 어젯밤부터 엄청 유혹했는데. 당신 무서워서 날 못 안는 거 아냐? 패기 없게."

"……."

"하지만 말이야, 당신 어째서 아스카 다다히로를 쏜 거야? 왜 그런 바보짓을 한 거지?"

"몰라, 나도 모르겠어. 하지만 뭔가 화려한 짓을 해보고 싶었어. 난 어차피 어릿광대니까."

"그리고 죽기 전에 꽃을 피우고 싶었던 거지? 다시로 신키치 씨."

"뭐?"

"숨겨도 다 알아. 당신이 여기 날 데려왔을 때 어머, 싶었어. 당신 작년 여기서 동반자살하려고 했던 다시로 신키치잖아. 후에노코지 야스히사의 변사체가 발견되었다는 기사와 함께 같은 신문에 나왔어. 나 그런 기사에 굉장히 흥미가 있거든. 절망하는 음악학도, 파멸형의 다시로 신키치……. 아까 가극 얘길 꺼냈을 때 난 확실히 알았어. 당신 날 어쩔 작정이야? 동반자살의 길동무로 삼을 작정?"

"질색이야, 너처럼 무서운 녀석. 너야말로 날 길동무로 삼을 작정이냐? 어젯밤 내가 산 빵에 청산가리를 넣으려고 하고. 하마터면 나 죽을 뻔했어."

"우후후, 그건 장난이지."

"넌 장난으로 사람을 죽이냐? 무서운 녀석이군."

"하지만 신, 당신 어떻게 생각해?"

"어떻게 생각하느냐니 뭐가?"

"나 경찰에게 잡히면 어떻게 될 거라 생각해? 사형을 당할 거라 생각해?"

"넌 사형이 안 될걸. 미성년자니까. 그 대신 감화원 같은 데 들어가겠지."

"나도 그렇게 생각해. 그런 곳에 들어가게 되면 나 굉장히 온순해질 거야. 정숙한 게 몸에 배었는걸. 개과천선한 후에노코지 미사……가 아니었지, 개과천선한 말 뼈다귀, 이름 없는 데려온 아이……. 우후후, 그리고 가급적 빨리 세상에 나오도록 할 거야."

"안 돼, 너 같은 놈. 세상에 나온다고 누가 상대하겠냐?"

"괜찮아. 나한텐 스폰서가 있는걸."

"누구야, 스폰서란?"

"오토리 지요코 님. 우리 어머니지."

"너…… 이번엔 네가 그 사람을 협박할 생각이냐?"

엔간한 일에는 놀라지 않을 만큼 강심장인 다시로 신키치지만 그때만큼은 혐오감에 목소리가 갈라졌다. 소녀는 새침하게 말했다.

"괜찮잖아. 가짜라도 부모자식 연을 맺은 사이인데. 그 사람에게는…… 어머!"

"왜, 왜 그래?"

"누군가가 부르고 있어. 저기, 저기, 다시로……라고. 저거, 경찰이야, 경찰. 당신 나가면 안 돼. 나 경찰에게 붙잡히는 거 싫어. 당신 뭔가 해봐. 당신, 권총 가지고 있잖아."

소녀는 갑자기 공포에 사로잡혔는지 무턱대고 다시로 신키치의 가슴에 달라붙었다. 어두운 동굴 속이었다. 천장에는 많은 박쥐들이 매달려 있었다.

그보다 조금 전.

하나레 산의 팔부 능선 근처를 올라온 무라카미 가즈히코와 다치바나 시게키는 문득 언덕 중간에서 발을 멈추었다. 안개는 아직 짙었지만 어슴푸레한 새벽빛이 이미 근처에 떠돌기 시작하고 있었다.

"다치바나, 너도 들었어?"

"응, 이 집 안이잖아."

언덕 중간에 뭐에 쓰는 건물인지 조악한 판잣집이 황폐하게 자리하고 있는데 두 사람은 그 안에서 들려온 신음 같은 것을 거의 동시에 들었던 것이다.

두 사람은 잠시 얼굴을 마주보았지만 가즈히코가 주의 깊게 그 앞으로 다가갔다.

"어이, 거기 누구 있어?"

그 소리에 답하는 것처럼 신음은 높아졌고 쿵, 쿵 하고 바닥이나 벽을 때리는 듯한 소리가 들렸다.

"무라카미……. 다시로 아니야?"

시게키의 목소리는 조금 갈라져서 떨리고 있다. 가즈히코는 잠자코 판잣집 안에서 들리는 신음, 마루나 바닥을 두드리는 소리에 귀를 기울였지만 뭔가 번뜩이는 것이 있는 듯 쿵 소리를 내며 문을 부수고 회중전등을 비추었다. 밖에는 어슴푸레한 빛이 떠돌기 시작하고 있었지만 판잣집 안은 어두웠다.

만약을 대비해 가즈히코도 방어태세를 충분히 갖추었지만 한동안 회중전등 빛으로 판잣집 안을 더듬는 동안에 긴장한 얼굴이 희미하게 누그러졌다. 곧 그는 하얀 이를 드러내며 웃었다.

"뭐야, 아키야마 씨 아닙니까? 이런, 당신도 칠칠치 못하군요."

"무라카미, 너 아는 사람……?"

"아키야마 다쿠조 씨야. 아스카 아저씨의 심복 같은 사람."

아키야마 다쿠조는 정말이지 칠칠치 못했다. 분명 이 판잣집 안에 있었을 밧줄로 칭칭 묶여 바닥에 내동댕이쳐진 데다가 입에는 엄중하게 재갈이 물려 있었다.

가즈히코는 우선 재갈을 풀고 무심코 눈을 번쩍 빛냈다. 가즈히코는 그 재갈을 본 기억이 있었다. 골프장에서 미사가 머리에 매고 있던 반다나다.

"아키야마 씨, 미사가 같이 있었나요?"

"엄청난 년이야, 그년은. 날 단숨에 쏘아 죽여버리라고 맹렬하게 남자를 부추기더군. 그 아인 싫었어, 예전부터. 한데 가즈히코 군, 주인님은? 주인님은……?"

"그분은 괜찮아요. 수술도 무사히 끝났어요. 오히려 당신을 계속 걱정하고 계세요. 앗, 아키야마 씨. 당신, 다리를 다쳤군요."

"뭐, 그 정도 상처야……. 그보다 가즈히코 군, 빨리 그 밧줄을 풀어줘. 으, 제기랄…… 그 악당 놈!"

"아키야마 씨, 밧줄을 풀면 당신 어쩔 작정이죠?"

"말할 것도 없지, 그 악당을 혼내줄 거야."

아키야마는 이를 바득바득 갈았다.

"아까 이야기를 들은 바로는 하나레 산 꼭대기에 동굴이 있는 모양이야. 그놈들 거기 숨어 있어. 그 악당의 목뼈를 부러뜨리지 않으면 주인님을 뵐 낯이 없어."

"다치바나, 밧줄을 푸는 건 그만둬. 다시 한 번 원래대로 단단히 묶어."

"가즈히코 군, 그, 그런 잔인한!"

"잔인하건 뭐건 괜찮아. 다치바나, 전보다 더 단단히 묶어둬. 난 이 사람을 개죽음시키고 싶지 않아."

시게키도 그 의미를 알았는지 밧줄을 원래보다 더 단단하게 고쳐 묶었다.

"가즈히코 군, 왜 그런…… 왜 그런……."

아키야마는 황소 같은 힘을 짜보았지만 두 청년의 힘에는 버틸 수 없었다. 다치바나 시게키는 언뜻 보기에 약하고 가냘파 보이지만 어딘가 강한 의지를 감추고 있는 것 같다. 유충처럼 꽁꽁 묶인 아키야마를 그 자리에 남겨두고 판잣집을 나간 두 사람의 뒤에서 아키야마가 비통한 소리를 쥐어짜냈다.

"가즈히코 군, 가지 마, 가지 마, 상대는 상처 입은 멧돼지 같은 놈이야. 네가 죽으면 선대 어르신을 뵐 낯이 없어. 넌 무라카미 다쓰야의 아들이 아니야. 넌 선대 어르신의…… 선대 어르신의 유복자라고."

언덕을 올라가 대여섯 걸음 간 지점에서 두 사람은 딱 걸음을 멈추었다. 놀라서 가즈히코의 안색을 살피는 시게키에게 가즈히코는 싱긋 미소를 지었다.

"다치바나, 넌 여기 있어줘."

그리고 아까 그 판잣집에 돌아가더니 마루에 뒹굴고 있는 아키야마를 머리 위에서 내려다보았다.

"아키야마 씨, 인간은 절박한 순간에 본심이 나오는 모양이군요. 하지만 아키야마 씨, 그걸 제가 지금까지 몰랐을 거라 생각하셨어요?"

"가즈히코 군은 알고 있었어?"

"아키야마 씨, 저는 아스카 가문에서 자랐어요. 게다가 어머닌 제가 여섯 살 때까지 살아계셨고요. 그런 중대한 사실을 말씀도 안 하시고 돌아가셨을 거라 생각하세요? 다행히 주위에서 따뜻하게 저를 키워주셔서 전 자기혐오에 빠지지 않고 열등감도 가지지 않을 수 있었어요. 어머닌 아버지의 폭력에 굴복했던 겁니다. 그런 시대였고 특히 어머니는 고루한 분이었으니 그대로 그 상황에 순종해서 아버지의 잠자리 시중을 드는 사이에 저를 임신하고 낳았던 거예요. 어머니는 고지식하고 정숙한 분이었기 때문에 자신의 호적상의 남편이 된 무라카미 다쓰야의 기일을 엄격하게 지키고 있었죠. 무라카미 다쓰야의 기일은 제 아버지의 기일이기도 했으니까요. 하지만 아키야마 씨, 어머니가 정말로 동경한 사람이 대체 누구였다고 생각하십니까? 아키야마 씨, 당신이었어요."

아키야마는 깜짝 놀란 듯 눈을 부릅뜨고 가즈히코의 얼굴을 살폈다. 가즈히코는 상쾌하게 웃고 있다.

"당신은 그 사건 뒤 바로 나라시노(習志野)에 가셨죠. 그리고 거길 나와 바로 전선에 배속돼버려서 아무것도 모르시겠지만 어머니가 항상 상을 차려놓고 무운장구를 비는 사진의 주인은 아키야마 씨, 당신이었어요. 이 사실은 다다히로 형님도 알고 있는 것 같아요. 그분은 어머니에 대한 아버지의 만행에 대해 강한 죄책감을 갖고 있는 것 같습니다. 그래서 어머니가 정말로 마음을 두었던 사람인 당신에 대해 그렇게 깊은 애정을 갖고 있었던 거 아닐까요?"

아키야마 다쿠조의 눈에서 결국 눈물이 배어 나왔다. 가즈히코는 그쪽에서 눈을 돌렸다.

"아키야마 씨, 당신도 참 고루한 사람이군요. 언제까지고 어머니를 생각해주시는 뜻은 감사하지만 그건 분명 어머니를 위한 일은 아닐 거라 싶어요. 웬만하면 좋은 사람을 찾아 결혼하세요. 아키야마 씨, 전 여섯 살 때 어머니를 잃었어요. 어머니가 그립습니다. 남들의 배로 어머니가 그리워요. 그 어머니가 사모한 사람이었던 당신이 개죽음당하게 둘 수는 없어요. 아시겠습니까? 아하하, 결국 저도 본심을 다 말해버린 것 같네요."

아무래도 여기서도 가면무도회가 연출되고 있었던 모양이다. 하지만 이건, 어쩌면 이리도 고풍스런 가면무도회란 말인가.

나가려는 가즈히코를 뒤에서 아키야마가 불렀다.

"가즈히코 군, 하지만 그놈은……."

"괜찮아요, 전……. 아, 저희는 그 남자를…… 그 불쌍한 남자를 설득할 자신이 있습니다. 저희는 경찰들보다 먼저 가야 해요. 맞다, 당장에라도 경찰이 이리로 올지 몰라요. 또다시 살아서 여러 사람 눈에 띄는 수모를 당하고 싶지 않으면 잠자코 지나가게 두세요. 언젠가 저희가 돌아와서 이 밧줄을 풀어드리겠습니다."

그리고 가즈히코는 나갔다. 아키야마는 이제 아무 말도 하지 않았다.

"다치바나, 너 뭔가 들었어?"

"아니, 그…… 뭐……."

"아하하, 들었어도 듣지 않은 걸로 해줘. 너무 구시대적인 이야기니까."

"아, 그래. 알았어."

두 사람은 잠자코 안개 속 언덕길을 올라갔다. 금세 지난해에 긴다이치 코스케가 올랐던 그 황량한 정상이 나왔다. 맞은편에 불룩 솟아올라 땅이 융기된 부분이 보인다. 다치바나 시게키는 다시로 신키치의 이름을 불렀다. 금세 땅의 융기된 부분 위에 그림자 하나가 기어 나왔다. 킬러스타일을 한 다시로 신키치였다. 오른손에 권총을 들고 있다.

"누구야, 거기 온 건. 가까이 오면 쏜다."

"나야, 다치바나야. 다치바나 시게키야."

"다치바나……? 다치바나가 여기 뭐 하러 왔어? 너한테 이런 용기가 있으리라곤 생각 못 했는데."

"아버지의 전언을 가져왔어."

"아버지……? 아버지라니 누구 아버지야?"

"우리 아버지야. 다치바나 고로."

다시로 신키치는 침묵하고 있었다. 안개 속에서 잠시 멈칫한 것처럼 보였다.

"그 아버지가 나한테 무슨 전언이 있단 거야."

"너, 아버지한테 악보를 보냈잖아. '묘비명'이라는 제목의 교향곡 스코어."

다시로 신키치는 말이 없었다.

"그거 아버지가 굉장히 맘에 들어해서 이번 가을 연주회 때 아무쪼록 연주하고 싶다고 했어. 다시로, 넌 작곡자로서 그 연주를 들을 의무가 있어."

다시로 신키치는 다시금 잠시 멈칫했다. 멈칫한 채 침묵하고 있었다. 가즈히코가 대신 말을 걸었다.

"다시로, 나한테도 한마디 하게 해줘."

"넌 누구냐?"

"무라카미 가즈히코. 다치바나의 고등학교 동창이야. 그리고 아스카 다다히로의 가족이고."

다시로 신키치는 다시 침묵했다. 잠자코 다음 말을 기다리는 것 같았다.

"아스카 다다히로는 죽지 않았다. 중상이지만 수술은 잘됐어. 그분은 살았어. 자, 그러니 우리와 같이 산을 내려가지 않겠어?"

가즈히코가 한 발짝 땅이 융기한 부분으로 다가섰다. 시게키도 그 뒤를 따라 한 걸음 내디뎠다. 해는 완전히 뜨지 않았지만 급속도로 밝아지고 있었다. 땅이 융기한 부분 위에 있는 다시로 신키치의 얼굴이 겨우 확실히 보이기 시작했다.

"다시로, 내려가자. 우리와 같이 산을 내려가자."

두 사람은 다시금 한두 걸음 앞으로 나갔다. 다시로 신키치의 얼굴이 일그러져 보였다.

"다가오지 마, 다가오지 마. 더 다가오면 정말 쏜다."

하지만 가즈히코는 개의치 않고 두세 걸음 걸어 나갔다. 시게키도 거기에 보폭을 맞추었다. 갑자기 권총이 불을 뿜고 두 사람의 머리 위로 탄환이 날았다. 가즈히코도 시게키도 멈춰 섰다.

"다치바나, 고마워. 무라카미 씨, 고마워. 다치바나, 너 좋은 작품을 써라."

다시로 신키치는 땅의 융기된 부분을 달려 내려가더니 그 아래 있는 동굴로 들어갔다.

소녀의 비명이 들리고 총성이 어둠 속에 잠긴 채 울렸다. 다시금 소녀의 비명이 들리고 총성이 두 발 이어졌다. 한참 사이를 두고 다시 한 발 총성이 들리더니 이내 고요해지고 동굴 속에서 박쥐가 두세 마리 어리둥절한 듯 날아 나왔다.

가즈히코와 시게키가 그쪽으로 달려갔을 때 안개는 빠른 속도로 개기 시작해, 아사마의 산이 기슭부터 모습을 보이기 시작했다.

〈끝〉

모두가 가면을 쓰고 살아간다

장경현(추리소설 평론가, 조선대학교 교수)

요코미조 세이시(1902년~1981년)의 장편 《가면무도회》(1974년)는 긴다이치 코스케 시리즈 77편 가운데 70번째 작품으로, 이미 국내에 소개된 《병원 고개의 목매달아 죽은 이의 집》(1977년)의 바로 전에 출간되었다. 잘 알려진 바와 같이, 요코미조 세이시는 잡지 편집자이면서 작가로서 왕성하게 활동하다가 병과 전쟁, 그리고 정부의 추리소설 탄압 때문에 오카야마 현에서 칩거했다. 1946년 《혼진 살인사건》을 시작으로 긴다이치 코스케 시리즈를 발표하여 비평적으로나 상업적으로나 큰 성공을 거두었으나, 점차 일본에 사회파 추리소설이 맹위를 떨치면서 그는 1964년 절필했다. 《가면무도회》는 집필 도중 중단했다가 다시 손을 대 완성한 작품으로, 당시 분위기의 영향인지 트릭보다 시대상의 묘사와 사회 비판에 더 치우친 듯한 느낌을 준다.

이 작품에는《옥문도》나《혼진 살인사건》등에서 볼 수 있었던 정교한 트릭은 존재하지 않는다. 심지어 범인을 밝히는 역할마저 긴다이치 코스케의 몫이 아니다. 목격자에 의해 쉽게 드러난다. 독자의 뒤통수를 치는 반전이라 할 만한 것은 물론 의외의 범인이겠으나, 실제로 범인의 정체보다 더 놀라운 것은 사건의 이면에 숨겨진 갈등 구조다. 한 여성을 중심으로 정신 사나우리만큼 복잡하게 얽힌 인간관계에서 파생되어 점진적으로 부풀어 오르다 한순간에 폭발해버린 갈등 자체가 이 작품의 모든 것이다. 이는《악마가 와서 피리를 분다》나《병원 고개의 목매달아 죽은 이들의 집》등에서도 볼 수 있는 모티브인데, 특히 긴다이치 시리즈의 후기 작품에 많이 나타난다.

여기서 주목해야 할 점은, 핵심이 되는 인간관계가 혼인에 의한 혈연, 즉 사회적 계약에 의한 생물학적, 사회학적 결속이라는 사실이다. 오토리 지요코라는 아름다운 여성은 여러 남성과 결혼과 이혼을 반복하는데(그러면서도 내외적으로 떳떳할 수 있는 것은 모두 공식적인 절차를 통한 과정이었기 때문이다. 이런 모습은 비슷한 인생 역정을 겪은 배우 엘리자베스 테일러를 연상시킨다), 기이하게도 이 복잡한 관계 속에서 중요한 의미가 있는 것은 오로지 생물학적인 요소뿐이다. 사랑이니 신뢰니 하는 추상적인 요소는 철저하게 배제된다.

오토리 지요코의 남편들을 보라. 화족 출신의 배우, 극단 단장, 서양 음악가, 화가, 화족 출신의 사업가다. 이들은 각각의 분야에 대한 극도로 추상화된 표상처럼 보인다. 이들 사이에 분명 뜨거운 감정이 오갔을 테지만 적어도 작품에서는 냉정하게 이 남자들을 '가치'라는 관점에서 재단하고 있다. 따라서 혈연의 문제, 유전의 문제 등이 다른 것에 앞서는 모티브가 되고 그런 면에서 이들의 복잡한 관계도는 생태계의 먹이사슬과 매우 유사하다. 인간이기 전에 생존과 종족 보존이라는 본능에 충실한 동물에 가까운 것이다.

이런 태도는 긴다이치 코스케 시리즈 전반에 걸쳐 견지되는 것으로, 요코미조 세이시가 제2차 세계대전 후 일본 사회를 어떤 관점에서 들여다보고 있는지를 잘 드러낸다. 전쟁 후 전통적인 봉건사회가 붕괴된 일본이지만 혈통은 여전히 무엇보다 중요한 것이었다. 이는 순수하게 현실적인 이유에 기인한 것인데, 봉건사회에서는 지역산업을 보전하기 위한 중요한 수단이 혈통을 유지하는 것이었던 반면, 전쟁 후에는 무너진 가계를 재건하고 조금이라도 생존력을 갖기 위해서 혈통을 유지해야 했다. 따라서 젊은 세대의 개방된 성(性)은 사회 기반을 뒤흔드는 음습하고 위험한 것일 수밖에 없다. 그런가 하면 기성세대 권력층의 폭압적인 성은 많은 불안요소를 만들어내어 후일 비극적인 결과를 낳는다. 긴다이치 시리즈 대부분은 이러한 이야기를 다루고 있다. 무책임한 성에 의해 혼탁해진 피는 곧 사회의 혼탁함으로 이어지고 젊은 세대는 기성세대에 의한 피해자가 된다. 젊은 세대는 영문도 모르고 태어날 때부터 저주를 받은 셈이다. 요코미조 세이시는 이렇게 저주받은 젊은 세대와 병든 중년 세대, 그리고 과거의 유령으로서 목숨을 이어가는 늙은 세대 사이에서 순환되는 충돌을 집요할 정도로 그려낸다.

특히 이 작품은 무대의 주인공들에 의해 본의 아니게 뒷전으로 물러나야 했던 이들의 속사정을 고루 보여준다는 점이 특이하다. 처음에 등장하여 동반자살을 시도했던 음대생 다시로 신키치라던가 화족의 귀부인이었다가 처참할 정도로 몰락한 후에노코지 아쓰코, 오토리 지요코 때문에 남편에게서 쫓겨난 후지무라 나쓰에 등등. 이들은 모두 인생의 실패자들이고 그림자 속에 머무르는 존재이나, 이 작품에서는 각자 무겁기 짝이 없는 고통과 강인한 의지를 짊어진 채 매우 강렬한 존재감을 드러낸다. 세심히 읽어보면 이들이야말로 이 냉정하고 잔혹한 생태계에서 그래도 뜨거운 감정을 간직한 인간임을 느끼게 될 것이다.

모든 진실이 밝혀지는 마지막의 폭발력도 대단하지만 꽤 긴 에필로그의 마지막도 인상적이다. 기성세대의, 권력자의 과오가 어떤 식으로 가지를 뻗어 많은 사람들에게 돌이킬 수 없는 상처를 남기는지를 깊은 여운과 함께 독자의 가슴에 아로새긴다. 독자는 각자 상처를 안고 있는 네 사람이 앞으로 어떻게 살아가고 또 죽어갈지를 아프게 상상해야 한다. 이러한 비감(悲感)이야말로 긴다이치 코스케 시리즈의 진정한 매력일 것이다.

물론 탐정 긴다이치 코스케의 인간적인 매력도 빼놓을 수 없다. 왜소한 몸집에 부스스한 더벅머리를 긁으며 흥분하면 말도 더듬는 그. 전통적인 옷차림을 하고 어디든 어슬렁거리며 사람 좋은 미소를 띠는 그는 상당히 강렬한 인상의 탐정이다. 그것은 단순히 외면에 기인한 것이 아니다.

긴다이치 코스케의 다소 촌스럽고 우스꽝스러운 풍모는 단순히 탐정의 캐릭터를 꾸미기 위한 설정이 아니다. 탐정이란 본래 서구 이성주의의 산물이다. 특히 본격 퍼즐 미스터리의 명탐정은 철저하게 개인주의와 합리주의의 화신으로서 유한계급을 대변해왔다. 서구의 작가들은 육체보다 두뇌의 우월함을 강조하기 위해 독특한 괴벽과 외모를 탐정에게 부여하곤 했다. 이러한 모습은 그들의 우월함에 별다른 영향을 끼치지 못했다. 즉 단순한 캐릭터 설정일 뿐이다.

그러나 긴다이치 코스케는 쟁쟁한 유력인사들 사이에서 위화감 없이 경계심을 누그러뜨리며 친화력을 가지는 능력을 발휘한다. 요코미조 세이시가 그리는 전후세대는 옛것과 새것의 경계에서 혼란스러워하고 있는데, 합리주의 정신과 전통적인 풍모를 모두 지닌 긴다이치는 이들과 쉽게 동화되고 벽을 무너뜨린다. '죽을 만큼 죽은 다음에야 사건을 해결한다'는 오명이 따라다니지만, 긴다이치 코스케는 근본적으로 타인에게 깊이 공감할 수 있고 무엇보다 인명을 우선시하는 따뜻한 인물이다. 본편에서는 다소 냉정할 정도로 상대를 밀어붙이는 공격성도 보이는데, 이는 오랜 경험에서 얻은 노련함으로 생각된다. 24세에 처음 등장한 이래 세월이 지나 중년이 된 긴다이치 코스케는 인간에 대한 이해와 연민을 갖추고 진정한 '어른'으로서 사람의 마음을 어루만져준다. 그래서 지금까지도 사랑받는 탐정이 될 수 있었던 건지도 모른다.

마지막으로, 이 작품의 무대가 되는 가루이자와는 단편집 〈백일홍나무 아래〉에 수록된 단편 〈향수 동반자살〉에서 이미 사건의 배경으로 등장한 바 있다. 이 작품도 8월 가루이자와에 폭우가 쏟아져 길이 유실된 것으로 나오는데 《가면무도회》도 비슷한 풍경을 그리고 있다. 요코미조 세이시의 문체는 매우 정밀하고 꼼꼼하여 끈덕지다는 인상마저 주지만 《가면무도회》의 초반은 특히나 성실하고 실감 나는 묘사로 감탄을 자아낸다. 아마도 가루이자와가 요코미조 세이시의 별장이 있었던 휴양지라서 그런 묘사가 가능했을 것이다.

아무튼 《가면무도회》는 요코미조 세이시라는 노대가(老大家)가 사회파라는 거대한 조류를 맞으며 어떻게 자신의 본연의 모습을 지켜가며 자신의 목소리를 들려주는가를 확인할 수 있는 인상적인 작품이다.

옮긴이 정명원

1974년생으로 이화여자대학교 신문방송학과를 졸업하였다. 옮긴 책으로《이누가미 일족》《옥문도》《팔묘촌》《삼수탑》《혼진 살인사건》《병원 고개의 목매달아 죽은 이의 집》등이 있다.

가면무도회 2

2014년 11월 10일 초판 1쇄 발행
2017년 1월 28일 초판 2쇄 발행

지은이 | 요코미조 세이시
옮긴이 | 정명원
발행인 | 이원주
책임편집 | 박윤희
책임마케팅 | 임슬기

발행처 | (주)시공사
출판등록 | 1989년 5월 10일(제3-248호)

주소 | 서울특별시 서초구 사임당로 82(우편번호 06641)
전화 | 편집(02)2046-2852 · 영업(02)2046-2800
팩스 | 편집 · 영업(02)585-1755
홈페이지 | www.sigongsa.com

ISBN 978-89-527-7216-9(04830)
978-89-527-4678-8(set)